KB029861

그집앞

그집앞

이혜경 소설

문학동네

그늘바람꽃

1

오늘도 소희는 보이지 않네. 소희가 시장 모퉁이 닭집 효임에게 다녀간 게 지난 토요일이니까 오늘이 목요일…… 벌써 닷새째야.

소희가 결코 뚱뚱하지 않다는 걸 효임이 증명한 뒤, 소희가 효임네 가게에서 먹어치운 닭만 해도 계란으로 치면 서너 판은 될 거야. 효임이 단골을 확보하기 위해 소희의 날씬함을 증명한 건 아니야. 그냥 그러고 싶어서였어. 백육십 센티미터의 키에 사십칠 킬로그램 나가면서 자기가 너무 뚱뚱하다고 굳게 믿는 여자가 있을 때, 굳이 거울을 찾아내 그 앞에 세우고 싶어하는 사람이 있다면 그게 바로 효임이야. 그 오지랖 안 잘라내면 평생 그 모양으로 살 거라고 평판이 난 효임이 시장 입구 도서대여점의 우수고객이라는 거 아직 말 안 했지? 대여점 주인 이슬이 엄마는 효임에게는 대여료를 백원씩 낮게 쳐줘. 이따금 분수에 넘는 걱정도 하지, 닭 팔아서 우리 이슬이 학원비 댈 일 있냐고.

그날도 효임은 의자에 앉아 계란농장이며 분식집 등의 스티커가 덕지덕지한 벽면에 머리를 기대고 『매디슨 카운티의 다리』를 읽고 있었어. 글썽글썽, 코끝이 찡하게 매워지며 눈물이 비어져나오려 할 때, 효임은 우선 눈을 홉뜨고 몇 번 깜짝여 말리려 해보지. 그럴 때마다 눈에 띄는 건, 누릿한 기름 냄새에 전 벽에 붙은 액자야. 네 처음은 빈약하나 네 나중은 창성하리라. 닭집을 개업할 때 누군가가 사다준 액자. 칠 년째 같은 자리에서 임대료에 허덕이다가 문득 액자에 눈이 가면, 어떤 때엔 그 거창한 축원에 조롱당하는 기분이 들기도 해. 이십대 중반부터 음습한 시장에서 보낸 칠 년은 저런 말로 조롱당할 만큼 만만한 건 아니야.

튀김기름에 동동 뜬 부스러기를 거름망으로 걷어내거나 속이 톡 밴 양배추를 송송 채썰던 효임이 낯선 눈으로 가게를 둘러볼 때가 있어. 녹꽃을 피운 쇠파이프 의자와 탁자 몇 개인 실내, 낡은 냉장고는 때맞추듯 위잉, 소리를 내기도 해. 그 소리가 이어지다 한순간 끊어져 정적에 잠길 때, 통나무 도마 위에 놓인 무쇠칼이 확대되어 눈에 들어오지 않더라도, 효임은 죽음에 성큼 다가선 느낌을 받아. 유리문 한 겹바깥에는 사람들이 서로 몸 부딪치며 오가고 시장 모퉁이 테이프장수의 리어카에서는 삼바삼바삼바삼바…… 경쾌한 리듬이 들려오는데 혼자 빠져든 정적. 얼마인지 모르게 갇혔던 그 정적에서 깨어나는 순간 온몸 쓸어내리는 한기, 그 한기를 털어내려 효임은 도서대여점으로 가곤 하지.

여자는 끝내 남자를 혼자 보내는군. 제 인생을 한번 들었다가 결국 제자리에 놓고 마네. 하지만 전 같지는 않겠지. 오래 한곳에 박혀 있던 돌을 들었을 때, 그 바닥에 고여 더 짙어진 흙 빛깔, 여자의 어딘가에 그런 빛깔이 고일 거야. 남자의 차가 멀어지는 걸 보면서 여자가 울고, 눈꺼풀의 둑을 범람한 효임의 눈물이 투툭, 책장에 떨어졌어. 눈물방울에 갇힌 글자가 진해지더니 종잇장이 얼룩지고, 뒷면의 글씨가 은은히 배어나왔어.

소희가 들어선 건 바로 그때야. 눈물 어룽진 효임의 눈엔 소희가 무언가를 질질 끌고 오는 것으로 보였어. 효임은 무안해져 눈을 씩 훔치며 보았지. 그건 침묵이었어. 하룻밤 사이에 철든 아이들이 갇혀버리는 묵중함.

"부탁인데…… 나 좀 안아줄래?"

채 마르지 않은 소설 속의 눈물과 소희의 침묵 사이에 끼인 효임은 아주 느리게 몸을 일으켰어. 뭉클, 빈약한 몸매에 비해 탄력 있는 소희의 젖가슴. 아기에게 젖을 빨리거나 옷맵시를 낼 때보다는 남자의 손에 쥐일 때 더 행복해할 젖가슴이야.

"그 사람 부인이 다녀갔어. 나더러 쓸개 빠진 여자래. 그런다고 자기 남편이 가정을 포기할 줄 알았냐고. 내가 쓸개 빠진 년이긴 하지?"

효임이 독신 사진작가와 유부녀의 운명적인 사랑과 이별을 좇느라 한숨을 쉬던 바로 그 무렵에, 거기서 십 미터도 안 떨어진 민정혼수방에선 유부남 사진기자와 바느질하는 독신녀의 사랑에 조종이 울리고 있었던 거야. 그놈의 종소리…… 효임은 엉뚱하게 종소리를 원망하지.

"성당 다닌다며? 성당에선 어떤 때 종을 울려?"

깍둑썰기로 잘게 썬 무를 사카린 탄 물에 담그는 효임 앞에서, 시키지도 않았는데 무청을 쓸어모으며 소희가 다가앉았어. 머무적거리는 손길, 슬몃 비끼는 눈, 그런데도 온몸에 분분한 꽃가루를 효임은 알아보았어. 또 어떤 놈에 마음이 팔려서 그러나. 그래, 그렇게라도 행복했으면 됐지, 하고 마음을 돌리다가도, 끓는 기름에 닭을 집어넣은 것처럼 효임의 속이 부글부글 끓어오르는 걸 어쩌겠어. 끓어오르는 속을 가까스로 맑히면, 꽃술 없이 꽃잎만 오롯한 꽃 한 송이가 떠오르곤 하지. 오빠의 여자가 피워낸 꽃.

효임에겐 세 살 위인 바람둥이 오빠가 있어. 다감하고 잘생긴 오빠야. 바람둥이의 진실은, 자기가 만나는 모든 여자에게 만나는 동안에 최선을 다한다는 거야. 만나는 여자마다 다 다른 향기로움으로 다가오는데 어쩌겠어. 문제는 여자들이야. 여자들은 그 최선이 오직 자기 한 사람에게만 향한 걸로 알거든. 나를 사랑하나요? 라고 묻지, 나 말고 또 누구 사랑하는 사람 있어요? 라고 묻지는 않잖아.

효임을 찾아와서 울고 간 여자도 그들 중의 한 사람이었어. 식구들이 이민가는데 오빠가 남으라고 한마디만 하면 남겠다고 하던 여자. 그래도 잡는 사람이 없자 울면서 태평양을 건너간 그 여자는 자기의 눈물을 지켜본 효임에게 편지를 보냈지. 뭐라고 썼는지는 기억에 없지만, 그 편지를 보았을 때의 아득함은 효임에게 지금도 선연해. 줄 안 쳐진 편지지 맨 앞머리에 효임씨에게, 라고 쓰고 나서 그 아래 그려진 작은 꽃. 수술도 암술도 없이 다섯 장의 꽃잎만 오롯했어. 그 꽃을 보는 순간 효임은 대번에 알아차렸지. 백지를 앞에 두고 멍울지는 말, 서리서리 떠오르는 그리움과 회한을 삭이려는 몸짓, 그 안간힘이 말 대신 꽃을 그리게 했으리라는 걸. 그 안간힘이 피워낸 꽃이라는 걸.

종소리를 굳이 강조하는 소희의 얼굴엔 꽃술이 화사하고 꽃가루가 난분분하지. 이런 여자는 꽃술 없는 꽃 따위는 그리지 않을 거야. 효임은 에두르지 않고 받아버리지.

"성당 앞에서 누굴 만났는데?"

"응, 사진 찍는 사람. 사진기자. 근데 그 사람하고 눈이 마주치는 순간에 갑자기 성당에서 종이 울리는 거야. 왜 하필 그때 종이 울렸을까."

제 안에서 아직도 공명하는 종소리를 듣느라 소희의 눈이 투명해졌어. 효임은 짐작했지. 이번 연애가 끝날 때까지, 종소리는 내내 소희의 안에서 우련하게 울리겠군. 때로는 태풍 속에 놓인 듯 거세게, 때로는 골풀 쓸어내리는 바람결의 섬세함으로. 연애가 끝나는 순간에는 묘지에서 듣는 종소리처럼 황량하게.

마침내 사랑의 조종 소리를 받아안은 소희의 가슴이 들먹였어. 이제 소리내어 울 차례야. 연애가 끝날 때마다 정해진 절차라서, 효임은 소희의 눈물을 맞을 만반의 준비를 했지. 효임의 어깨에 습기가 느껴지고 나면 소희는 냅킨을 뽑아 눈물 콧물을 닦으며 비통하게 소리내어 울지.

쓸개뿐 아니라 내장까지 다 빼버린 걸음으로 허전거리며 걸어나간 소희는 다음날부터 결근이야. 사랑의 종말을 장식하는 결근.

벌써 몇 번째인지 모를 소희의 무단결근을 주인인 민정 엄마가 감내하는 건 소희의 바느질 솜씨가 워낙 빼어나서야. 소희는 재봉틀 앞에 앉으면 함초롬해지지. 바느질 솜씨도 그러해서, 소희가 꿰맨 한복

을 다려서 펴놓으면 어디 한 군데 들뜬 데 없이 바닥에 착 달라붙는
데. 칭찬에 인색한 민정 엄마가 '바느질 솜씨 하나는 인간문화재급'
이라고 말한 걸 보면 알 만하지. 오죽하면 그 옆의 범양한복집 주인이
저 맵짠 손끝만 보쌈해오고 싶다고 했을까. 범양한복집의 쓰린 속을
조금 달래준 건, 잊을 만하면 무단결근하는 소희의 습성이었어.

이틀 전부터 효임은 발탄강아지처럼 가방가게를 지나며 혹 장씨가
무얼 알아채지 않았을까, 기색을 살피거나 혼수방 앞을 지나면서 기웃
거리게 되었어. 현란하게 드리워진 한복 천 아래 앉아 있는 민정 엄마
에게 오늘도 연락이 없었나 물어볼까 하다가 효임은 슬그머니 지나쳤
지. 소희의 결근에 자기가 기여한 바도 만만치 않은 것 같아 켕겼거든.

2

"책은 왜 그렇게 열심히 읽는데?"

책이라고는 미장원에서 읽는 여성지가 전부인 소희에겐 효임이 신
기했나봐. 어떤 날, 효임이 잡다한 상식을 쉽게 풀이한 책 같은 걸 넘
기고 있으면 소희는 거의 존경스러운 눈빛이 되기도 해.

"심심하니까 읽지. 안 그러면 멍하니 앉아 있어야 하는데……"

점심때와 저녁때 사이, 바쁜 시간을 비켜서 술을 한잔하려는 시장
사람이 없는 한 탁자는 대개 비어 있게 마련이야. 생닭을 사가거나 닭
을 튀겨가는 사람을 맞고 보내는 사이사이에 남는 효임의 시간을 죽
이는 데엔 책읽기가 그만이었어.

"심심하다고 다 책 보나? 그럼 글도 써? 수필이나 일기 같은 거?"

"일기는 무슨. 이 나이에 일기 쓸 일 있냐? 밤이면 씻고 자기도 바쁜데. 자긴 그런 것도 써?"

"아니…… 하지만 일기를 열심히 쓰는 사람들은 어떤 사람들인지 궁금해서. 우리 남편이 그렇게 열심히 썼거든. 중학교 때부터 쓴 일기를 모아두었는데, 죽기 전까지도 꼬박꼬박 쓰데. 그거 태워버리지도 못하고 두긴 했는데…… 책읽기 좋아하니까 언제 한번 보여줄까?"

"미쳤어. 남의 남편 일기를 내가 왜 보냐?"

얼결에 밀쳤지만 말하는 순간 효임은 후회스러웠어. 소희보다 여덟 살이나 많았다는 소희의 죽은 남편이 어떤 사람인지 효임은 처음부터 궁금했거든.

소희가 처음 효임의 가게에 들어서던 날은 몇십 년 만인가라는 무더위가 휩쓸던 몇 년 전 여름이었어. 자고 나면 몸에 땀띠가 솟고 가슴팍 고랑으로 땀이 줄줄 흘러내렸지. 기름솥만 봐도 더운 날 해질 무렵에, 땀이라고는 한 방울도 안 흘린 얼굴로 여자가 들어섰어. 서른이 채 안 되었을까. 화장기 없는 얼굴이 초라했어.

"저 닭 좀 튀겨주세요. 여기서 먹고 가도 되죠?"

저녁 무렵에 혼자 와서 통닭을 먹는 여자는 흔치 않아서, 효임은 여자의 얼굴을 좀 유심히 보았어. 가끔, 입덧을 하는 여자들이 장을 보러 와서 그렇게 먹고 가는 경우는 있거든. 어떤 땐 시켰다가 막상 튀겨내오면 튀김기름 냄새가 역하다고, 싸들고 가는 경우도 있지. 여자는 부석부석하고 힘없어 보였어.

"앉으세요."

효임은 벽에 붙은 선풍기 바람이 가는 쪽의 의자를 꺼내놓으며 말했지. 여자는 다소곳이 앉았어.

"반마리도 되지요?"

반마리는 안 되리라는 걸 이미 알면서도 우기는 눈이었지. 유아적인, 꾸중들을 걸 겁내는, 그리하여 제 안의 겁먹음에 대한 반발로 자주 깜짝이는 눈. 무슨 부탁이든 거절하지 못하게 만드는 사람이 있는데 여자도 그랬어.

"반마리는 안 돼요. 먹을 만큼 드시면 나머지는 싸드릴게요. 냉장고에 두었다가 전자레인지에 데워 드시면 좋아요. 아니면 반은 튀기지 말고 드릴 테니까 가져가서 요리하시든가."

"어떡하나. 그럼 한 마리 튀겨주세요."

여자는 효임이 마늘소스와 후춧가루를 끼얹어 낸 튀김닭에 손대기 전에 묵묵히 바라보았어. 무구한 식탐과, 그 식탐을 부리는 자신에 대한 경멸 같은 게 여자의 얼굴에서 괴롭게 뒤섞였어. 그러더니 먹기 시작하더군. 무슨 의식을 거행하는 사람처럼, 자기가 지금 먹고 있는 게 닭고기가 아니라 거룩한 음식인 것처럼. 그런 여자를 가리키는 표현으로 효임이 그 순간에 떠올릴 수 있었던 건 '넋 나간 여자'였어. 효임이 냉장고에서 사이다를 꺼내어 한잔 따라 내민 건 아마도, 그 나가버린 넋을 톡 쏘는 사이다의 기포가 되돌릴지도 모른다는 기대가 아니었을까.

"고맙습니다."

사이다는 효임이 기대한 효과를 거두었어. 사이다를 한 모금 들이켜고 입가를 냅킨으로 닦은 여자는 효임에게 흐릿하게 웃어 보이며 입을 뗐어. 그때쯤엔 여자는 알뜰히 발라낸 뼈를 접시 가장자리에 모아놓고 있었지. 뼛더미가 남은 고기보다 수북했어. 그런데도 먹는 속도가 여전한 걸로 보아 닭 한 마리가 결코 양에 넘치는 건 아니었어.

"저 너무 잘 먹죠? 그래서 통 살이 안 빠지나봐요."

살? 효임은 눈으로 여자를 훑어내렸어. 소매 없는 티셔츠에서 비어져나온 여자의 팔은, 미끈하기가 왜무 같다고 채소가게 민지 엄마가 감탄하는 효임의 팔보다 가늘면 가늘었지 두껍진 않았어. 화장기 없는 볼은 정면에서 보면 넓적한 턱뼈 때문에 통통해 보였지만, 옆에서 보면 깎인 듯 살이 없었어.

"아가씨가 뺄 살이 어디 있다고…… 내 보기엔 더 쪄야겠구먼……"

"아녜요. 저 뚱뚱해요. 그런데 고기가 자꾸 먹고 싶어지니 탈이에요. 그리구…… 저 아가씨 아니에요."

그날, 나가다 말고 여자는 말했어. 저기요…… 근데 저 닭 말이에요, 꼭 사람들 같아요. 여자가 가리킨 건 입구에 놓인 진열장을 겸한 냉장고였어. 삼계탕거리를 찾는 사람이 많아서 닭을 조금 많이 받은 효임은 닭을 모로 뉘어서 차곡차곡 쟁였거든. 털 벗겨 말간 살빛에 오톨거리는 살갗, 접힌 채 끼워진 날개는 앞발을 보듬는 듯하고, 포개진 다리는 앞사람 발에 얹은 발 같긴 했어. 고단한 하루를 넘기고 단칸방에 끼여 자는 식구들 같았지. 천연스럽게, 잘린 목에서 긴 한숨이라도 한번 내끼었고 몸을 뉜 식구. 여자가 간 뒤 진열장을 바라보던 효임은 문득 깨달았어. 홀로된 여자로구나. 효임이 여자의 뒷모습을 좇았을 때, 여자는 민정혼수방으로 들어가고 있었어.

"저처럼 혼자 와서 닭 한 마리 다 먹는 여자 없죠? 난 왜 이러는지 몰라요."

다음번에 왔을 때에도 여자는 자기가 잘 먹는다는 사실에 혐오를 느끼는 얼굴이었어. 그래도 여자는 먹는 틈틈이, 민정혼수방에 새로 온 바느질하는 사람이라는 것, 효임보다 두 살 아래라는 걸 효임에게 알게 해주었지.

여자가 네번째 들르던 날, 효임은 여자에게 물컵과 함께 종이를 들이밀었어. 대여점 이슬이 엄마의 묵인 아래 낡은 여성지에서 떼어낸 표준체중표. 다들 모이를 쪼아먹느라 정신없는데 혼자 시궁창 쪽으로 아기작거리며 다가가는 병아리 한 마리에 눈 못 떼는 어미닭의 마음 같은 거였어. 효임이 거스름돈을 찾는 동안, 문간에 걸린 거울을 보던 여자, 소희는 돈을 건네받으며 입을 열었어.

"그래요. 어쩌면, 어쩌면 저는 뚱뚱하지 않은지도 모르겠어요. 그래요. 어쩌면 날씬한 축에 들지도 몰라요. 그래도, 그러면 뭐해요. 저는 안 그런 것 같은데……"

"도대체 새댁보고 누가 뚱뚱하다고 그랬어요?"

"남편요. 저 새댁도 아니에요. 우리 남편, 죽었어요. 저처럼 밥만 축내는 여자 만나서 고생만 하다 갔어요."

그 남편이 남긴 일기를 효임이 보게 된 건 시장 상조회의 야유회날이었어. 소희가 수줍어하면서 〈만남〉을 부르고, 장씨가 그런 소희를 장마 직전의 혼몽한 열기를 담은 눈으로 바라보던 날. 야유회가 끝나자 장씨는 2차를 제의했어. 소희는 몸을 뺐지만, 장씨의 눈이 내내 소희 언저리에서 벗어나지 못하는 걸 본 효임이 붙잡았어.

"이소희씬 그 좋은 목청으로 혼자 늙을 거라예?"

목청과 혼자 늙는 게 어떤 상관관계를 가지고 있는지 모르지만, 장씨는 소희의 잔에 술을 따르며 물었어. 아마 저녁 무렵의 공원에서 남자에게 노래를 들려주는 여자, 또는 아기를 업고 짐짓 고즈넉한 목소리로 자장가를 부르는 여자를 연상했나봐. 아내가 유방암으로 숨지기까지, 병석에서 보인 장씨의 정성이 시장 안에 파다할 정도로 순정파였으니까. 오죽하면 민지 엄마가 장담을 했을까. 저 사람, 단비 엄마 가고 나면 뗏장에 풀도 마르기 전에 재혼할 거라. 저리 정이 많은 사람이 혼자 우예 살겠노. 혼자 삼 년 넘기면 내 손가락에 장을 지진다. 민지 엄마의 손가락을 위기에 빠뜨린 줄도 모르고 삼 년을 넘긴 장씨가 언제부터 소희를 운명이라고 느꼈는지 모르겠어.

"혼자 늙긴요. 데려가주겠다는 남자 있으면 가야지요."

"어떤 남성형을 좋아하시는데요?"

"어떤 형이라면, 사장님이 그런 사람 데려다주실래요?"

당돌한 말투였어. 어둑신한 조명 아래, 효임이 들여다보는 술잔 속에 조명이 반원의 빛무리를 퍼뜨렸지. 빛을 헤집을 듯 당돌한 소희의 말투가 낯설어 효임은 은근히 당황했는데, 그럴수록 장씨는 쩔쩔맸지. 그날, 연거푸 잔을 들이켠 소희는 몸을 가누기가 힘들 정도로 취했어.

소희가 세들어 사는 집은 큰길에서 조금 들어간 골목에 있었어. 본채에 덧들인 방. 화장실은 방 안쪽에 붙어 있었어. 소희는 변기를 끌어안고 어깨를 움찔거리며 토했어. 토하고 나서 누웠다가 다시 토하고. 건더기는 다 토해버려서 이제 분홍빛에 가까운 신물만 흘리던 소희는 토사물의 질긴 점막처럼 늘어지게 말했어.

"나 이래 봬도 남편 잡아먹은 년이라구우…… 저 화장대 아래 좀 열어볼래? 글쎄 열어보래니까……"

소희는 손을 허우적거렸어. 달라붙는 낙지를 떼어내는 것처럼 힘겨운 손짓이 술기운 때문이라는 걸 알면서도 왠지 효임은 문을 열기가 꺼려졌어. 소희의 화장대는 너저분했어. 제대로 닫히지 않은 크림통 뚜껑을 닫고 나서 효임은 화장대 아래 문을 당겼어. 돌돌 뭉쳐진 머릿수건, 드라이어 따위를 헤치자 뚜껑 없는 내의곽 안에 담긴 공책이 보였어. 이거? 효임이 물으려고 돌아보니 소희는 이미 곯아떨어져 있었어. 반쯤 벌리고 잠든 소희의 입에서 나는 단내와 시큼한 냄새는, 보일러를 올려서 훈기가 돌기 시작한 방 공기에 섞여들었지. 효임은 맨 위에 놓인, 사무용 다이어리처럼 비닐커버가 덮인 공책을 펼쳤어.

35세, 36세, 37세, 48세……

서른다섯 살부터 일흔다섯 살까지, 일련번호로 숫자가 쓰여 있고, 그해에 달성할 목표들이 적혀 있었어. 35세의 가장 큰 과제는 넓은 아파트로 이사하는 거였고, 40세엔 부장이 되는 거였어. 참 단정한 글씨였지. 펜습자 공책에 연습한 글씨를 보는 것 같았어. 그 글씨의 주인공은 인생도 그렇게 자로 잰 듯이 살려 했던 것처럼 보였어. 남의 남편, 그것도 죽은 사람의 일기를 읽는다는 석연치 않음을 호기심으로 억누르며 효임은 넘겨갔어.

오늘 소희를 때렸다. 친구들과의 모임에서 소희가 나섰다. 번번이 타일렀는데 납죽납죽 술잔을 받아마시더니…… 집에 돌아와서 지적했더니 말대꾸했다. 나도 모르게 때렸다. 지금은 밤, 소희는 내 곁에서 오그리고 잠들어 있다. 소희는 모를 것이다. 저를 때리는 내 손길이 사랑이었음을…… 제 행동을 단정하게 단련시켜 저를 빛나게 하려는 것임을.

동네 여자들과의 쓸데없는 수다에서 얻을 수 있는 게 무엇이겠는가. 그 시간에 내가 사다준 책으로 교양을 쌓을 생각은 안 하고. 오늘도 돌아와서 확인해보니 겨우 두 페이지 읽고 말았다. 홧김에 책을 내던졌다.

사소한 일에서의 불성실이 나를 화나게 한다. 내 앞에서 발을 뻗고 앉는 버릇을 소희는 아직도 못 고치고 있다. 텔레비전 보면서 눕는 버릇은 고쳐졌지만. 아내로서의 예의를 다해야 사랑받을 수 있다는 걸 언제 깨달을 것인지.

첫 권의 절반쯤 읽던 효임은 머리가 지끈거리고 가슴이 두근거려서 내의곽을 밀어넣고 누웠어. 땅바닥에 등이 닿는 순간 효임의 입이 저절로 뱉어낸 말은 썩을 놈!이었어. 욕을 잘 못하는 효임으로선 한껏 생각해낸 욕이지만, 가만히 생각해보니 욕도 못 되는 것이, 욕먹을 사람은 이미 땅속에서 썩고 있더군. 효임은 잠든 소희의 등을 가만히 쓸어보았어. 머리맡의 화장대에 놓인 일기장이 소희의 꿈자리를 밟는지, 소희는 이따금 허우적거렸어. 썩을 인간, 그래서 소희가 그렇게 주눅이 들어 있었구먼. 한 사람에게 콜타르처럼 끈적이며 퍼부어지는 말의 폭력. 소희의 천진성은 남편의 일기에서는 미숙함이 되었고, 남에게 베풀고 싶어하는 마음은 무분별이 되었으며, 소희에게 다정한 이웃여자들은 다 생각이라고는 하나도 없는 여편네들이 되었어. 그날 밤 효임은 결심했어. 죽은 남편의 제단 앞에 납작 엎드린 소희를 일으켜 걷게 하겠노라고.

3

"자기 피부가 원래 그렇게 고왔어? 어쩜 그렇게 환하니? 입술에다 연분홍 립스틱만 바르면 끝나겠다."

가게 안으로 들어서는 소희를 보며 효임은 탄성을 내질렀어. 사람을 앞에 두고 요란스럽게 칭찬하는 건 효임에겐 제 낯이 먼저 붉어지는 일이었지만, 효임은 속에서 치받는 메슥거림을 꿀꺽 삼켰지. 당분간 지침서로 택한 '자신감이 인생을 좌우한다'는 요지의 책을 슬며시 덮어 냅킨을 놓은 선반 위에 치우면서 효임은 자신에게 말대꾸했어. 소희가 고운 건 사실이잖아? 그 책에 나온, '칭찬은 자신감을 북돋아준다'라는 항목의 실천에 소희는 윗몸을 뒤트는 수줍음으로 대답했어. 저렇게 천진하고 예쁜 사람을…… 안 하던 짓을 하느라 속으로 머쓱해 있던 효임은 용기백배했어.

구역질나는 일기장을 태우게 만들겠다고 결심한 다음부터, 효임은 소희에게 지나가는 말투로 남편이란 작자에 대해서 물었어. 일기를 읽힌 걸 잊었는지, 소희는 짧게 대답했어. 좋은 사람이었어. 입을 다무는 소희의 눈에서, 효임은 입만 떼면 '좋은 사람'을 뒤집어 말할지도 모른다는 두려움을 읽어냈지.

"그럼 자긴 나쁜 사람이고?"

소희는 그 말을 받았지. 낚싯밥인 줄도 모르고 날름 삼킨 거야.

"그럼, 우리 남편이 나한테 해준 거 절반도 못 했어. 생각하면 나쁜 년이지."

"남편이 자기한테 어떻게 잘해줬는데?"

"나같이 못생기고 성질 못된 여자를 우리 남편 아니면 누가 데리고 살았겠어?"

"열녀 났다. 그 남편이 어떻게 잘났는데? 얘기나 들어보자."

소희의 눈이 깜짝이면서 고개가 한쪽으로 슬몃 기울기 시작했어. 나이를 어디로 먹었는지 무구한 얼굴, 결코 못생기지는 않은 얼굴. 선생님 앞에서 손을 내밀고 매가 떨어지기를 기다리는 아이의 주눅들림. 가슴이 찡해졌지만 효임은 다그쳤어.

약국집 딸 소희는 그만그만한 여자대학을 나와 집에 있었어. 대학 시절, 친구들은 소희를 놀리곤 했지. 너는 대학에 다니는 게 아니라 유치원에 다니는 애 같다고. 강의시간에 빠지면 큰일나는 줄 알고, 한여름에도 스타킹을 꼭꼭 챙겨신고 다니던 소희는 같은 과 친구가 "너 버진이니?"라고 물었을 때 버진이 무슨 뜻인지도 몰랐을 정도로 맹한 데가 있긴 했어.

제약회사 영업사원이던 소희의 남편은 소희보다 여덟 살이나 많았어. 엄격하던 소희의 아버지, 그런 아버지 앞에서 굽실거려야 하는 처지인 그가 소희에게는 딱해 보였어. 나이 차가 너무 나는데다 남자에게 부모가 안 계시다는 것, 소희 아버지가 알아본 바에 따르면 처세에 지나치게 빈틈이 없다는 것 때문에 결혼은 반대에 부딪혔어. 밖에서 그렇게 완벽한 사람은 집에선 잘 못한다는 게 아버지의 지론이었어. 식구들이 한 사람도 빠짐없이 반대하는 바람에 소희의 모성애는 집과의 인연을 끊고라도 결혼하겠다고 고집할 만큼 비대해졌어.

결혼하고 나자, 남편은 처가에서 받은 수모를 하나하나 되살려가며 '귀엽게만 자라서 제멋대로인' 소희를 가르쳤어. 집 안의 모든 물건은 정해진 자리에 놓여야 했고 소희는 남편 앞에서 꼭꼭 무릎을 꿇고 앉아야 했어. 여자가 살이 찌면 돼지비계 냄새가 나는 것 같다는 남편의 말에 소희는 먹는 즐거움을 잃었어. 그런 건 오히려 견딜 만했어. 그냥 저를 죽이고 남편이 원하는 대로 맞춰가면 되었으니까. 사람이 있고 없고에 따라 달라지는 남편의 태도에 끼여서 어리둥절한 것에 비하면 쉬웠다는 얘기야.

소희의 남편은 능력 있고 성실한 사람이었어. 사회생활에서 나무랄 데 없는 모범생이었지. 어쩌다가 친구들의 모임에 나가면 그렇게 소희에게 극진할 수가 없었어. 소희 앞으로 찬그릇을 당겨놓고, 냅킨을 뽑아서 그 앞에 놓아주고. 가끔 남들이 보는 앞에서 사랑스러워 못 견디겠다는 듯이 뽀뽀도 하고. 소희가 실수하면 귀엽다는 듯이 보면서, 우리 집사람이 원래 이렇답니다, 감싸주고. 그때마다 소희는 어리둥절해서 인형처럼 웃어야 했지. 저렇게 능력을 갖춘 사람이 자상하기까지 하니 얼마나 좋을까 하는 여자들의 감탄사를 들으며.

남편은 원래 이렇게 자상한 사람이었어. 그런데 내가 못되게 굴어서 집에선 그렇게 무섭게 할 수밖에 없었나봐. 나는 왜 그럴까.

여자들의 찬탄 앞에서 비타민이 많다는 설명을 곁들여 남편이 입에 대어주는 키위 조각을 받아삼키며 소희는 반성했지. 키위는 신물처럼 입안에 시큼한 맛을 남겼어.

모임이 파하고 집으로 올 때면 남편은 딱딱하게 굳은 얼굴로 말했어. 그렇게 천박하게 웃지 않을 수 없냐고, 먹는 태도도 품위라고는 하나도 없는데다 자연스럽지 못하고 쭈뼛거린다고. 당신을 위해서 말하는 거야. 딱딱한 남편의 목소리에 소희는 주눅들었어. 그러고 나서 소희는 자신을 죽여갔지. 립스틱 하나도 제가 좋아하는 색을 살 수 없었어. 제가 좋아하는 연분홍을 집어들었다가도 당신은 여전히 그런 천박한 색깔을 좋아하는군, 하는 남편의 목소리가 귓전에 들려서 힘없이 놓아두고, 사람들에게 말을 걸려다가도 문득 왜 그렇게 나서느냐고 책잡을 남편이 보여서 입을 꾹 다물고 있었지.

"뚱뚱 부어오른 배로 병원에 있으면서도 남편은 날 걱정했어. 내가 자기 없이 어떻게 살아나갈지 암담하다고. 내가 생각해도 못 살 것 같았어. 그런데 나, 이렇게 잘살고 있네. 신기한 일이야."

썩을 인간. 저 없는 세상에서 소희가 잘살 거라는 생각을 하면 견딜 수가 없었겠지. 사과를 깎으며 듣던 효임은 자기가 껍질을 칼로 저며대고 있는 걸 발견했어.

소희가 얼마나 아름다운지를 일깨우려는 효임의 노력은 나날이 효과를 보았어. 멀쩡한 제 눈 놔두고 남편의 눈으로 자기를 본 소희였으니, 효임의 눈으로 자기를 보는 것도 더 쉬웠을밖에. 한복을 만들고 남은 자투리 천으로 조각보를 만들어 구청에서 주최하는 공예전에서 상을 탄 것도 소희에겐 힘이 되었어. 바늘땀을 박고 나서도 남편의 눈으로 챙겨보고 마음에 안 들면 뜯어서 다시 박아 버릇했다니까 오죽

꼼꼼했겠어.

　남편이 들이민 거울을 치우고 효임이 내민 거울을 바라보면서 나날이 피어난 소희는 그 천진한 매력을 햇무리처럼 퍼뜨리기 시작했어. 해가 빛나면, 그 볕뉘를 쐬려 드는 사람이 있게 마련이지.

　"그래서 얼굴이 이렇게 환해졌구나. 누군데?"

　괜한 붕어빵을 들고 와서 머뭇거리던 소희가 사실은…… 하고 입을 열었을 때, 효임은 장씨를 떠올렸어. 소희와 효임이 친하다는 걸 안 뒤로 전에 없이 튀김닭을 안주로 술 한잔하는 취미를 붙인 장씨였으니. 여기 사람은 아니야. 소희는 효임의 기대를 단박에 무너뜨렸어. 사내에 대해서 들으면 들을수록 다디달던 단팥이 효임의 혀끝에 씁쓸했어. 채 녹지 않은 사카린 덩이를 씹었나봐.

　소희는 제 역할을 비련의 여주인공으로 고정시켜놓은 것 같아. 온몸을 내던져 헌신하고 헌신짝처럼 버려지는 여자. 첫 연애부터 일관된 소희의 안목은 번번이 효임의 입맛을 떨어뜨렸어. 소희의 연애 상대는 한결같이 소희에게 뭔가를 요구하게 되었지. 몇 번의 연애를 지켜본 뒤에야 효임은 깨달았어. 그 남자들이 원래 그런 게 아니었어. 소희가 그들을 그렇게 만들고 있었어. 대상을 향해 자기를 무장해제하고 환하게 나부끼는 여자, 벽에 부딪쳐 멍들고도 벽보다는 자기를 원망하는 여자가 있으면 신기해서 자꾸 멍들게 하고 싶은 사람도 있는 법이거든.

　멍든 채 나대는 소희를 지켜보면서 그에 못지않게 멍드는 이가 있으니 장씨야. 천적이란 게 있긴 있나봐. 소희가 싸늘히 외면하는 유일한 남자는, 바로 소희에게만 목매달고 있는 장씨야. 소박한 소희를 좋아했던 장씨는 눈부시게 피어난 소희에게서도 결코 눈 돌릴 순 없었지. 사람에게 목매단다는 점에서 둘은 참 많이 닮았어. 다른 게 있다면 장씨가 '일편단심 민들레'의 그 민들레라면 소희는 '민들레 홀씨 되어'의 그 민들레라는 거지.

일편단심 민들레가 지친 나머지 결혼할 뻔한 적이 있어. 작년 가을이었을 거야.

"잘됐네요, 장사장님. 아가씨가 처녀라면서요?"

소희의 목소리가 낭랑했지. 단비가 새엄마를 맞는다는 소문이 시장 바닥을 휩쓸 만큼 휩쓸고 큰길로 빠져나간 어느 날, 효임이 영업을 끝 내려는 참에 들어선 사람은 소희와 장씨였어. 장씨 깜냥으로는 마지 막 확인을 하려 했는지도 몰라.

"무슨예. 지가 뭐 볼 끼 있다고 그러겠심꺼. 결혼도 마 날 받아놓은 것도 아니니 결정된 것도 아니고예."

처녀장가를 갈 판인 장씨의 자부심은 소희를 바라보는 애절한 눈초 리에 치여 흔적도 없어졌어. 아이고 저 먹퉁. 컵을 씻는 척하면서 그 쪽으로 신경을 곤두세우던 효임은 장씨의 얼굴을 한 대 갈길 듯 팔을 움찔하다가 그만 컵을 미끄러뜨렸어. 다행히 설거지통으로 떨어지는 바람에 분위기를 깨진 않았지만. 그렇게 오래 좋아하고도 어떻게 다 루어야 할지 모르는 걸 보면 장씨, 어디가 모자라긴 한가봐. 소희 같 은 여자는 머리채 휘어잡고 나서야 한다고 효임이 푼푼히 일렀건만 또 기고 들어가잖아.

"벌써 소문이 쫙 났는데요? 그 아가씨가 장사장님과 결혼 못 하면 평생 장사장님만 바라보고 살 수도 있다고 했다면서요?"

장씨는 얼굴이 벌게졌어. 순정파 장씨는 의리파이기도 해서, 자기를 사랑한다는 것 때문에, 소희와 대면도 못 한 여자가 소희에게 모욕당하는 건 견디기 어려웠을 거야.

"무신, 말씀이 지나치네예."

간신히 그 말을 한 장씨는 앞에 놓인 소주잔을 드는 동작으로 노여움을 가렸지. 그러나, 그 눈에는 어찌할 길 없는 매혹이 들어 있으니, 장씨가 듣기에 야비하기 짝이 없는 말을 하는 그 순간에도 소희는 장씨에게 매혹적으로 비쳐지는 것이었어. 개에게 쫓겨 허덕이며 달아나던 고양이가 시궁쥐 한 마리를 만나 어를 때, 그동안 개에게 당한 것을 고스란히 갚겠다는 열망으로 한껏 잔혹해질 때의 앙칼진 집중, 근처에 가기만 해도 칼날로 베일 듯 날선 매혹. 그 매혹이 뒷날 장씨를 소리소문도 없이 파혼하게 했겠지만, 그걸 보는 효임의 가슴은 까닭 없이 흐득거리며 비 듣는 소리를 내지. 소희가 장씨에게 잔인하게 굴 때마다, 효임은 거기서 소희의 지난날을 보게 되거든. 그 지난날이, 자꾸만 '사뿐히 즈려밟고 가시옵소서'라며 소희를 엎드리게 하는 것 같아.

사진기자라는 그 남자, 소희를 차버리는 데 저는 쑥 빠지고 제 아내를 소희가 일하는 데까지 등장시킨 걸 보면 여태까지 소희가 만난 다른 남자와 다를 바가 없는 것 같은데 후유증이 왜 이리 오래가지? 소희 말로는 아내가 눈치채고 나선 거라지만, 요즘 들어 소희가 꽃가루 다 날려버린 꽃술의 민숭민숭함을 드러내던 걸로 보아, 효임이 보기엔 그 작자도 몸 뺄 준비를 하고 있었던 게 틀림없어.

4

"저거 읽어봤어? 요즘 광고에 많이 나오잖아. 암에 걸려 죽어가는 아버지 이야기가 나오는 소설. 저기 두번째 칸 맨 오른쪽에 꽂힌 책. 그래, 그거 새로 나온 건데 효임씨야 워낙 빨리 읽으니까."

이슬이 엄마는 빨리 반납해야 한다는 걸 그렇게 말하곤 하지. 책등에 싼 비닐커버가 투명한 새책이야. 아무려나. 효임은 권하는 대로 집어들고 나오지. 어차피 가게 안에 있기가 심란해서 나온 길이니 효임은 괜히 시장 안을 빙빙 돌았어.

궁륭을 이룬 비닐천장은 저만큼 높고, 아크릴 등을 켠 간판들과 정육점의 창백한 보랏빛 등불이 저만큼 겹쳐지고 낯익은 풍경이 성큼 뒤로 물러서. 그럴 때 효임은 시간을 성큼 거슬러올라가 어린 시절의 시장풍경 속으로 뛰어들기도 해.

"너 밖에서 누가 부른다."

만홧가게 아저씨가 어깨를 툭 치는 바람에, 공주를 구하는 기사가 되어 성벽을 타넘던 효임은 덜컹, 떨어져내렸어. 높은 곳에서 떨어진 충격에서 벗어나려면 시간이 좀 걸려. 효임은 어릿어릿한 시선을 되도록 천천히 움직여 밖을 내다보지. 구슬을 꿴 발로 가려진 가게 입구, 발 사이로 흐릿한 윤곽이 보이고 그 아래, 무릎이 미어져나온 코르덴 바지가 낯익어. 세 살 위인 오빠야.

효임을 밖으로 끌어낸 오빠는 밤이면 유리문에 덧대는 함석문짝들을 세워놓은 곳으로 몇 발짝 앞서 가지. 효임은 동전을 꺼내 오빠의 손에 올려놓아. 짤랑, 동전이 오빠의 호주머니 속에 떨어지는 순간, 효임은 기사와 공주의 앞날이 어떻게 되는지 알려면 앞날을 기다릴 수밖에 없다는 걸 깨닫지. 만화가 금기이던 그때, 만홧가게에 있는 걸 들켰으니 오빠 입을 막느라 가진 돈을 다 써버렸거든. 그 무렵, 효임은 자기가 곱슬머리 컬을 완벽하게 그려내는 만화가가 되거나 글을 쓰는 사람이 될 것이라고 막연히 예감했었어. 여전히 시장바닥에 있을 줄은 몰랐지.

사랑했던 날들보다 미워했던 날이 더 많아. 우리가 다시 저 강을 건널 수만 있다면……

카세트테이프가 차곡차곡 실린 리어카에서 나오는 노래가 효임을 붙잡았어. 테이프장수 아저씨는 늘 무표정한 얼굴로 리어카 곁에 서 있거나 앉아 있다가 노래가 끝나면 테이프를 갈아끼워. 탱고 리듬의 노래가 나오든 질질 늘어지는 트로트든 무표정이야. 삼각파도의 끝처럼 코끝이 들린 아저씨를 볼 때마다, 효임은 저런 코를 가진 남자가 주인공인 만화를 어렸을 적에 보았는데…… 무언가 떠오를 듯 말 듯 해서 안타까워지지. 어떤 기준으로 선곡하는지를 가늠할 수 있는 아무런 단서도 보여주지 않는 석회석 같은 아저씨가 고른 노래를 들으며, 다시 건널 수 없는 강, 흘려버린 시간이 가슴에 막막하게 부딪쳐와, 효임은 들고 있던 책을 끌어안고 그냥 서 있지.

하지만 당신과 나는 만날 수가 없기에 당신이 그리워지면 저 강이 야속하다고……

노래의 끝부분에 눅진하게 젖은 채 가게 안에 들어서는 효임을, 실내의 침침함이 저만큼 쑥 물러날 정도로 훤한 사내가 맞았어. 효임의 오빠가 들른 거야.

"별일 없었냐?"

"오랜만이야."

여자들로 하여금 침묵으로 꽃잎을 피워내게 하던 바람둥이 오빠. 언젠가 소희가 보고 나서 눈을 반짝일 만큼 아직도 용모가 수려한, 그러나 제 안의 바람기에 휘둘리며 살아온 날들이 배어나와 허랑함이 두드러지는. 그 오빠는 아직도 미혼이고 직장도 없이 떠도는 신세야. 분위기 좋은 찻집에서 아무도 위로해줄 길 없는 중년의 쓸쓸함을 말하기에 어울리는 사람. 그가 시린 가슴을 슬몃 내밀면, 소희 같은 여자들은 제 가슴으로 그 허전함을 덮어주고 싶어 두근거리겠지. 어디서 매서운 여자한테 걸려들어서 정착했으면 좋으련만.

효임은 말없이 가게에 딸린 방의 장롱 서랍을 열어, 맨 아래칸에 미리 장만해둔 봉투를 꺼내어 오빠에게 내밀었어.

"닭 한 마리 튀길게 먹고 갈래?"

"생각 없다."

오빠는 손을 내저었어. 오빠의 손은 칼을 들거나 튀김기름에 덴 자국이 군데군데 흉터로 남은 효임의 손보다 더 곱고 희지. 아무 일도 못 할 것 같은 손이야. 돈만 받으면 얼른 나가는 건 미덕일까. 이번엔 얼마나 버틸지 모르겠어. 며칠 전부터 효임의 속에서 일던 조바심은, 소희 때문만은 아니었던 것 같아.

오빠가 남들처럼 제대로만 대학에 가주었더라면 어쩌면 효임도 대학에 갈 수 있었을지도 몰라. 효임은 국문과에 가고 싶어했어. 어쩌면 여성지의 화보에 나오는, 공원 벤치에서 아득한 눈으로 무언가를 응시하는 시인이 되었을 수도 있었겠지. 삼수를 한 오빠의 입시와 효임의 입시가 겹쳤을 때, 한꺼번에 둘은 벅차니 네가 정히 가고 싶다면 내년에 가렴, 효임에게 그렇게 말씀하신 아버지는 효임이 자전거포에서 경리를 보면서 날깃날깃한 교과서를 틈틈이 펼치던 해에 어머니와 삼 개월 상관으로 돌아가셨어. 이따금 효임은 생각해보지. 아버지가 살아 계셨더라면 뭔가가 달라졌을까?

시장 안, 가게들이 내건 아크릴 등의 빛살 속으로 오빠는 멀어져갔어. 뭇 여자의 눈엔 헌칠하겠지만 효임의 눈엔 부실하게만 보이는 뒷모습이 저만큼 환한 곳으로 사라져가네. 어린 시절, 만홧가게에서 효임의 동전을 받아가던 그때로부터 얼마나 긴 시간을 흘러온 것인지. 어쩐지 이 생을 문턱문턱 뜯어내고 있다는 서러움이 후득이는 빗낱으로 효임을 때려오지. 어쩌면, 효임은 오빠를 어느 만큼 사랑하는 것 같기도 해. 오빠에게 돈을 건넬 때, 그때 비로소 시장 안에서 보낸 남루한 시간에 보상을 받는 기분이 들거든. 푸슬푸슬, 한 번도 꽃피워보지 못한 채 시드는 줄기 같은 효임의 빈약한 가슴에 물이 오르는 기분이야. 그러고 보니 가을이야. 시장 안에선 자장면으로 늦은 끼니를 때우는 아주머니의 앞에 놓인 알밤으로나 느껴지는 가을. 몸뻬 차림에 골반이 퍼지고 다리가 굽어 어기적거리는 걸음의 아주머니들. 생의 가을날을 맞아 바스라지기 직전의 단풍 같은 모습들. 저이들의 생에도 한 번은 환했던 날들이 있을까. 그 기억을 그들은 어떻게 감당하는 걸까. 효임은 멍하니 바라보지.

만홧가게에 가는 게 금기였던 그때, 어른들이 왜 그렇게 만화며 소설책 읽는 걸 금했는지, 효임은 이제야 겨우 알 것 같아. 만화는 낯선 곳으로 데려다주지. 이 생의 남루함에서 건져내어 화려한 주인공이 되게 하지. 거기선 꽃으로 피어날 수도 있고 멀리멀리 떠나버릴 수도, 떠났던 곳으로 돌아와 용서받을 수도 있지. 그렇게 만화와 소설 속의 세계에서 떠다니는 사이에 발은 수소풍선처럼 조금씩 현실에서 떠오르지. 그래서 그렇게 말리셨던 게야. 하지만 어른들이 몰랐던 게 있으니, 어디선가 커다란 손이 불쑥 나타나 여기서 건져내줄지도 모른다는 허무맹랑한 믿음마저 없으면 삭막해서 어찌 살까. 소희가 끝이 빤한 연애에 텀벙텀벙 빠져드는 것도 그래서일 거야. 소희는 물가에 내놓은 어린애 같지만, 물가에 내놓은 애가 다 빠져 죽는 건 아니잖아? 빠졌다가도 허우적허우적, 알 수 없는 힘으로 저 혼자 헤쳐나오기도 하고, 아슬하게 기우뚱거리면서도 끝내 빠지지 않는 애들이 더 많아. 그러니까 시장 안에 이렇게 많은 사람들이 북적이며 사는 거겠지.

5

가만, 장씨가 가다 말고 왜 저렇게 말뚝처럼 서 있지? 저런, 드디어 나타나시는군. 으이그, 저 웬수, 다 저녁때 아예 꽃으로 피어났군. 저 환한 분홍빛 옷이라니. 비극은 끝나고 이젠 사랑의 예감에 부푼 여인으로 태어났다 이거지. 저 말갛게 씻긴 얼굴을 보면 장씨의 일편단심도 이해가 가. 아마도 〈무너진 사랑탑〉이라는 노래나 목청껏 불러젖히거나 그 남자가 찍어주었다는 사진 속의 저를 부여안고 글썽이느라 식음을 전폐하다가 점심때쯤 겨우 몸을 일으켜 목욕탕에 다녀왔을 거야. 분명히 혼수방에 얼굴만 비치고 이쪽으로 올 텐데, 그러고 보니 튀김기름에 불부터 올려야겠네. 토실한 통닭이라도 한 마리 먹여야 저 반쪽이 된 얼굴을 어떻게 해보지. 이번엔 몸도 마음도 다 바쳐 헌신할 다른 놈팡이 만나기 전에, 내 장씨 앞에 무릎 꿇리고 말 거야. 그 동안 읽은 어떤 책보다 감동적인 장면을 그려내고 말 거야.

그
집
앞

1

기다란 전신거울 속에 한 여자가 서 있다. 거울은 한 사람의 몸피를 겨우 담을 수 있을 만큼 좁아서, 여자는 거울 속에 갇힌 것처럼 보인다. 어찌 보면 거울이 여자 주위를 압박하며 좁혀들어오는 것처럼 느껴진다. 하얀 레이스로 가장자리를 두른 개더스커트와 흰 티셔츠, 그 위에 걸친 하늘색 카디건이 여자를 얼핏 소녀처럼 보이게 한다. 하지만 좀더 자세히 보면 티셔츠 너머로 비어진 어깨선의 뭉실함이며 굵지 않은 목을 두껍게 보이도록 하는 목주름, 분이 제대로 먹지 않아 거칠하게 들뜬 얼굴의 살결이 눈에 띈다. 여자가 옷차림이 상정하는 나이로부터 한참 더 묵은, 그렇다, 더 먹은 게 아니라 묵은 것이다, 나이임이 드러난다. 게다가 스커트의 레이스가 조금 해진 것까지 눈에 들어오면 여자의 누추함은 안쓰럽게 여겨질 지경이다. 고무줄 허리며 넓은 치마폭이 편해서 가벼운 외출에 즐겨 입는 치마의 레이스가 해진 것도 모르고 있었다니. 여자는 터져나오는 한숨을 다물린 이 사이로 자금자금 잘라서 내보낸다.

"괜찮아요, 형님. 요즘 미시 주부들 못 봤어요? 아가씬지 아줌만지 저도 구별 못 하겠더라고요. 발랄해 보여서 좋기만 하던걸요."

거울 뒤편에서 한 얼굴이 나타나 한쪽 어깨로 흘러내린 카디건을 추슬러주며 말한다. 막냇동서다. 위로하는 기미를 보이지 않으려 짐짓 대수롭지 않게 말하지만, 내 난감한 기분을 어루만지는 손길이 어쩔 수 없이 느껴진다. 남의 마음을 너무 헤아리는 나머지, 정작 자신의 본심은 어딘가에 따로 꿍쳐둔 듯한 느낌을 주는 여자. 막냇동서의 무심한 눈빛을 보는 순간 나는 갑자기 켕긴다. 실제의 나는 내 눈에 비친 것보다 더 우스꽝스럽게 보이는 게 아닐까. 뭉글거리는 의구심을 막냇동서가 덮어버린다.

"훨씬 밝아 보여요, 형님. 백은 어떤 거 들고 나가실 거예요?"

여동생을 첫 미팅에 내보내는 큰언니처럼 막냇동서는 이것저것 챙긴다. 천성적으로 강한 것보다는 약한 것에 더 마음 쏠리는, 남 아픈 걸 보면 글썽이지만 그 글썽임을 드러내지 않고 한 겹 거를 줄 아는 지혜로움. 늘 무심해 보이지만 한 겹 안쪽에 햇솜 같은 다사로움을 펼치고 있는 얼굴. 한때는 내게도 저런 빛이 조금쯤 있었을지도 모른다고, 한때 아꼈지만 어느 결에 잃어버린 물건을 떠올리듯 아련한 마음으로 막냇동서를 본다.

"형님, 저 다음주부터 일주일 동안 휴가예요. 주말에 친정에 다녀오고 나면 룰루랄라거든요. 그동안 혹시 하시고 싶은 일 없으세요?"

수화기 너머로 울려나오는 동서의 탄력 있는 목소리를 들으며, 나는 전화벨이 울리기 직전에 냉장고에서 꺼낸 캔을, 캔 따는 소리가 수화기 너머로 넘어가지 않도록 조심하며 땄다. 도르르, 가을날 마른 나뭇잎처럼 속이 말릴 때, 어디선가 불어온 바람이 내 안에 끊임없이 모래를 쌓아놓을 때, 그 모래가 바람결 따라 사르륵 움직이며 몸 안의 습기를 다 빨아들이는 듯 느껴질 때, 나는 마른 나무둥치에 물을 주듯 맥주 캔을 따곤 했다.

첫 모금을 들이켜는 순간, 나무둥치를 단단히 감싼 마른 땅이 물기로 검게 젖어들듯 내장 안벽에 스며드는 물기. 그럴 때 내 눈길은 대개 거실 장식장이나 베란다의 진열대에 놓인 분재화분들을 향한다. 잘 바랜 뼈처럼 하얀 줄기 위에 작고 뾰족한 잎이 다복다복 붙은 노간주나무, 숲속에서 하늘을 찌를 듯 뻗쳐오르던 기억을 세포 속에 간직한 듯 좁다란 화분 속에서도 제법 수직으로 솟은 삼나무, 어디 마을 어귀쯤에서 오가는 사람들에게 그늘을 드리우며 그들이 나눈 이야기를 듣던 정자나무를 조상으로 둔, 널찍하게 옆으로 퍼진 느티나무. 시어머니가 온갖 정성을 들여 키우는 나무였다. 저 화분들에 술을 부어주면 어떤 반응을 일으킬까. 한 번도 그래본 적은 없지만, 술을 마시며 나무에 눈을 줄 때마다 나는 그런 유혹에 시달린다. 분무기에 소주며 맥주, 양주까지 뒤섞어 폭탄주를 만든 다음 잎이며 줄기에 듬뿍 뿌려준다. 분갈이를 할 때 본 가늘고 섬세한 실뿌리들은 알코올을 물인 줄 알고 빨아들인다. 그러다 제 뿌리에 닿는 액체의 이물스러움에 잠깐 자지러든다. 물관부에 스며든 알코올은…… 나는 소파에 붙박인 채 고개를 젓는다.

"왜? 서방님 어디 가신대?"

"중국 출장이래요. 출장간다는 바람에 제 입이 너무 벌어졌나봐요. 자기 앞으로 생명보험이나 잔뜩 들어놓으라는 둥, 자기 손금을 누가 보더니 명이 짧다고 했는데 당신 좋겠다는 둥 온갖 심통을 다 부리고 나갔어요. 그러거나 말거나 저는 좋은데 어떡해요. 그동안은 조용히 보낼 수 있을 거 아녜요?"

그 기합소리가 싫긴 싫었나보았다. 최근 들어 부쩍 홍콩 무술영화에 취미를 붙인 막내시동생은 주말이면 밤을 꼬박 지새우곤 했다. 그야말로 무술영화다운 피 뿌리는 장면이며 기합소리에 새치가 돋는 기분이라고 동서는 콧등을 찡그렸다.

"그래선데요. 형님, 저랑 휴가 나눠 써요. 제가 인영이 맡을 테니까 어디 혼자 다녀오고 싶으신 데 있으시면 다녀오세요. 아니면 아주버님하고 영화라도 보시든가. 어머니 곧 오신다면서요?"

시누이의 해산구완을 하러 시어머니가 다른 도시에 가 있는 동안, 나는 귀대날짜를 헤아리는 휴가병처럼 초조했다. 남편이 거의 들여다보지 않는 다용도실에 맥주 캔이 달력의 날짜를 지워나가듯 쌓였다.

"우리 인주 입시 치를 때까지만이야. 이 년 남았어. 입시생 엄마야 본인이 수험생이나 마찬가지잖아. 어머님이 뭐 크게 신경쓰이게 하는 편은 아니지만, 인주네 학교가 이사가는 바람에 학교 다니기도 먼 편이고. 그동안 동서가 좋은 일 한다 생각하면 되잖아. 생활빈 어머님이 내놓으시니 생활비도 굳는 거고."

시아버지의 제삿날, 전을 부친다 나물을 무친다 삼 동서가 분주했다. 무슨 말끝엔가 남편이 고향으로 내려오려 한다는 말을 들은 큰동서는 프라이팬에 부추전 반죽 떠놓던 손길을 멈추고 말했다. 지그그, 프라이팬에 물이 튀었는지 뜨거운 기름이 내 손등으로 튀어올랐다.

"인영이가 할머니하고 살아보는 것도 필요하잖아. 뭐 요즘 사람들 기가 중요하다고들 떠들던데, 삼대가 같이 사는 게 어린 기와 늙은 기가 뒤섞여 조화를 이룬다며? 안 그래, 막내?"

식탁 의자에 앉아 조물조물 나물을 무치던 막냇동서는 형님, 간 좀 봐주세요, 나물을 집어 내 입에 넣어주며 말했다.

"그렇대요. 어떤 땐 요즘 애들 불쌍하다 싶을 때도 있어요. 우리 클 때야 부모한테 야단맞으면 할머니 치맛자락 뒤로 숨으면 되었지만, 요즘엔 기댈 데가 없잖아요? 그래서 오히려 다들 저만 아는 거 아닌가 싶기도 하고. 그런데 형님, 어머님이 그렇게 하시잘까요?"

"무슨. 이 자리에서 결정하자는 건 아니고 우리끼리 말이나 해두자는 거지, 뭐. 말이야 바른 말이지, 우리가 무슨 힘 있어? 그래도 어머님이야 세상 돌아가는 걸 누구보다도 잘 아시는 분이니까 이해하시겠지."

큰동서의 말투는 거침없었다. 남편 정년 맞기 기다려 이혼을 요구한다더니, 그런 당당함이 큰동서의 옹골찬 몸집에서 뻗쳤다. 이것저것 손대는 것마다 실패하고 시어머니의 포목점 일을 보던 큰아주버니가 최근에 제법 커다란 건축회사에서 직책을 맡은 뒤로 큰동서의 목소리에 힘이 실렸다. 이 기회에 아예 분가까지 하고 싶은 모양이었다.

서울 살림을 정리한 짐이 들어오던 날, 이미 아파트를 얻어 나간 큰동서는 내 어깨를 두드리며 말했다. 천사표 며느리 할 생각은 말고, 그저 할 수 있는 만큼만 해. 너무 잘하려고 하면 속병 나. 말이야 바른 말이지, 우리 어머니 같은 잘난 양반 밑에서 살기가 쉽지만은 않아. 나는 내 이마를 간질이며 내려오는 뿌연 기운을 바라보았다. 바야흐로 '착한 며느리'라는 베일이 드리워지려 하고 있었다. 나는 그 베일을 황급히 걷어냈다. 형님, 저 그저 이렇게 되었으니 들어와 사는 것뿐이에요. 경제적으로 도움이 될 것 같기도 하구요. 아무리 형님네 사정이 다급하다 해도, 저희도 저희 편하자고 그러는 건데요, 뭘. 형님은 내가 착한 며느리뿐 아니라 예절바른 동서라는 타이틀까지 챙긴다고 생각하는 눈치였다.

서울의 그만그만한 대학에 인주가 합격하자마자 큰동서는 동네의 화장품할인점을 인수함으로써 시어머니를 모실 의사가 없음을 명백히 했다. 그때쯤, 나는 무심코 드리운 베일이 몸에 들러붙어 떨어지지 않을 때의 난감함으로 허우적거리고 있었다. 거북스럽지만 그런대로 화사함을 즐길 만하던 베일은 묵은 먼지와 습기, 내 마음의 끈적임으로 끈끈해졌다.

"형님, 아주버님한테 맛있는 거 많이 사달라 그러세요. 늦어지면 저 인영이 방에서 자고 가도 되니까 일찍 돌아오려고 마음쓰지 마시구요. 저 재워주실 거죠?"

"자고 가는 거야 상관없지만 서방님이 밤마다 전화한다면서. 이쪽에선 연락도 안 된다면서 얼마나 걱정하시겠어?"

내 속마음에는 오늘의 외출이 길어질지도 모른다는 우려가 깔려 있다. 시동생은 남자치고도 안달하는 성격이다. 아내가 밤늦게까지 집을 비운 걸 알면 혹 사고나 나지 않았을까, 삼십 분마다 전화를 하고도 남을 성격이다.

"오늘쯤 여기 올 거라고 했으니까 한두 번 걸다 안 되면 이리로 전화할 거예요. 그 급한 성질에 어디 가만히 있겠어요? 신경쓰지 마시고 즐겁게 지내세요."

어깨로 슬몃 흘러내린 머리카락을 떼어내주는 막냇동서의 말투에서 조심스러운 불안이 묻어난다. 그래서 가정환경이 중요하다고들 하는 거란다. 애가 어디 하나 나무랄 데가 있더냐. 시어머니로부터 그렇게 끊임없이 비교하는 말을 들으면서도 막냇동서에게 미움이 일지 않는 건 막냇동서의 미덕이었다.

"인영아, 엄만 아빠하고 노시라 하고 인영인 숙모하고 놀자. 우리 뭐하고 놀까. 안녕히 다녀오세요, 먼저 해야지?"

"응, 엄마, 안녕히 다녀오세요. 올 때 맛있는 거 많이 사오세요!"

아이는 아이다운 낭랑한 목소리로 외치듯 말한다. 이럴 때 보면 아이 같은데 어떤 때, 그 아이 속에 이미 어른들이 느끼는 정서의 민감함이 다 깃들어 있다는 걸 실감하게 된다. 언제던가, 마른 빨래를 걷어 개다가 낡은 베갯잇의 날깃날깃한 부분에 손가락이 닿았다. 삭아버린 무명천은 손가락이 닿자 죽 찢어져버렸다. 어차피 못 쓸 베갯잇이었다. 나는 찢긴 자리에 다시 손을 넣었다. 손가락이 닿는 데마다 천은 찢겨나갔다. 내가 왜 이러지, 내가, 그러면서도 그 손놀림을 그만두지 않았다. 그때, 장난감을 가지고 식탁 저편에서 놀던 아이가 달려오며 내 팔에 매달렸다. 엄마, 하지 마, 하지 말란 말이야. 아이가 보고 있는 줄도 몰랐던 내겐 느닷없는 반응이었다. 괜찮아, 이거 낡아서 못 쓰는 거야. 버리고 다시 살 거야. 울상이 된 아이가 내 팔을 비틀었다. 그래도 하지 마. 하지 말란 말이야. 아이의 얼굴은 일그러졌다. 그 눈엔 아이답지 않은 고통과 공포가 어려 있었다. 이게 무슨 짓이람. 나는 손을 놓고 아이를 끌어안았다. 잘못했어. 엄마가 잘못했어.

전화벨이 울리자 아이는 쪼르르 달려가 수화기를 든다. 최근 들어 부쩍 어휘가 는 아이는 전화통화에 취미를 붙였다. 막냇동서한테 전화 걸어달래서 응답기가 작동되면 제가 하고 싶은 말을 주절주절 늘어놓을 줄도 알았다. 숙모, 어떡하면 좋아요. 저 너무 예쁜가봐요. 사람들이 너무 예쁘대요. 그런데 숙모, 예쁜 인영이 보러 언제 오실 거예요? 늦은 나이에 결혼해 아직 아이가 없는 막냇동서와 아이가 노는 걸 보면 연인 같았다.

"인영이네 집인데요. 네, 아빠! 네, 그런데요 아빠, 저 숙모랑 놀 거예요. 뭐하고 노느냐면요, 음 그건 잘 모르겠어요. 엄마. 아빠 전화!"

대답하기 곤란한 질문을 받으면 얼른 바꿔주는 습성대로, 아이는 내게 수화기를 건넨다.

"네."

"당신이야?"

"네, 웬일이세요."

"아직 안 떠났네. 당신 조금 늦게 나와야 할 것 같아. 철영이 있잖아, 걔가 내려왔다네. 내려온 김에 잠깐 얼굴 좀 보고 가자는데 그래야 할 것 같아서."

"그래요. 그럼 넉넉잡고 두 시간쯤 늦게 만나요. 다섯시쯤 나가면 되겠네. 이따 봐요."

그러지 않아도 굳이 이렇게까지 할 필요가 있을까 싶어 주저하던 마음이 그냥 주질러앉으려 한다. 두 시간 남짓의 여유는, 손님을 초대해 바삐 음식을 만들다가 사정이 있어 못 오게 되었다는 연락을 받았을 때처럼 애매한 구석이 있다. 뭉깃거리며 소파 쪽으로 다가서는 나를, 동서는 어깨를 안듯이 밀어낸다.

"형님, 그러지 마시고, 기왕 나가려던 거니 일찍 나가서 바람이나 쏘이는 게 어때요? 그렇게 우아할 때 거리 돌아다니시는 거예요. 또 알아요? 근사한 총각이 데이트 신청할지. 인영아, 엄마 예쁘지?"

2

이 나무라고, 나무에 등을 기대는 순간 근거없는 확신이 나를 붙든다. 이 나무가 오래전 밤마다 나를 안아주던 나무라고.

나무를 알아보게 만든 건 기울기다. 나무에 기대어 저만큼 돋아난 별을 올려다볼 때면 등받이가 기우듬한 의자처럼 기운 나무는 편하게 등을 감싸곤 했다. 미심쩍은 기억력을 몸이 돕는다. 이 나무라고, 나는 믿어버린다.

졸업한 뒤 처음 와보는 모교였다. 남편의 고향인 이 도시는, 내가 고등학교 진학을 위해 삼 년 동안 머무른 도시이기도 했다. 내려와 산 지 이태가 넘었지만, 이곳에 와보겠다는 마음이 인 건 처음이었다.

땡. 엘리베이터가 일층에서 멎는 순간, 까닭없이 가슴이 철렁했다. 다시는 이 현관에 들어설 일도, 아이의 달콤한 얼굴을 볼 일도 없을 듯한 과장된 절박함이 밀물져왔다. 자전거를 처음 배운 아이가 원근법에 따라 좁아지는 길을 달려나가 점점 작아지고 멀어지는 걸 볼 때

이는 과장된 안타까움. 균형을 잡느라 윗몸을 이리저리 흔들며 페달을 밟는 아이가 다시는 돌아오지 않을 것 같아서 입안에서 가만히 아이의 이름을 불러볼 때의 아득함. 한때 곁에 머물렀으나 이젠 되돌릴 수 없는 무엇.

그처럼 아득한 거리. 다시 못 볼 듯한 삭연함에 나는 몇 발짝 걷다 말고 아파트를 올려다보았다. 십이층 높이의 아파트가 엎어져서 나를 덮칠 듯했다. 정 떼려 냉정하게 구는 사람처럼 짐짓 사나운 표정. 안녕하세요, 세발자전거를 타고 느릿느릿 지나가던 아이가, 아이다운 교태를 듬뿍 담은 목소리로 인사를 했다. 안녕. 인영이 친구인가 싶었으나 낯선 아이였다. 핸들 쥔 손을 움직이는 바람에 비틀거리는 아이의 뒷모습에서 눈을 거두며 막 빠져나가려는 빈 택시를 향해 손을 드는 순간, 비로소 갈 곳이 생각났다.

토요일 오후라서 학생들이 다 가버렸는지, 학교는 한산하다. 언덕길을 올라서자 나무들이, 내 기억 속의 나무들이 보인다. 잡목 우거진 언덕에는 스탠드가 설치되어 있고, 그 스탠드 가장자리에 아카시아나무와 버즘나무가 한 줄로 늘어서 있다. 잎이 무성한 아카시아나무와 달리 잔가지 다 쳐낸 버즘나무는 윗동에만 새잎이 나서, 사춘기를 넘기느라 부쩍 커버린 소녀, 껑성하게 웃자란 채 내밀한 슬픔에 잠긴 여중생처럼 어설퍼 보인다. 그 아래 마디에서 막 돋아나는 여린 잎은 붉은빛이다. 잎이 투명하게 보일 만큼 여려서일까. 그 붉은 기운은 막 양수에서 떨어져나온 아기의 붉은 얼굴을 연상시킨다.

가거라. 너는 대처에 나가서 공부해라. 그래서 자유롭게 살아라. 요즘 세상은 여자도 공부를 하면 제 뜻대로 살 수 있으니. 큰어머니는 방바닥에 깔아놓은 속싸개 위에 새로 타온 솜을 두며 말했다. 큰어머니와 대각선을 이룬 지점에서 역시 솜을 펴가던 어머니는 손놀림만 부지런할 뿐 말이 없다. 갓 탄 솜의 연한 누른빛은 바라보기만 해도 잠이 쏟아질 듯 포근했다. 포실한 솜을 손으로 누르자 손자국이 잠깐 나더니 이내 가뭇없어졌다. 색동으로 누빈 베갯모를 단 베개도 완성되었다. 여느 때에도 두 분은 내게 정다웠지만, 그러나 새 이부자리를 꾸미고 새 속옷을 넉넉히 갖춰주는 두 분 곁에서 나는 자꾸만 서먹해졌다. 그 정성은 여러 번 깃들 수 있는 정성은 아니었다. 일생에 단 한 번, 아주 먼 데로 떠나보낼 때나 알맞을 정성이었다. 버드나무로 엮은 바구니에 담겨 강물 위에 띄워질 아기처럼 외로워진 나는 폭신한 햇솜에 얼굴을 묻었다. 얘가, 애처럼 이게 무슨 짓이람. 나무라는 어머니. 남의 눈을 피해 강물에 바구니를 띄우는 여인들. 그 안에 자기의 배를 가르고 태어난 아기를 실어 떠나보내는 여인들. 물살에 실려 떠내려가다가 강둑에 드러난 나무뿌리나 수초에 걸려, 인정 많은 누군가의 손에 키워지기를 바라는 마음으로 물비늘 반짝이는 강물을 보며 눈 안에 그렁그렁 물비늘을 일으키는 여인들. 왜 그런 생각을 했던가.

나무야, 내게 힘을 줘.

나무둥치는 낮 동안 볕을 머금어 알맞게 따뜻하다. 등을 기대고 서 있자 오래지 않아, 수피 아래를 흐르는 수액의 서늘한 기운이 느껴진다. 땅속 저 깊은 곳에서, 줄기처럼 벋어나간 뿌리들이 빨아올린 물기. 흙과 물이, 흙 속의 불과 금속의 기온이 뒤섞여 잎맥까지 밀어올리는 유장하고도 세찬 흐름. 막힐 것 없는 흐름. 오래전, 입시를 앞둔 야간 자습시간이면 나는 살그머니 빠져나와 지친 인디언처럼 나무에 기대어 서곤 했다.

밤이면 교실 안은 퀴퀴했다. 저녁 도시락의 반찬 냄새, 마룻장이 습기와 먼지로 삭아내리는 냄새. 형광등은 창백한 빛을 뿌리다가 이따금 황량함을 완성시키는 효과음처럼 찌이익, 소리를 내기도 한다. 책에 눈을 주다가 문득 고개를 들면 교실 안의 정체가, 고요히 갇혀서 부패하는 공기가 조여드는 느낌이었다. 갇혀 있다, 라고 생각하는 순간부터 숨은 답답해졌다. 삼학년 다른 반 교실에도 이와 똑같은 단조로운 풍경들이 고여 있을 거라 생각하면 금방이라도 와와, 소리칠 것만 같다. 나는 마침내 자리에서 일어나, 복도 끝에 앉아 조는 당번 선생님의 눈을 피해 복도를 빠져나온다. 운동장으로 나서는 순간 싸아한 밤바람, 그 바람에 휘감겨 언덕으로 가 나무에 슬그머니 몸을 기대며 비로소 참았던 큰 숨을 내쉰다. 등뒤로 돌려 허리께에 두른 손바닥은 수피와 맞닿고, 그렇게 기대어 서 있는 동안, 젊음의 무모함도 수액에 희석되어 가만가만 진정되곤 했다.

나무야, 내게 힘을 줘.

나무에 기대어 멍하니 서 있는 나를, 당직교사인 듯한 중로의 사내가 미심쩍은 눈으로 훑으며 지나간다. 토요일 오후의 중고등학교 교정과 홀로 서성이는 중년 여자의 이미지는, 교련시간에 압박붕대를 감으면서 외치던 필승이라는 구호와, 탭댄스를 잘 출 것이라는 막연한 느낌을 갖게 하던 고수머리 영어선생이 가르쳐준 〈로미오와 줄리엣〉 주제가의 달콤한 선율만큼이나 거리가 있을 것이다. 나는 목덜미에 얹히는 사내의 시선을 느끼며 운동장에 눈길을 떨군다.

운동장은 비어 있다. 흰 티셔츠에 트레이닝복 바지를 입은 중년 여인 한 사람이 붉은 선캡을 쓰고 트랙을 따라 바삐 걷고 있을 뿐이다. 천천히 걷는 것도 아니고 뛰는 것도 아닌 빠른 걸음으로 트랙을 도는 중년 여인에게서는, 활기참 대신 억눌린 정열의 음습함 같은 게 드러난다. 무엇에 들린 듯한 저 빠른 걸음을 어떤 것으로도 제지하지 못할 것만 같다.

나는 스탠드로 내려앉아 핸드백 속에서 캔맥주를 꺼낸다. 학교에 들어서기 전, 구멍가게에서 산 맥주는 알맞게 시원하다. 언제 어디서 나타날지 모르는 선생을 의식해서 나는 따개를 따고 양손으로 캔을 감싸쥔다. 어쩌다 멀리서 바라본다 하더라도 음료수처럼 보이리라고 희망하면서. 손안에 든 맥주 캔이 자신을 불량학생처럼 느끼게 한다. 속없이 웃음이 나온다. 팬티 입는 걸 잊은 채 외출한 여자, 발목까지 내려오는 긴치마를 살랑이며 짐짓 조신한 표정으로, 건망증에는 절망하면서도 그 건망증이 가져온 방종함에는 만족해 실실거리며 싸돌아다니는 여자처럼.

나는 양손을 짐짓 우아하게 들어올리며 맥주를 한 모금 들이켠다. 쌉싸름한 향기가 혀끝에 감긴다. 아무래도 오늘 술은 달다. 나직해진 볕은 알맞게 온화하고, 알코올이 번져가면서 굳어 있던 몸도 적당히 풀린다. 술이 그 정다운 손길로 나를 어루만진다. 나는 느른해진다. 누워서 한잠 자고 일어났으면. 깨어났을 땐 모든 게 달라져서, 아주 낯선 곳에서 낯선 사람으로 살고 있었으면. 한 삼십 년쯤 지나 있었으면.

술을 처음 마신 건 초등학교 삼학년 때다. 명절이나 손님을 치를 날이 다가오면 안방 아랫목엔 담요를 뒤집어쓴 항아리가 둥지를 틀었다. 집에서 술 담그는 게 엄격히 금지되어 있던 시절이라서, 잘 말라 딱딱해진 누룩을 부서뜨리고 시루에 쪄낸 지에밥과 버무려 항아리에 담아 담요를 덮어씌워놓고, 표면이 부글부글 끓어오르면 용수를 박고, 약주며 막걸리를 떠낸 다음 지게미를 뒤뜰에 파묻는 일련의 움직임에는 그때마다 비밀스러운 기운이 돌았다. 아버지의 침묵처럼 공고한 비밀. 말수 적던 아버지의 침묵은 어떤 바람에도 흔들리지 않는 묵직한 권위를 부여했다. 그 권위가 저울추처럼 큰어머니와 어머니 사이에서 무게중심을 잡았다.

그날, 큰어머니는 약주를 다 받은 다음 막걸리를 거르고 있었다. 받쳐놓은 체에선 뽀얗고 텁텁한 술이 떨어지고, 파슬파슬한 지게미는 들통에 쌓였다. 막걸리의 농도를 조절하느라 이따금 떠마시는 큰어머니 곁에서 나는 물었다. 맛있어요?

"글쎄, 어쨌든 기분을 좋게 해주기는 한단다. 많이 마시면 독이 되지만. 왜 우리 주연이 먹어보고 싶으냐?"

나는 고개를 끄덕였다. 어머니한테라면 어림도 없을 일이었지만 큰어머니한테라면 웬만한 일은 용납이 되었다.

큰어머니는 체로 걸러낸 막걸리를 법랑공기에 담더니 설탕을 한 숟갈 타서 저은 다음 건넸다. 나는 수저로 한 숟갈씩 떠먹었다. 술이 익는 동안에 방에서 떠돌던 냄새가 응축된 것 같은 맛이었다. 걸쭉하고 달착지근하고 시큼한 맛이 혀끝에 감겨왔다. 한 술 두 술, 공기를 다 비운 나는 조금만 더 주세요, 라며 공기를 내밀었다. 얘가, 큰어머니는 어이없어하면서도 아까의 절반쯤 담아주었다. 큰어머니가 잠깐 자리를 비운 틈을 타서 나는 한 공기 더 떴다. 그 공기를 비우고 나자 맥이 노글노글 풀렸다. 걸쭉한 액체를 저을 때 생기는 물이랑처럼 속에 무거운 물결이 일었다.

깨어나니, 장지문엔 한껏 낮아진 햇살이 덧발려 아늑한 시간이었다. 머릿속이 텅 빈 것처럼 휑한 바람 소리가 들렸다. 몸을 일으키려 하자 머릿속에서 묵직한 돌이 구르며 부딪는 것 같았다. 겨우 몸을 일으켜 벽에 기대고 휘둘리는 머리로 문밖을 내다보니 마당의 자귀나무 꽃이 신열처럼 붉은 꽃술을 연한 어스름에 묻고 있었다. 나뭇잎 갈피에 끼인 꽃술은 꿈결처럼 화사했지만, 무언가 평화로운 나날을 뒤흔드는 불길한 기미 같은 게 느껴지는 꽃이었다. 밤이면 날개 접고 잠드는 곤충처럼 맞붙는 나뭇잎은 아직 펼쳐진 채였다. 담장 바깥 마당에서 놀이하는 아이들의 합창소리가 들려왔다.

달팽이집을 지읍시다 아름답게 지읍시다 점점 크게 점점 작게 점점 크게 점점 작게.

빈터에 달팽이 모양을 그려놓고 그 안에서 아이들은 서로 옷자락 뒤끝을 잡고 그 달팽이관 안에서 돌았다. 술래는 바깥에서 아이들을 채뜨린다. 꺅, 술래의 손이 허공을 헤집을 때마다 피하는 아이들의 자지러지는 비명소리가 하늘을 갈랐다. 나무에 기대어 한잠 자고 났더니 머리카락이 희어질 만큼 세월이 흘렀더라는 이야기 속의 나무꾼처럼 아득한 격절감이 나와 그 단조로운 가락을 갈랐다. 저 놀이 속에 다시는 끼어들 수 없으리라는 확신이 이내처럼 스며들었다. 나는 고개를 외로 꼬아 벽에 이마를 기댔다. 열린 대문으로, 서울에 사는 고모가 나보다 두어 살 많을 듯한 남자애의 손을 끌고 들어오는 게 보였다.

스탠드 저 아래에는 토요일 오후 한산한 교정에서 우정을 나누는 여중생 둘이 앉아 있다. 한 아이는 까만 머리만, 등을 깊숙이 기대고 앉은 듯한 다른 아이는 둥그란 무릎 두 개만 보인다. 검고 둥근 머리와 희고 좀더 작은 무릎. 이따금 잠결에 어디선가 떨어지는 꿈을 꾸다 발을 뻗으며 깨어나는 아이들. 더러는 성장의 고통으로 근육통을 일으키기도 하는 아이들. 이따금 그 작은 가슴에 찌르르, 무구한 통증을 느낄 아이들. 나는 그애들에게 다가가고 싶다. 다가가서 껴안고, 그애들 앞에 놓인 무수한 시간, 그 시간 속에 깃든 고통들을 다독이고 싶다. 아이들에게 다가가는 대신 나는 고개를 젖히고 술을 마신다.

캔은 금방 비어버린다. 나는 캔의 중동을 누른다. 은색으로 견고하게 빛나던 원통은 이내 허술하게 몸을 허물어뜨린다. 빠지직, 캔이 접히면서, 이제껏 이어졌으면서도 서로 동떨어져 있던 캔의 윗면과 밑면이 나란해진다. 그래, 너희들, 속을 다 비우니 끝내 안 만나질 것 같은 아랫면이 윗면과 나란할 수도 있구나. 만나서 기쁘겠구나. 나는 중얼거린다. 마음을, 비우라 비우라 하는 마음을 비우면, 서로 떨어져 있던 두 마음도 닿을 수 있으려나. 불가능해 보이던 상봉을 누린 둥그라미 두 개가 나란히 나를 올려다본다. 나는 캔을 핸드백 속에 집어넣는다. 백을 연 김에 콤팩트를 꺼내 거울을 들여다본다. 거울이 반사한 빛이 순간적으로 내 눈을 찌른다. 망막이 한순간에 타버리는 것 같다. 질끈 감았던 눈을 조심스럽게 뜨고 거울 속의 나를 들여다본다. 낮술이라서 미열이 오를 때처럼 붉은 기가 돌지만, 초여름 볕에 달궈진 것처럼 보일 것이다. 안들 어쩌겠어? 나는 터무니없이 대범해진다. 잠깐 수면 위에 떠올랐다 이내 물 깊은 곳으로 꺼져들, 곧 익사할 사람의 옷자락 같은 호기. 여자는 여전히 트랙을 따라 바삐 걷고 있다. 누가 다가가서 그 트랙의 궤도에서 끌어내기 전에는 영원히 지속될 것 같은 걸음걸이. 누가 날 좀 끌어내줘요. 나 혼자서는 이 궤도를 벗어날 수 없어요. 여자가 주문을 외며 걷는 것 같다. 당장 트랙으로 달려내려가 여자를 난폭하게 끌어내리라는 두려움으로 나는 얼른 자리를 뜬다.

본관 건물 앞 화단의 히말라야시다는 여전히 수평으로 처질 듯 어색한 각도로 처친 가지에, 해조류처럼 잎을 친친 늘어뜨리고 있다. 저 나무의 가지들은 다들 약하구나. 최소한 잘려나가지는 않겠구나. 연민으로, 가슴 적시는 슬픔으로 축 처진 가지들. 나는 이제껏 한 번도 아름답다고 생각해본 적 없는 히말라야시다에 새삼스럽게 눈을 준다.

"한 나무에서 나오는 가지에도 강한 게 있고 약한 게 있지. 이렇게 수직으로 나오는 가지가 가장 강한 거란다. 이거 봐라. 이렇게 축 처져서 나오는 가지들은 약한 것들이야. 이런 건 가차없이 쳐내버려야 해. 이런 가지는 다른 가지가 벋어나가는 데 방해가 될 뿐이지. 나무의 품위도 떨어지고."

잎 가장자리에 부드러운 톱니를 두른 소사나무 가지가 툭 잘렸다. 시어머니는 쳐낸 가지를 쓰레기통에 휙 던졌다. 남편은 그 곁에서 말 잘 듣는 학생처럼 고개를 주억거리고 있었다. 시어머니는 약하게 자라난 수평의 가지를 쳐냄으로써 더 돋보이는 소사나무를 눈으로 어루만지고 있을 것이다. 한 화분에 나란히 심긴 삼나무 같은 두 사람의 뒷모습을 보면서, 나는 나무의 품위를 위해 쓰레기통으로 던져진 가지처럼 혹은 모양을 잡기 위해 알루미늄 선으로 비틀어놓은 나뭇가지처럼 고통스러웠다.

학교는 군데군데 파헤쳐져 있다. '공사중'이라고 쓰인 작은 표지판들이 군데군데 놓여 있다. 목조건물이던 무용실은 언제 지어졌는지 콘크리트 이층 건물로 바뀌었다. 하굣길이면 콜타르 먹인 나무가 층을 이룬 담벼락 안쪽에선 늘 폴 모리아 악단이 연주한 〈이사도라〉라는 곡이 흘러나오곤 했다. 푸르고 올 고운 비로 가슴을 쓸어내리듯 아득하던 그 곡조. 스카프가 자동차 바퀴에 감기는 바람에 목졸려 죽은 여인을 기리는 선율. 그렇게 예기치 않은 순간에 오는 종말. 타이즈를 입은 소녀들은 그 리듬에 실려 나부끼고, 우묵 들어간 큰 눈이 서구적이던 무용선생은 늘 들고 다니는 막대기로 자기 손바닥을 탁탁 치며 소리 높인다. 그게 춤이니, 체조니? 나무토막보고 춤추라 해도 니들보다는 낫겠다.

잠긴 문 위쪽의 유리로 무용실이 훤히 들여다보인다. 전면은 거울이고 반들반들 윤나는 마루 양옆엔 바가 은빛으로 빛난다. 서쪽 창에서 비껴들어온 햇살이 마루 위에 유리창 모양으로 환한 빛덩어리를 만든다. 수자는 지금 무얼 할까. 묻혀 있던 이름이 어제 본 사람인 양 친근하게 튀어오른다.

초등학교 때 학예회 날이면 무대에 올라 발레를 하던 수자. 새의 깃털 같은 옷을 입고 솟구치는 수자의 몸은 새처럼 날렵했지만, 그 날렵한 몸을 보면서도, 고향 사람들은 천장의 갈고리에 걸린 붉은 고깃덩어리나 한 손엔 날카로운 칼을 다른 한 손엔 펜싱 검처럼 생긴 칼 가는 도구를 든 그애 아버지를 머릿속에서 떼어놓지는 못했다.

옷자란 풀처럼 길쭉한 몸매, 오똑한 코와 역삼각형처럼 뾰족한 얼굴까지 새를 닮았던 수자도 이곳 도시로 진학한 아이 중의 하나였다. 앞에서보다 뒤에서 헤아리는 게 훨씬 빠른 게 수자의 성적이라서, 수자가 사립학교에 거액의 기부금을 내고 무용 특기생으로 들어갔다는 건 공공연한 비밀이었다. 아이들은 수군거렸지만, 나는 수자에게 전에 없던 친밀감을 느꼈다. 수자 또한 사람들의 눈을 피해 강물 위에 떠워진 아이라는 생각이 든 것이다. 그 읍에서는 아무리 무대 위에서 도약을 잘해도 수자는 정육점집 딸이었고, 아무리 공부를 잘해도 나는 두 여자가 한 남자를, 그것도 한집에서 모시고 사는 집 아이였다.

강 안에 안착하고 싶다, 내 둥지를 가지고 싶다 생각한 곳도 강변이었다. 회사 창립기념일을 겸해, 사원 단합대회를 겸한 삼박사일의 수련회가 열렸던 남한강변에서 나는 처음으로 한 남자와 함께 아침을 맞고 싶어하는 나를 발견했다. 말이 수련회지, 일제식의 지옥훈련 프로그램을 도입한 수련회 프로그램은 저물녘이면 벌써 방바닥이 그리워질 만큼 고되었다. 그럼에도 불구하고 내가 남들보다 힘든 줄 몰랐던 건 부서가 달랐던 한 남자를 의식해서였다. 키가 크고 과묵했던 그는 옷자락을 버림으로써 내 마음에 자취를 남겼다. 회사 근처의 술집에서 그의 부서 사람들과 우리 부서 사람들이 우연히 합석하게 되었을 때, 두 테이블 건너 대각선에 앉은 내게 굳이 잔을 건네다가 옷자락이 김치보시기에 스치는 바람에 김칫국물을 묻히고 말았다. 거봐, 안 하던 짓을 하니까 그런 게 묻지. 그의 부서 사람들이 놀렸다. 술기가 올랐던 그는 얼굴이 더 붉어졌다. 그날 그는 내 마음에 들어와앉았다.

마지막 날 밤, 쫑파티를 할 때 그는 없었다. 사정이 생겨서 먼저 떠났다고 했다. 그 말을 듣는 순간, 삼박사일의 일정 가운데 이박삼일 동안 긴장했던 마음이 툭, 사슬 풀리듯 풀렸다. 비로소 나는 자유로웠고, 그의 부재가 가져다준 자유가 역설적으로 내 마음속에 그가 차지한 비중이 얼마나 큰지를 깨닫게 해주었다. 그가 없어서 편안하고 허전했던 밤을 지낸 새벽, 나는 홀로 강변에 나갔다. 강을 덮은 물안개가 걷히면서 물비늘이 햇살 아래 자글거렸다. 둔중하나 끊임없이 신경 갉는 기계음을 내면서 모래채취선이 오가고, 배가 지날 때마다 생기는 물이랑이 마음에도 골을 팠다. 그 사람과 함께하고 싶다. 아침이오면 잠든 그의 곁에서 가만히 몸을 뽑아나오고, 그가 깰세라 도마질소리도 조심스럽게 아침상을 차리고 싶다. 언젠가는 뜰이 있는 집을장만하리라. 거기에 옥잠화도 심고 분꽃이며 봉숭아를 심으리라. 가을이면 씨를 받아 종이봉지에 올망졸망 담아놓으리라. 그 뜨락을 그려나가는 동안 나는, 모래를 채취하는 바람에 생겨난 웅덩이처럼 우묵한 고통을 느꼈지만 그건 웅덩이에 흥건하게 고인 물의 부드러움이섞인 고통이었다. 그때 파헤쳐진 모래들은 어디로 가서 어떤 집을 지었는가. 그때로부터 얼마나 시간이 흐른 것인가. 마른 강 같은 나날을꿈도 못 꾸었던 그때로부터 얼마나 멀리 흘러왔나.

마른 강. 지리시간에 배운 강. 축농증 기미가 있어서 늘 코를 킁킁거리던 지리선생이 와디, 마른 강이라고 했을 때, 싸르락, 가슴속에모래바람이 휘몰아쳤다. 미국에서는 드라이와시라고도 부르지요. 물이 흐르지 않는 강, 뙤약볕 아래 바닥을 드러낸 강. 가슴이 버석거려서 나는 창밖으로 고개를 돌렸다. 강물에 빠져 죽은 여자의 넋을 건지는 장대 끝에 달려나온 머리카락처럼 축축 늘어뜨려진 히말라야시다의 잎 사이로, 운동장에서 하얀 체육복을 입은 아이들이 가슴을 출렁이며 공 피하기를 하는 게 보였다.

와디가 사막에 있는 강이었던가 강의 흔적이었던가. 왜 그런 강이 생긴다고 했던가. 그걸 알 수만 있다면. 공연히 초조해져서 주먹을 쥐었다가 퍼뜩 정신이 들어 시계를 들여다보니 남편을 만나야 할 시간이 지나 있다. 나는 서둘러 언덕을 내려간다. 트랙을 돌던 여자처럼 빠른 걸음으로 내려가는데 풀지 못한 의문 하나가 덧붙는다. 그 마른 강에 비가 오면 일시적으로 물이 흐른다고 했던가. 그렇다면 수초도 있을까. 잘못 흘러들어온 물고기들은 비가 그치면 어떻게 될까. 마른 강일 때, 제가 강이라는 걸 기억하고 있을까.

3

"당신 이 집 어떻게 알았어? 옥수수술이 다 있네?"

계단을 올라서서 출입문 어귀에 붙여놓은 옥수수술이라는 글씨를 본 남편의 눈이 반짝 빛난다. 나는 조금 쓸쓸한 득의를 느낀다.

전방에서 군대 시절을 보낸 남편은 이따금 그 무렵에 마셨던 옥수수술 이야기를 꺼내곤 했다. 그때마다 남편의 말투에선 옥수숫대를 스치고 지나가는 바람 소리처럼 싸아한 그리움이 배어나오곤 했다. 휴가 나오는 날이면 버스를 기다리며 혼자 마시곤 했다는 옥수수술. 술을 그다지 즐기지 않는 남편이. 늘 무덤덤한 남편이 옥수수술에 대해서 이야기할 때면, 어디 숲속 자기만 아는 샘물에 대해 이야기하듯 아련한 그리움을 내비쳤다. 얼마 전, 감기에 걸린 아이를 데리고 간 병원 대기실의 지역신문에서 옥수수술을 전통적인 방법으로 빚어 파는 집에 대한 기사를 보고 나는 전화를 걸어 그 위치를 익혀두었다.

음식점은 환하다. 중심가의 빌딩 안에 자리잡고 있는데도 툇마루가 달린 방을 꾸며놓아 아늑한 느낌이다. 입구에서 가까운 방이 우리에게 주어진다. 개량한복을 입은, 주인인 듯한 여자가 물수건과 물, 차림표를 가져다준다.

"이 집 한정식하고 도토리묵이 맛있대요. 당신 점심 뭐 먹었어요?"

"칼국수. 당신 배고파? 그럼 밥은 조금 있다 시키고 옥수수술하고 도토리묵 먼저 시킬까?"

"그러세요. 식사는 천천히 하시고요."

남편은 벽에 붙여놓은 기사를 유심히 본다. 지역신문이며 잡지에 난 기사를 오려서 코팅해 붙여놓은 것이다. 늘 덤덤한 얼굴이지만 벽쪽을 향해 있어 드러난 옆얼굴에서, 굳이 아이를 두고 밖에서 만나자는 내 느닷없는 제의에 당황한 마음이 묻어난다. 저 남자가 그 남자인가. 저 남자와 아침을 함께하리라고, 밤내 차갑게 식은 강물이 아침햇살 받아 물안개 피워올리는 걸 보면서 다짐하던 여자가 나였나, 그날이 혹 꿈은 아니었나. 그에게로 기울던 마음이, 자취없이 사라진 마음이 허전해 손끝이 굳어버리는 것 같다. 속마음을 드러내는 일에 익숙지 않은 사람이 마음속에서 궁글리고 궁글리다 꺼낸 말이 상대방에게 느닷없게 비치는 걸 알면서도, 나는 종주먹을 들이대듯 남편에게 묻고 싶다. 당신, 시어머니예요, 나예요. 내 생각의 유치함이 나를 놀라게 해 꿀꺽 침을 삼키는데 여자가 쟁반을 들고 들어온다. 침묵을 지속할 인내력이 바닥이 난 나는 때맞춰 나타난 여자가 고마워 한마디 건넨다. 이이가 옥수수술 타령을 했거든요. 신문에서 기사 보고 반가워서 왔어요. 여자는 미소를 띠며 대꾸한다. 그런 분들이 더러 계세요.

고맙습니다.

술을 담은 조그만 옹자배기에 표주박 모양의 도자기 바가지가 담겨 있다. 투명함이 얼비치는 누른 빛깔의 술, 표면에 기름이 동동 뜨고, 장난기처럼 그 안에서 기포가 톡톡 솟구친다.

"술에 기름이 다 떠 있네요?"

"옥수수로 기름도 짜잖아. 자, 당신 먼저 받아."

남편이 술을 뜬다. 나는 내 앞에 놓인 잔을 들어 술을 받고 남편의 잔에 술을 따른다. 우리는 의례적인 건배를 나눈다.

"어때요? 전에 마시던 거하고?"

"비슷한 맛이긴 한데 조금 싱겁다. 당신한텐 더 싱겁겠는데? 당신은 나보다 술이 네 배쯤 세잖아?"

네 배쯤. 그 말을 하고 그는 웃는다. 전에라면 마주 웃었을 나는 웃는 대신 가만히 잔을 들여다본다. 술에서 톡톡, 기포가 피어올라 공기에 노출되는 순간 그대로 터져버린다. 한마디의 말이 그 말과 연관된 추억을 공유한 사람에게만 풍기는 은밀한 다정함도 이 기포처럼 덧없다.

남편과 처음으로 사랑을 나눈 뒤였다. 살을 맞댄 채 나란히 누워 천장을 바라보던 그가 갑자기 쿡, 웃었다. 여운에 잠겨 있던 내겐 느닷없는 웃음이었다. 그 웃음에서 느껴지는 장난기에도 불구하고 나는 긴장했던 것 같다. 내 긴장을 느낀 남편이 내 머리카락을 만지작거리면서 말했다. 당신이 내 팔짱 끼고 걸을 때 말이야, 그때마다 내가 당신을 이렇게 안고 싶어서 얼마나 애가 탔는지 모르지? 걸을 때마다 내 팔꿈치에 당신 가슴이 느껴졌거든. 팔짱 끼는 걸 즐겼지만, 추운 날이면 그의 겨드랑이에 내 손을 집어넣고 그 온기를 즐겼지만, 친밀감의 표현이었던 그 단순한 동작이 남자의 성욕을 자극할 수도 있다는 걸 나는 몰랐다. 바보같이, 그러자고 말하지 그랬어요. 나도 안기고 싶었는데…… 글쎄 맨정신으로는 안 될 것 같아서 그때마다 당신에게 술 마시자고 한 거 알아? 분위기를 먼저 잡아야 할 것 같아서. 내가 못 마시는 술을 왜 그리 마셨겠어. 그러면 뭐해. 늘 당신보다 내가 먼저 취했잖아. 당신이 나보다 한 네 배는 술이 센 것 같아서 속으로 얼마나 원망스러웠는데.

전에 남편이 술을 마시면서 네 배라고 말할 땐 우리만의 은밀함이 거기 깃들어 있었다. 그런데 지금, 나는 그 말을 질책으로 들으려 하는 나를 가누느라 남편을 바라볼 수 없다. 웬 여자가 술을 그렇게 마셔? 그러나 남편은 내가 낮에 술을 마시는 걸 모른다. 내 마음이 지레 움찔할 뿐이다. 내 눈길을 따라 내 술잔을 바라보던 남편이 멍석을 깔아준다.

"당신, 나한테 할 말 있는 거지? 요즘 집에서 통 말이 없는 것도 그렇고."

"내가 그렇게 티를 냈어요?"

"그럼. 말은 안 했지만 어떤 땐 당신이 드라이아이스 같은데."

설마, 얼음이라면 몰라두. 남편의 말에 맞장구를 치지만 어디서부터 말을 꺼내야 할지 난감해진다. 집에 들어서면 왜 그리 무겁게 짓눌리는 느낌인지, 내가 왜 말을 잃어가는지. 그러면서 당신이 멀어진다고 생각하는지. 이 모든 걸 내가 어떤 식으로 감당하는지.

머리카락 한 오라기 흩어지지 않은 단정한 차림새로 시어머니가 집을 나서면, 나는 시어머니가 차에 올랐을 만한 시간을 사이에 두고 냉장고를 뒤진다. 어떤 날엔 와인이, 어떤 날엔 맥주가, 그것도 없으면 생선요리에 쓰고 남은 싱크대 안의 청주까지. 첫 잔은 시어머니의 부재로 트인 숨통을 위한 잔이었다. 시어머니가 있는 동안 그 눈길을 의식하면서 올올이 당겨지고 짓눌리던 신경이 늦춰지는 데에는 그리 많은 양의 알코올이 필요한 건 아니었다. 당겼던 신경줄이 느슨해지면서 출렁이다보면 부표처럼 떠오르는 단어가 있었다. 키친 드렁크. 드렁크라는 단어는 꼭, 구석방에 숨겨둔, 온갖 종류의 술이 가득 든 트렁크를, 그 트렁크를 열며 여자가 짓는 음습한 미소를 떠올리게 했다. 주방에서 술을 마시는 여자. 그 취기로 일상을 견디는 여자. 그게 나라니.

"늬들 궁합이 안 맞아서 늬 남편이 귀가 먹는다더라. 이제 와서 어쩌겠냐. 지들끼리 좋아 만났으니 지들끼리 살겠거니 하고 내버려둔 내 잘못도 크니."

화장지를 뽑아 얼굴을 닦아내며 시어머니는 말했다. 곱게 먹은 화장이 지워지며 맨얼굴이 드러났다. 시아버지가 돌아가신 뒤 혼잣몸으로 커다란 포목점을 일군 시어머니, 조금 여유가 생기자 이런저런 취미활동을 하며 늙는 사람답게 살펴듬이 좋았다.

시어머니의 말은 얼핏, 궁합 안 맞추고 결혼시킨 시어머니 자신을 탓하는 것처럼 들렸다. 그러나 그 억양은 나를 겨누고 있었다. 남편의 귀가 머는 게 내 탓이라고.

"노화현상이죠. 왜 노안이 일찍 오고 늦게 오는 사람이 있잖아요? 사십대가 되자마자 돋보기를 써야 하는 그런 사람들. 말하자면 귀의 노안과 같은 현상이 남들보다 일찍 왔다고나 할까요. 청세포가 죽어가는 현상이기 때문에 달리 방법은 없습니다. 아직은 치료법도 이렇다 할 것이 없고요."

도시로 내려오기 전, 실낱같은 희망을 품고 찾아간 대학병원의 난청 전문 의사는 느긋하게 진단했다. 하기야, 귀와 목구멍과 코에 온갖 질병을 가지고 오는 사람들을 대하는 의사에겐, 한 환자의 신경세포가 남들보다 일찍 늙어 죽는 거야 창밖의 나무들 가운데 한 나무에 낙엽이 유독 일찍 지는 것과 다를 바 없을 것이다. 손댈 수 없는 일, 손쓸 수 없어서 손놓고 보아야 하는 일에 대한 담담함은 프로다웠다. 이전에 들렀던 개인병원의 의사들이 가는귀가 먹는다고 막연히 진단한 것에 비하면 한결 전문적인 진단이었고, 그만큼 절망적으로 들렸다.

남편의 청각세포가 죽어간다. 귀가 먹먹해졌다. 귀 안쪽, 귀지처럼 죽은 채 쌓인 세포가 고막이 진동하지 못하도록 막는 것처럼. 솜으로 귀를 막고 물속에 들어가던 어린 날, 그 물속에 잠겼을 때의 아득하고 막막함으로 나는 남편을 보았다. 그것도 모르고 나는, 때때로 남편이 내 말에 짐짓 대꾸를 안 한다고 오해하기도 했었다.

"생활하기가 정 불편하시면 보청기를 쓰시는 수밖에요. 요즘엔 보청기도 그리 표나지 않는 것들이 나와 있으니까요."

그래도 눈이 안 보이는 것보다는 낫지 않느냐고 위로해보았지만 앞날이 어둡기는 마찬가지였다. 언젠가는 남편은 사회에서 물러난 사람이 되겠구나. 내가 생계를 책임져야 하겠구나. 대학을 졸업한 뒤 삼년 정도 직장에 다녔을 뿐, 나는 세상에 대해 아는 것이 없었다. 다달이 통장으로 들어오는 남편의 돈으로 살림을 해온 내가, 아이까지 딸린 몸으로 할 수 있는 일이 무얼까. 학습지 배달, 보험 외판원, 다단계 판매? 이 모두가 내겐 막다른 벽처럼 보였다. 남편이 홀로 빠져들고 있을 절망 곁에서 내가 그런 생각을 한다는 걸 깨닫는 순간 한기가 등줄기를 훑었다. 이래서 부부를 남이라 하는구나.

늙으면 여우도 고향으로 머리를 둔다며 남편이 도시의 지사로 전보발령을 신청할 때까지만 해도 나는 낙관적이었다. 회의시간에 남의 말을 잘못 알아들었다고 금방 경쟁에서 탈락할 듯한 위기감으로 의기소침한 남편을 보는 것보다는 아무래도 규모가 작은 지사 근무가 여유로울 터였다. 그곳에서라면 어쩌면 귀가 어둡다는 걸 밝히고 주변 사람들의 도움을 청할 수도 있을 것이다. 남편의 고향인 도시는 광역시이긴 하지만 차로 조금만 달려나가면 숲을 볼 수 있는 곳이었고, 대학까지 그 도시에서 마친 남편에겐 그만큼 정다운 곳이었다. 큰동서의 말에 따라 시어머니의 집에 들어갈 땐 좀더 여유 있게 저축할 수 있으리라는 기대도 있었다. 그리 어긋난 기대는 아니었다. 어느 날부턴가 시어머니와 내가 어긋나고, 그게 주변에 알려져 주위 사람을 불편하게 만든 걸 빼면.

남편의 발병이 안 맞는 궁합 때문이라는 말은 동서들에게 들어갔다. 반응은 막냇동서에게서 먼저 왔다. 그런 것 가지고 마음쓰지 마세요. 제 친구는 결혼 전에 시어머니 손에 이끌려 쌍꺼풀수술도 당했는걸요. 저희도 궁합 같은 건 안 보았어요. 시어머니를 모시고 살았던 큰동서의 반응은 좀더 세찼다. 그 노인네, 남 깎아내리지 않으면 병나는 그 버릇 여전하네. 듣지 말고 받아쳐. 그래서 귀가 어두워진다면, 결혼 전에 궁합도 안 보고 결혼시킨 어머니 잘못도 크다고. 큰동서의

말도 힘이 되지 않았다. 시어머니의 목소리가 들려왔다. 내가 너더러
뭐라더냐. 그냥 내가 실수했다고 말한 건데. 똑같은 말을, 토씨 하나
안 바꾸고 억양만으로 뜻을 정반대로 뒤집을 수 있는 게 말이었다.

큰엄마라는 말의 쓰임이 다른 집과 다르다는 걸 깨우쳐준 사람은
초등학교에 들어가서 처음 사귄 친구의 엄마였다. 그애네 집에 놀러
갔을 때, 그애 엄마는 으레 그러하듯이 이름이 뭐냐, 식구가 몇이냐고
부터 물었다.

"아버지하고 큰어머니하고 어머니하고, 일하는 아저씨하고 살아
요."

엄마, 주연인 언니도 오빠도 없대요. 동생도 없구요. 참 좋겠다. 친
구가 말하는 동안에도 친구의 동생은 책상 앞으로 다가들어 펴놓은
공책장을 죽 찢었다.

"그렇구나. 큰어머니가 같이 사셔? 큰아버지는 어디 가시고?"

"큰아버지요? 안 계세요."

"큰아버지가 안 계시다니. 어디 멀리 가셨나보구나."

"아니요. 한 번도 못 봤어요."

공책을 뜯어 접은 숟가락으로 보릿가루를 떠먹던 내 얼굴을, 그애
엄마는 찬찬히 뜯어보았다. 그 눈을 보니 큰아버지가 없다는 게 무언
가 대단한 일인 것 같았다. 큰아버지라니. 아무리 기억을 뒤적여봐도
내 사전엔 고모거나 고모의 아이들이 쓰는 외삼촌이나 외숙모라는 단
어뿐, 그런 단어가 들어 있지 않았다. 그날, 나는 집에 돌아와 하필 큰
어머니에게 물었다. 큰엄마, 우린 왜 큰아버지가 없어요? 큰어머니의
얼굴이 굳어졌던가.

결혼 전, 내가 남편에게 집안 이야기를 하면서 우려한 건, 그가 그 사실을 앎으로써 나와의 결혼을 포기할 수도 있다는 것보다는, 내 말이 내 어린 날을 실제보다 애처롭게 여기도록 하고, 내 가족들에 대한 선입견을 심어줄 수 있다는 거였다.

내가 소실의 딸이라는 걸 알자마자 사람들은 나를 동정하려 들었고, 그 소실이 본처와 한집에서 산다는 걸 말하면 내가 살던 집은 질투와 음모의 소굴이 되어버렸다. 게다가 그 소실마저 아들을 못 낳았는데 그 원인이 소실에게보다는 아버지에게 있다는 걸 알면, 이제까지 탐욕과 정력의 화신처럼 느껴지던 아버지가 갑자기 씨 없는 수박처럼 초라하게 척락해버렸다. 남동생도 없는 장손으로서 내가 삼학년 때까지 아들을 기다렸던 아버지는 나를 임신한 게 오히려 기적에 가까울 정도의 결함이 당신에게 있다는 정밀진단을 받고 나서야 양자를 입양했다. 그만하면, 아버지 세대가 배워온 가치관으로선 많이 기다리고 참은 거였다.

타령하던 거에 비해서 남편은 된장찌개를 뜨며 밥 먹는 데 열중할 뿐, 술을 마시는 속도는 터무니없이 굼뜨다. 막냇동서가 내준 시간이 아무래도 물거품이 되리라는 암담한 예감이 아른거리는 취기 사이로 가스처럼 스며든다. 그냥 밥이나 먹고 가지 뭐. 체념은 묵은 옷처럼 편안하게 감겨오고, 거기 몸을 묻으려는 순간, 묵은 기억이 튀어나온다.

"당신 그거 알아요? 산자 만드는 거."

튀긴 생선 살을 발라내던 남편은 못 알아들은 듯 고개를 든다. 산자 말이에요. 내친김이라서 나는 좀더 크게 말한다.

"산자? 그게 뭔데?"

"한과인데요. 왜 씹으면 파삭거리는 과자. 엿 발라 튀밥 묻힌 거 있 잖아요. 지난번에 막냇동서가 어머님 드시라고 사왔던 거요."

"그래, 알아. 그런데 왜?"

"저 어릴 적에 명절이면 그걸 만들어 아버지 친구네 집에 돌리곤 했거든요. 갑자기 산자 생각이 나네요. 여기 상차림이 명절 상 같아서 그런가……"

나는 말끝을 얼버무린다. 산자 이야기를 꺼낼 땐 이럴 생각이 아니 었는데. 괜한 취나물만 집어든다. 옥수수술이 그에게 지나가버린 젊음, 바람결에 잠깐 나부낀 스카프 자락처럼 가뭇없는, 깻잎처럼 청정 하고 고춧가루처럼 생경한 고통으로 버무려진 젊음이듯, 산자, 라는 말은 내게 정겨운 기억을 상기시키는 말이었다. 거기에 다른 기억이 덧붙기 전까지는.

명절이 다가오면 가장 큰 행사 중의 하나가 산자 만들기였다. 어머 니와 큰어머니는 마당에 내건 화덕 앞에 마주 앉아 있었다. 화덕 위에 는 무쇠솥 뚜껑이 뒤집힌 채 걸려 있어서, 양손에 숟가락을 들고 있는 어머니는 작은북을 치는 아이처럼 보였다. 고소한 기름 냄새가 마당 을 달구었다.

끓는 기름 속에는 딱딱하게 마른 찹쌀 반죽이 가장자리에 작은 기 름 거품들을 부얼부얼 만들어내고 있었다. 어른 엄지손가락 마디만한 그것은 숟가락 등으로 밀어대면 제 크기의 서너 곱절은 거뜬히 늘어났 다. 늘 보면서도 신기한 일이었다. 하기야 신기한 건 그뿐이 아니었다. 산자를 만드는 과정은 마치 한 재료가 완성된 음식이 되기까지 얼마나 다양한 변신이 가능한지를 보여주려는 것 같았다. 불린 찹쌀을 방앗간에서 찧어온 하얀 가루, 그걸 쪄낸 투실투실한 찹쌀 반죽, 자배기에 담고 다듬잇방망이로 저으면 반죽 사이에서 이는 꽈리, 그토록 부드럽고 차진 반죽을 밀어 방바닥에 말려서 만든, 쟁강, 투명한 소리를 내며 부러질 정도로 딱딱한 찰떡, 그 찰떡을 기름에 넣으면 얼마든지 늘어나는 과자, 찰벼를 볶아서 튀겨내는 꽃튀밥, 조청을 묻히고 튀밥이나 꽃튀밥을 묻혀내어 종이상자에 담아 대청마루에 쌓아두기까지. 산자의 달콤하고 파삭한 맛도 그랬지만, 나를 매혹시킨 건 이전의 모습을 지워내며 끊임없이 변하는 그 과정이었다. 그러고 나면 산자는 일하는 아저씨의 자전거에 실려 아버지 친구네 집에 명절선물로 돌려졌다. 마주 앉아 작은북을 두드리듯 과자를 튀겨내던 큰어머니와 어머니의 머리 위에서 부서지던 햇살의 기억은 내게 그리운 것이었다.

고위공직자의 막내딸인 막냇동서가 들어오면서 어머니의 집안 타령은 가중되었다. 사람은 근본이 중요하단다. 나무도 뿌리가 실해야 잎이 무성해지는 법이거늘. 나는 한여름에도 소매 없는 옷을 입을 수 없었다. 시어머니가 소매 없는 옷을 입지 말라고 한 적은 없건만, 만져보고 싶을 정도로 동그란 어깨를 드러낸 막냇동서의 옷차림에 대해 시어머니가 아무런 말도 않건만, 나는 용기를 내지 못했다.

시어머니가 집안이나 가문에 대해 말할 때마다, 내가 그리움으로 기억하는 것들이 누추해지고 내가 그리워하는 그 기억이 혹시 윤색된 것은 아닐까 하는 의구심마저 일었다. 곱게 풀 먹인 삼베밥상보를 걷으면 그 아래, 쪽이 떨어져나간 보시기에 담긴 김치쪼가리며 밥풀이 눌어붙은 주발이 나오는 것처럼, 내가 옛집에서의 지난날을 쓸쓸하지만 온화했던 나날로 기억하는 게 지저분한 밥상을 밥상보로 덮는 심사는 아니었을까. 내가 모르는 사이에 두 어머니가 끄덩이를 잡고 싸우지나 않았을까.

큰엄마와 엄마가 큰부인 작은부인으로 불릴 수도 있다는 걸 안 건 하필 그 산자를 돌리던 날이었다. 학교에서 나오다 우리 집에서 일하던 경덕 아저씨를 만난 나는 자전거 앞에 탔다. 아저씨가 가려던 곳은 바로 학교 근처에 있는 아버지 친구네 집이었고, 자전거 뒤에 실은 산자상자를 내려놓고 경덕 아저씨는 집으로 돌아갈 예정이었다. 계십니까. 산자상자를 들고 들어간 경덕 아저씨가 대청 앞에서 부르자, 내게도 낯이 설지 않은 아주머니가 뒤란에서 나왔다. 예, 새터에서 왔는데요, 맛이나 보시라구요. 아이구 이거 번번이 이렇게 받기만 해서……그러잖아도 텃밭에 콩이 잘 여물어서 가져다드리려고 했는데 이거 드시면서 잠깐만 기다리세요. 마침 따던 참이었으니. 경덕 아저씨가 마루에 앉아서 음료수를 마시면서 기다리는 동안, 나는 아주머니가 사라진 뒤란으로 따라가보았다. 모퉁이를 돌아서자 밭고랑 콩잎 사이에 쪼그리고 앉은 아주머니와 다른 사람이 보였다. 글쎄, 정성으로 보낸 거라 해마다 고맙게 받긴 하지만, 큰부인 작은부인 머리 맞대고 앉아서 만들었을 생각하면 생각만 해도 기가 막혀서…… 큰부인 작은부인, 그 말을 듣는 순간, 큰어머니와 어머니가 머리를 맞대고 있는 풍경 위로 구름장이 드리워졌다.

두 어머니가 숟가락으로 편 게 어찌 찹쌀 반죽만이었을까. 한 지아비를 모시고 한 공간에서 사는 동안 마음속에 서리서리 똬리 튼 기구함, 연민, 응어리진 마음들, 알게 모르게 쌓였을 서운함 같은 것들을 밀고 당기며, 고고 튀겨내며 마침내 그토록 화사한 산자로 만들어냈을 것이다. 내가 그 풍경에 익숙한 체념의 온화함을 덧바르고 싶어했다면, 시어머니는 끊임없이 그 바닥을 뒤집어 내게 보여주려 했다. 네가 클 때 마음고생이 심했겠구나. 처음에 위로하던 시어머니가 그걸 타박의 계기로 삼게 된 게 언제부터인지, 그 무렵 내가 무얼 잘못했는지 몰라 나는 시어머니와의 나날, 그 필름을 거꾸로 돌려보곤 했다. 손님들과 웃으며 이야기하다가 내가 들어가는 순간 일제히 입을 다물 때, 아무 일도 아니야, 속으로 다독이려 해도 끓는 기름이 튄 것처럼 아렸다. 그 상처를 남편에게 말하지 못하면서 나는 침묵 속으로 잠겨들었다.

　시어머니가 집을 비운 어느 오후, 캔 한 개의 알코올에 밀려 잠결로 떨어졌던 내가 깨어났을 때, 한낮의 햇살은 거실을 낱낱이 뒤적여내고 있었고 베란다에선 맑은 새소리가 들렸다. 잠에서 빠져나와 새소리를 듣는 순간 나는 손끝 하나 움직이지 않은 채 울었다. 그대로 바닥에 눌어붙은 것처럼, 누군가가 와서 나를 일으켜주기 전에는 옴쭉할 수 없을 것 같은 두려움이 나를 굳게 했다. 살점을 벗기고 벽에 압핀으로 고정시켜 말리는 짐승 가죽, 그게 나였다. 한때 숲을 뛰어다니며 묻혀들인 체취를 바람결에 날리며 꾸덕꾸덕 말라가는, 완전히 말라 딱딱해지지는 않은 가죽. 그러나 조만간 무두질 안 한 채 말린 가죽처럼 아주 딱딱해지리라는 예감으로 지레 굳어버린 채 벽에 납작 붙은. 옴쭉달싹 못한 채 굳은 나를 벽에서 떼어내준 건, 청과물도매시장에서 산 감자를 덜어놓고 점심을 같이 먹으러 가려고 들렀다가 술기에 풀린 내 눈을, 감자를 두려고 들어간 다용도실에서 납작하게 찌그러뜨린 채 비닐봉투 속에 쌓인 맥주 캔을 보고 간 막냇동서의 전화였다. 형님, 저 다음주부터 휴간데요, 혹시 하시고 싶은 일 없으세요?

"당신한테 이런 말 해야 하는지 모르겠는데……"

떠넣은 밥술이 그대로 위장에 차곡차곡 쌓이는 듯 무거운 식사를 마친 남편은 마침내 입을 연다. 나는 무연히 남편을 바라본다.

"형수님이나 계수씨가 알고 있는지는 모르지만, 당신이 굳이 말할 건 없겠지. 어머니, 당신과 마찬가지로 작은댁 소생이셔. 나도 어머니한테 들은 건 아니야. 수원 이모가 언젠가 실수로 말했지. 그게 왜 그리 감춰야 할 일인지 모르겠는데, 어쨌든 그래서 당신한테 더 많은 걸 요구하는 건지도 몰라. 왜 그러잖아. 사람은 자기와 닮은 부분을 못 견뎌하잖아."

4

이제 어떻게 한담. 계산을 하는 남편 곁에서 나는 난감하다. 이대로 이렇게 미진하게 돌아갈 수도, 새삼 무슨 말을 꺼내기에도 어설픈 상태.

밖으로 나왔을 땐 겨우 어스름이 깔리고 있다. 햇살은 나직하고, 밤을 예감한 나무들은 제 빛을 거둬들여 침묵 속에 자기를 가두는 시간. 어스름이 깔리는 거리는 환할 때보다 오히려 흥성하다. 낮 동안 볕을 받아들인 가로수의 숨구멍에서 뿜어져나오는, 매캐함을 덮어쓴 비릿한 냄새가 공기 속에 떠돈다. 막 소년기를 벗어나는 사내애들에게서 나는 풋내 같은 것. 분출할 길 찾지 못한 열정으로 모호해진 얼굴의 사내애들이 손에 꽃다발을 들고 스쳐간다. 저 꽃다발은 사랑을 확인하는 상징이 되어 어떤 여자애를 감동시키리라. 그 사랑이 걸어가는 길에는 얼마나 많은 수렁들이 있는지. 사랑이 빛바랠 때쯤, 여자애는 오늘의 꽃다발을 기억할까.

"차 저쪽 주차장에 놔뒀어. 내가 가지고 올게. 당신은 여기 앉아 바람 좀 쐬지."

"당신, 운전할 만하겠어요?"

"술이야 당신이 마셨지. 난 괜찮아."

남편은 나를 백화점 앞 벤치에 앉혀놓고 주차장 쪽으로 걸어간다. 거리에서 남편의 뒷모습을 보는 게 처음인 것만 같다. 큰 키에 마른 체격이라서, 뒤에서 보는 그는 허전해 보인다.

이제 무얼 할 것인가. 교외로 나가달래서 차를 한잔 마시자고 할까. 내일이면 시어머니는 돌아올 것이다. 그때 그 강변에서 그의 부재가 환기시킨 사랑의 완성이라 믿어 한 결혼, 시어머니의 임재는 사랑이라는 너울이 덮고 있던 다른 부분을 드러내는 것일까.

"이제 어디로 갈까. 당신 가고 싶은 데 없어?"

아무려나. 나는 자포자기한 심정으로 조수석 깊숙이 몸을 파묻는다.

"순순농원 근처에 괜찮은 찻집이 있던데 드라이브 겸해서 거기나 갈까?"

"그래요. 그런데 당신 언제 그런 데 가봤어요?"

"지난달 회사에서 회식 끝나고 갔었어. 야외라서 숲도 볼 수 있고, 젊은 사람들이 많이 와서 그렇지 괜찮던데."

남편의 운전솜씨는 소심한 성격답게 고지식한 편이다. 서먹한 저물녘을, 남편은 진중하게 달려나간다. 젊은 사람들. 어느새 남편과 나는 그 호칭에서 스스로를 제외시키고 있었다. 이제는 미끄러져내릴 일만 남은 생. 차를 타고 오르는 기우듬한 오르막이, 젊은 날에 다니던 길과 닮았다고 나는 퍼뜩 깨닫는다.

"당신, 어디 잠깐 들르면 안 돼요? 이 길인 것 같은데, 저기 저 앞의 골목으로 좀 들어가봐줄래요?"

길은 전보다 좁아진 듯하다. 길이 좁아진 게 아니라 길가의 건물들이 커져서 상대적으로 좁아 보이는 것일지도 모른다. 남편에게 차를 조금 천천히 몰아달라고 부탁하고 나서 나는 눈앞에 보이는 풍경과 기억이 겹치는 부분을 찾아본다.

주택가이던 그 동네는 신기할 정도로 변하지 않았다. 담벼락 높은 이층집이 많은 동네였다. 라일락 향기가 허공에 떠돌던 어느 날이던가, 나는 같은 방을 쓰던 은주와 이 동네를 쏘다녔다. 하숙집 주인이 이사가는 바람에 새로운 하숙집을 구해야 했었다. 일요일 오전이었던가. 그땐 제법 너른 편이었던 골목은 잠긴 것처럼 조용해서 우리가 딛는 발짝 소리가 들렸다. 하숙생 구함. 담벼락이나 전봇대에 쓰여 있을 글씨를 찾아다니느라 학교 주변을 빙 돌아서 어지간히 지쳐 있었다.

"있잖아, 저 집 말이야. 저 집 초인종 한번 눌러볼까?"

은주가 가리키는 곳은 겉보기로도 뜰이 널따라 보이는 이층집이었다. 밤색 칠을 한 나무대문은 보기에도 육중하고, 보안용 철망을 두른 이층의 창들은 왠지 그해 들어 한 번도 열린 적이 없으리라는 생각이 들게 하는 집. 오랜 침묵 같은 집.

"저런 집에서 뭐가 모자라 하숙생을 받겠니?"

"응 있잖아…… 저 집엔 노부부만 사는 거야. 아들딸은 다 공부하러 가거나 결혼했고. 그래서 이층은 텅 비어 있는 거야. 저것 봐, 저 창문. 한 번도 안 열린 것 같지 않니? 저 집에 사는 노인들은 적적하실 거야. 그렇다고 돈이 궁한 것도 아니니 이층을 아무한테나 세놓고 싶지는 않고. 손녀딸이 그리운 참에 우리가 벨을 누르고 정중히 묻는 거지. 여기 혹시 하숙생 받으실 생각 없으시냐고."

소공녀를 꿈꾸는 은주의 얼굴은 몽롱하다. 굳어버릴 듯 아픈 다리로 서서 은주를 지켜보는 동안 내 마음속에서 기대가 스멀스멀 일어난다. 무언가, 꿈도 못 꾸어본 행운이 한 번쯤 내게도 떨어지지 않으란 법은 없지 않은가. 어렸을 적, 문에다 바르려고 습자지를 접어 무심코 낸 가윗밥 같은 행운. 어떤 모양이 나올지 예상도 못 한 채 접힌 자리에 가윗밥을 낸 뒤 습자지를 펼치면 화려하고 정연하게 번지던 무늬처럼.

끝내 초인종을 누르지 못하고 지나쳤던 그 커다란 집들은 대개 다가구주택으로 바뀌었다. 하지만 기억에 징검돌을 놓듯 낡은 집들이 남아 있다. 우물을 덮었던 생철 지붕이 적철색으로 다 삭은 채 가로지른 나무 사이로 떨어져 하늘을 담고 있는 집도 있고, 어떤 집 담장에는 녹슬고 삭은 철망이 둘둘 얹혀 있다.

"여기, 이쯤에 차를 세워봐줄래요?"

이 길이 맞는지 확신이 없는 채로 나는 남편의 팔짱을 낀다. 기억과 길이 야합해 이끄는 대로 출렁출렁, 내 안에서 따뜻하게 출렁대는 취기에 둥실둥실 실려 걷는다. 여긴가. 나는 골목 안을 기웃거려본다.

저만큼 완만한 경사 끝에 초록으로 둘러싸인 담장이 보인다. 그 집에 이르는 좁은 골목은 길고 깊다. 경사진 골목 끝의 막다른 곳, 그 집이 저만큼 보인다. 막다르게 보일 뿐, 막다른 집은 아니었다고 떠올리며 나는 남편의 팔을 힘주어 잡는다. 저 집이 아직 남아 있네요.

텅, 샴페인 병마개처럼 경쾌한 소리가 머릿속에 하얗게 비행운을 그린다. 누군가의 생일이면 싸구려 샴페인을 터뜨리는 소리가 그맘때 여자애들의 환성과 비명에 섞여 넘던 담장은 담쟁이덩굴로 빈틈없이 덮여 있다. 그 초록 담장 위로 치솟은 건 감나무일 것이다. 학교의 버즘나무가 내 등을 밀었다면 감나무는 나를 맞는다. 말없는 나무들이 저희끼리 길을 만들어 나를 여기에 이르게 한 건 아닐까. 허공을 오가는 나무들의 공모가, 그 눈짓이 보이는 듯했다. 거기에 들렀니? 그래 이젠 거기로 보낼게. 그 눈짓이 내 무의식의 지도에 점을 놓고, 그 점을 쫓아 여기에 온 것만 같다.

그 집이 거기에 있다. 흙 묻은 무를 토막친 것처럼 시간이 쓱 잘리면서, 순결한 단면을 내밀듯 그 집을 보여준다. 그동안 흐른 시간을 물로 씻어내듯 쓱 문대버리고. 시간을 헹궈낸 물이 발치를 적시며 흐른다. 광역시의 도심에서, 시시각각 무언가가 변하는 그곳에서, 삭은 집 한 채가 의연히, 제 무너짐을 고스란히 감당하면서 버티고 있는 것이다. 십몇 년 전에도 이미 그 집은 낡을 만큼 낡아서, 고향집에서나 볼 수 있었던 노린재가 기어나오곤 했다.

나는 그 집에 다가가 낡은 대문의 삭아내리는 문틈으로 안을 들여다본다. 마당은 여전히 흙마당이고, 저녁이면 모여 앉아 기타를 치던 낡은 마루에는 잡동사니가 들어차 있다. 식구들이 줄어든 집의 적막함. 너의 침묵에 메마른 나의 입술 차가운 네 눈길에 얼어붙은 내 발자욱. 이 집에 살던 여학생들이 기타 운지법을 익히기 위해 맨 처음 익히던 노래가 감나무 둥치를 싸고돈다. 저녁을 먹고 마루에 앉아 노래를 할 때면 감나무 발치엔 화관 같은 감꽃이 어지러이 흩어져 어슴푸레 빛났다. 이루어질 수 없는 사랑을 하는 기분은 어떨까. 여학생들은 입을 모아 노래하면서도 무언가 빈 듯한, 거짓된 듯한 느낌을 덜 수 없다. 그들은 사랑을 경험하지 못한 것이다. 사랑은 어떤 것일까.

이제 나는 그애들에게 대답할 수 있다. 사랑은, 다 만든 인형 같은 것이다. 만들 때는 이리저리 설레고 꿈을 꾸는 듯하지만, 일단 형태를 갖추고 나면 인형은 독자적인 생명을 주장하는 것이라고. 만든 이 마음대로 할 수 있는 게 아니라고. 어렸을 적, 어머니가 재봉틀을 꺼내 색동조각을 잇고 누벼 베갯모를 만들거나 내 옷을 만들어줄 때, 나는 그 곁에서 나오는 자투리 천으로 인형을 만들었다. 이불깃이나 베갯잇으로 흔히 쓰이던 광목이나 옥양목은 인형의 몸을 만드는 데 알맞았다. 연필로 본을 떠서 바늘로 꿰매어 몸통이며 머리를 만들고, 팔다리를 만들고 운 좋으면 그 안에 솜을, 그렇지 않으면 가윗밥으로 남은 자투리 천을 잘게 가위질해 뜨개바늘로 밀어넣으면 몸통은 완성되었다. 털실로 가르마를 탄 머리를 만들고, 거기에 볼펜으로 눈이며 입을 그려넣고 옷을 입히면 인형은 언제 조각헝겊이었냐는 듯 목숨을 가진 사람으로 태어나곤 했다. 행복한 건 거기까지였다. 완성되는 순간 그것은 하나의 생명, 허술히 대접해서는 안 되는 생명을 얻어버려 거북스럽게 만드는 것이었다. 내가 원한 건 그걸 만들어가는 동안의 충족감이었다. 자투리 천들을 모으고, 그 자투리들을 어떻게 살려서 본을 뜨나 궁리하고, 쓸모없이 버려질 것들이 또록한 눈을 가진 생명으로 태어나는 걸 보는 동안의 기쁨. 일단 만들어진 그것은 처치곤란한 것이 되어버려, 누군가가 달라고 하면 얼른 주거나, 아니면 다락 구석 같은 데 처박혀 있게 마련이었다. 어쩌다 다락에 올라갔다가 잡동사니 틈에 처박힌 인형을 보면 어린아이를 유기하고 달아난 어미처럼 꺼림칙했다. 결혼도 그러했다. 사랑해서 결혼했지만, 결혼은 이미 만들어진 인형을 손에 쥔 듯한 낭패감을 때때로 선물했다. 대체 나는 어쩌자고 이런 걸 만들었담.

"순정 언니라고, 이 집에서 같이 살던 언니가 있었어요."

골목 안 평상 위에 툇마루를 내놓고 도란도란 이야기를 하던 할머니 두 분이 저물녘의 낯선 남녀를 바라본다. 그래서? 묻는 듯한 눈길로 남편은 말을 재촉한다.

"나보다 한 학년 위인데, 참 예뻤어요. 눈매가 복숭아 씨앗 같았는데…… 어떤 때 바라보고 있으면 같은 여자가 보기에도 너무 아름다워서 섬뜩해지곤 했어요."

"당신보다 더 예뻤을라구."

어린애 어르듯 남편이 불쑥 말을 디민다. 나는 그런 남편을 향해 오랜만에 눈을 흘긴다. 왜 갑자기 순정 언니 이야기를 꺼낸 것일까. 머릿속이 얼크러져 가닥이 잡히지 않는다. 고개를 좌우로 흔든다. 그러자 한여름 빨랫줄에 걸렸던 검정 스타킹이 눈앞에 불쑥 나타난다.

"예쁘기도 했지만, 공부도 잘했어요. 다리 한쪽이 의족이었어요."

그래서? 남편은 눈으로 재촉한다. 나는 담벼락에서 몸을 떼고 담벼락에 잇닿은 기둥, 원래 전신주였겠지만 지금은 전선이 없이 허전한 기둥을 올려다본다. 담벼락을 타고 올라간 담쟁이덩굴이 전신주를 빈 틈없이 감아올려 초록 원기둥을 만들어놓았다. 원기둥은 숨막혀하는 것 같다.

그날, 내가 왜 순정 언니의 방에서 잠들게 되었는지는 기억나지 않 는다. 아마도 방을 같이 쓰던 은주의 엄마가 다니러 왔을 것이다. 순 정 언니는 하숙집에서 유일하게 독방을 쓰는 학생이었다.

잠옷 바람으로 툇마루를 밟고 순정 언니네 방으로 들어갔을 때, 순 정 언니는 책상 의자에 앉아 참고서를 들여다보고 있었다. 왔니? 저기 아랫목에서 자렴. 하룻밤 동숙자에 대한 말 치고는 냉정하고 담담한 것이었다. 나는 조용히 이부자리를 펴고 책을 펼쳤다. 사각사각, 책장 넘어가는 소리와 공책 위에 갈겨쓰는 소리에 밤이 깊어갔다. 언제 잠 들었는지 모르게 잠들어 아침이 되었을 때, 순정 언니는 내게서 등을 돌리고 옷을 갈아입었다. 하복을 입기 시작한 지 며칠 안 되었을 때였 다. 집에서 입고 있던 바지 위에 치마를 덧입고, 그 치마 아래로 바지 를 벗어내렸다. 쓰윽 허물 벗는 뱀처럼 바지가 벗겨졌다. 그때 왜 몸을 돌렸던가. 나는 보고야 말았다. 솜털 하나 없이 매끄러운 광택이 도는 다리. 그 다리에 검정 스타킹을 신기는 순정 언니의 등은 완강했다.

"자전거에 발가락을 치였대요. 그런데 그 발가락이 썩어들어서 잘 라내고, 몇 년 뒤에는 발을 잘라내고, 살이 점점 썩어들어가 수술에 수술을 거듭해야 했대요. 이 집에서 살 땐 허벅지까지 의족이었어요. 한여름에도 검정 스타킹을 신고 다녀서 학교에서 아이들이 우르르 쏟 아져나올 때 그 언닐 찾기는 쉬웠어요."

복숭아 씨앗 같은 눈매, 반듯한 코, 야무지게 다문 입매, 단정하고 아름답지만 어떤 때 보면 섬뜩할 만큼 차가운 얼굴. 표정 없는 얼굴에 홍채가 다 보일 듯 투명한 눈. 흐르지 않고 고여 있는 느낌을 주는 얼굴이었다. 흐르던 것이 제 굽이를 잃고 막다른 곳에 이르렀을 때, 그때의 막막함. 빙빙 이어지던 혈관의 흐름, 그 피가 막다른 곳에 이르러 갈 바를 몰라하는 당혹스러움. 천천히 고여 있다 돌아나올 때, 그걸 막무가내로 수용하는 근육. 그처럼 딱딱하게 굳어버린 얼굴. 그날, 순정 언니의 다리를 보지 않았더라도 내가 순정 언니의 얼굴을 이런 식으로 기억할까.

갑자기 가로등이 켜진다. 큰길에서 비껴나서 적막한 골목 안, 톡, 가로등이 켜지는 순간 그동안의 고즈넉함은 사라지고 사물이 환히 깨어난다. 어스름에 짙푸르던 담쟁이 잎 끝은 날카롭다. 잔치가 끝날 무렵의 스산하고 썰렁한 기온이 사위에 번지는 밤기운과 뒤섞인다. 춥지 않은데도 오스스한 소름이 돋으며 나는 손님 떠난 마당에 널브러진 그릇처럼 외로워진다. 누가 나를 거품이 부걱이는 설거지통에서 씻어 맑은 물에 헹궈내주었으면. 반찬 찌꺼기와 세제가 뒤섞인 개숫물처럼 가라앉지 않은 감정으로 들끓는 나를 누가 좀 받쳐내주었으면.

욱욱, 개숫물을 떠올리는 순간 헛구역질처럼 욕지기가 치민다. 속이 시큼하며 무언가가 받쳐오른다. 꺾어지려는 나를, 남편이 부축한다. 나는 허위허위 골목 끝으로 올라가, 그 건물 뒤편의 빈터에 쪼그리고 앉는다.

울컥, 채 삭지 못한 음식물들이 시큼한 냄새를 풍기며 쏟아진다. 남편은 내 등을 두드린다. 꾸르륵 소리와 더불어, 위에서 덜 삭은 채로 있던 음식물들이 점액질의 위액에 의해 점착된 콜로이드로 밀려나온다. 부패한 우유, 분리되어 맑은 액체 표면을 덮은 뭉글뭉글한 우유 덩어리의 질감이 느껴지고, 그게 삭은 우유 같다는 생각을 하는 순간 토악질은 맹렬히 기세를 돋운다.

"당신, 몸이 약해졌나보네. 많이 마시지도 않았는데."

남편은 등을 두드린다. 남편이 등을 칠 때마다 척추뼈 안쪽의 공동이 텅텅 울린다. 어머니, 감아쥔 치마폭에 토사물이 튀는 걸 망연히 바라보며 나는 뜻없이 글썽인다. 그러자 내가 속으로 부른 어머니가 누구였는지 궁금해진다. 쥐어짜는 간절함으로 부르긴 했지만 그게 큰어머니인지 어머니인지, 시어머니인지조차 어렴풋하다. 게워내느라 글썽이는 눈에 마당이 펼쳐진다.

어머니가 먼저 돌아가시고 단명에 손이 적은 집안의 장손인 아버지도 돌아가시고 큰어머니는 양오빠와 그 집에 남았다. 결혼한 뒤 고향에 들렀을 때, 나는 큰어머니에게 물었다. 엄마를, 나를 미워한 적이 없냐고. 어떻게 그렇게 평온한 얼굴로만 내 기억에 남을 수 있었냐고.

왜 없었겠니. 한 지아비 모시고 사는 마음이 어디 편하기만 했겠니. 네 어머니가 너를 가졌을 때, 아들이었으면 하는 마음이 간절한데 그 바닥을 가만히 들여다보면 아니었으면, 아니었으면 하는 마음이 비치더구나. 사람이란 게…… 네 어머니가 아들을 낳으면 그만큼 내가 설 자리가 좁아진다는 생각을 영 떨쳐낼 수 없었으니까. 네 어머니가 어떤 마음을 먹고 있는지도 자꾸 속으로 내닫게 되고. 그렇게 들여다보려니까 내 마음이 먼저 컴컴해지더라. 제 마음도 조변석개인데 남의 마음을 어찌 헤아리겠다고…… 자꾸 꺼내보고 들여다보면 더 아플 것 같아서 덮어두고, 다독이고, 그러고 살았느니라. 아아, 어머니.

땟국에 전 옷차림, 멀리서도 역한 냄새가, 소금기와 시궁창의 퀴퀴함과 땀을 흘리며 잔 뒤 오래 감지 않았을 때의 머리 냄새 같은 게 뒤섞인 냄새가 났다. 담장을 타고 오르던 능소화가 갑자기 빛깔이 죽을 정도로, 냄새가 역했다. 거지는 문간으로 서너 발짝 들어와 손을 벌리고 섰다. 더 들어온대도 막을 사람 없지만 그만큼에서 머무르는 건 거지의 예의인 것 같았다. 어머니는 내게 돈을 주며 말했다.

"두 손으로 드려라."

거지에게 다가갈수록 냄새는 코를 찔렀다. 그야말로 찌르는 듯한 냄새였다. 더운 날에도 거지는 벙거지 같은 걸 쓰고 있었다. 두 손, 이라는 말이 돈을 떨구지 못하게 했다. 나는 가만히 거기에 돈을 놓았다. 다음날, 나는 어머니에게 물었다. 엄마, 왜 거지한테 두 손으로 줘야 해요? 약국집 승자 엄마는 던져주던데. 어머닌 대꾸가 없었다. 왜요? 묻는 눈으로 다시 보자 어머닌 대답했다. 거진 사람 아니라든. 그말뿐이었다. 아무런 수식이나 설명이 없어서 오히려 어린 마음에 새겨지던 그 말, 아버지와 큰엄마가 사람인 것처럼, 엄마와 내가 사람인 것처럼 거지도 사람일 뿐. 아아, 어머니.

아침마다 시어머니는 베란다에서 해를 향해 기도하듯 기지개를 켰다. 해는 뿌연 기운에 감싸여 동극의 달처럼 동그란 은빛으로 빛났다. 처음 시어머니와 살게 되었을 때, 새벽이면 해를 바라는 시어머니의 의식은 생에 대한 경건함으로 보였다. 하루를 보내고 또 새날을 맞았다는 안도감. 잠자리에 누워 내일 눈뜰 수 있을까 싶은 막막함에 끄들리듯 잦아들 때면 나는 해를 바라는 시어머니를 이해했다. 노인의 심정은 오죽하랴 싶었다. 그런데 지금, 나는 아침이면 해바라기를 한 다음 꼬박꼬박 산책하며 만 보를 채우는 시어머니의 단정함에서 노추와 탐욕을, 때가 되면 모든 게 시들고 뒷세대에 자리를 내어주는 섭리에 순명할 줄 모르는 어기찬 욕망만을 보고 있었다. 그건, 참 아기자기하다고 바라보던 분재화분을, 성장을 저해당한 채 실험실에서 사육되는 실험용 동물을 보듯 안쓰럽고 진저리쳐지는 마음으로 바라보기 시작한 때와 엇비슷한 시기였다. 어째서 이런 일이 벌어졌을까.

"다 토했어? 많이 먹은 것 같지도 않더니 한판 잘 차렸네. 속 아프지? 이걸로 입 좀 헹궈."

남편이 내민 생수로 입을 헹구고 나는 발끝으로 흙을 대강 긁어모아 토사물을 덮는다. 눈 가리고 아웅이라더니. 그 와중에도 그런 말을 떠올리다니. 때없이 웃음이 나온다. 아팠던 기억을 다 덮어버리고, 흑백필름 위에 채색하듯 어설픈 사랑만 기억하려는 내 태도가, 자신의 아픔을 싸안고 앓았던 시어머니 눈에는 제 배설물을 흙으로 덮어놓고 시치미 떼는 고양이처럼 보였을지도 몰랐다. 나는 발끝에 묻은 흙을 탈탈 털고 우아하게 떠나는 고양이처럼 남편의 팔짱을 낀다. 내려가요, 우리.

"아까 그 순정 언니요, 학교 졸업하고 한 번 본 적 있어요. 대학에 다니던 땐데, 어디서 만났을 것 같아요?"

말할 때마다 입안에서 시큼한 냄새가 나서 나는 남편의 얼굴을 가까이 보지 못한다. 글쎄, 시립도서관? 영화관?

"틀렸어요. 이태원의 나이트클럽이었어요."

순정 언니는 웬 남자와 춤을 추고 있었다. 현란한 조명이며 서로 몸 부딪는 사람들 속에서 내가 순정 언니를 알아볼 수 있었던 건 어깨의 각도가 남과 달라서였다. 어설프게 몸을 흔들며 내가 다가갔다. 순정 언니는 그 복숭아씨 같은 눈에 웃음을 담고 상대방 남자와 춤추느라 곁눈 한 번 주지 않았다. 인사 없이 떠나긴 했지만, 순정 언니의 마지막을 내가 그 환한 웃음으로 기억할 수 있었던 건 두고두고 고마운 일이었다. 그 웃음을 얻기 위해 얼마나 많은 걸 치렀을지 짐작도 못 한 채.

"당신, 조금만 참아요. 여태까지 당신이 날 먹여살렸으니까 앞으론 내가 당신을 먹여살릴 거야."

인천에 배가 들어오면, 이라고 말하는 건달처럼 나는 남편에게 호탕하게 장담한다. 머리는 여전히 휘휘 내둘린다. 남편은 피식 웃는다.

"뭘 해서 먹여살릴 건데? 당신도 옥수술 담가 팔 거야?"

"라면을 끓이든 떡볶이를 만들든."

몇 년 뒤면 남편은 깊은 숲속에서 송진 내는 소나무처럼 완벽하게 소리로부터 차단될 것이다. 사랑할 시간이 많지 않다. 누구의 시구였더라. 더 늦기 전에, 남편이 더 깊은 침묵 속으로 잦아들기 전에.

도시로 내려오기 전, 남편과 떠난 여행길에서 처음 폐교를 보았다. 산사 어귀 길가에 '전통찻집'이라는 표지가 보여서 나무계단을 올라갔더니 뜻밖에 학교 운동장이었다. 운동장에서 교사로 올라가는 언덕에는 어른 팔뚝만한 나무를 비스듬히 켜 널어놓은 나뭇장이 하얗게 빛났다. 교사가 있는 곳으로 다가가서야 나는 폐교인 걸 알았다. 여섯 개쯤 되는 교실은 누군가가 작업실로 쓰는 듯 나무를 다듬던 도구들로 어지러웠다. 먼지가 두껍게 내리덮인 복도의 마룻장이 삐걱거렸다. 복도를 걸어 건물 반대편으로 나왔을 때, 몸을 씻어내리는 듯한 향내가 코를 찔렀다. 전나무였다. 아이들이 모두 떠난 학교에 번지는 나무 향기. 텅 빈 정적으로 하얗게 타오르는 운동장에, 운동장 가장자리의 찻집에서 흘러나오는 국악가요가 낮게 깔렸다. 이런 곳에서 살고 싶다……

　폐교를 사들여 청소년 야영장을 만든다는 아이디어를 준 건 대학 동창생이었다. 그 동창생의 당숙이 전라도의 어느 분교를 사들여 이미 시설을 만들었다고 했다. 폐교를 사는 데 돈이 얼마나 드는지도 모르면서 나는 그 꿈을 품고 있었다. 남편은 정원을 가꾸고, 나는 매점을 겸한 스낵코너를 열어 아이들을 맞고 떠나보내며 늙어갈 것이다.

　밤이면 풀벌레들이 쓰르르쓰르르, 제 날개를 비비며 날개 올보다 더 섬세한 울음을 만들어낼 것이다. 죽음의 기미가 전혀 느껴지지 않는 생기로 충만한 아이들은 곤히 잠들고, 아이들이 뛰놀던 운동장엔 달빛 그득해 달맞이꽃은 그 달빛을 받아안으려 제 품을 한껏 열 것이다. 아득한 거리에서 달려온 달빛이 꽃잎에 떨어질 때, 가만히 귀 기울이면 꽃봉오리가 톡, 열리는 소리도 들리리라. 그러면 나는 아마도 수화로 남편에게 사랑한다고 말하리라. 말을 버리고, 손이 허공에 그리는 무늬로 사랑을 전하리라.

　다시 한번, 다시 한번 살아내리라. 나는 절망적으로 다짐한다. 은빛 캔의 유혹을 일거에 떨칠 자신도, 시어머니 앞에서 자꾸 닫히려는 마음을 활짝 열어 보일 자신도 없지만, 내 안의 흙탕물을 가만가만 가라앉힐 수는 있을 것이다. 강물이 더 혼탁해지기 전에, 흐려진 제 몸을 스스로 씻어내려 목숨들을 품어안는 강물의 사랑으로.

어스름녘

다녀오셨수?

대문턱을 넘어서던 한내댁은 마침 용변을 보러 나오던 딸과 마주쳤다. 푸시시 일어선 머리칼과 선잠 깬 눈초리로 딸은 일순 어느 때보다도 늙어 보여, 한내댁을 멈칫하게 했다. 눈이 어두워선가…… 뒤스른 속을 황황히 추스르는 사이, 돌아서며 딸은 한마디 흘렸다.

뭐하러, 새벽 공기가 찬데……

딸의 얼버무림에는, 신산한 삶의 바닥까지 내려가 기도로써 얻어지는 건 아무것도 없음을 이미 터득한 이가 허망한 기구 그 자체에 퍼붓는 날카로운 힐난이, 그럼에도 그 헛됨에 매달리는 살붙이를 보는 안쓰러움이 깔려 있었다. 내세에의 바람에 열중인 듯싶은, 좋은 꼴 못 보고 늙은 어미에 대한 딸의 연민을 한내댁은 무참한 심경으로 받아들였다. 그렇게 마음 한 모서리 깎이면서도 새벽마다 혼곤한 이부자리 털고 마른기침 쿨럭이며 나서는 심사를, 한내댁으로서도 정히 설명하기 어려웠다.

딸은 마당 귀퉁이의 변소 문을 열고 몸을 들이밀었다. 보풀 인 스웨터를 걸친 딸의 민틋한 어깨를 눈에 담고, 한내댁은 시린 마음으로 툇마루에 올라섰다.

어슴푸레한 새벽 기운이 채 가시지 않은 마루, 낮고 눅눅한 신음소리가 깔려 있었다. 마루의 낡은 마룻장에서 머물던 신음소리는 공기보다 비중이 낮은 가스처럼 침중하게 마당으로 번져나, 늘 습습한 기운 가시지 않는 마당 귀퉁이에 고여 있곤 했다.

그 신음소리에 발이 걸려 잠시 머뭇거리던 한내댁은 미닫이문을 밀었다. 새벽 냉기에 소스라치듯 응축했던 몸에 푸근한 공기가 닿자, 전신의 세포가 실밥 풀리듯 헤실헤실 늘어났다. 이대로 실타래 풀리듯 풀려 형체도 없이 스러졌으면…… 스티로폼에 천을 덧입혀 만든 자리 위에 몸을 부리고, 삐이걱, 스티로폼이 내지르는 신음소리를 듣자 비로소, 간절함이 치받쳤다. 장지문 칸살을 투과해들어오는 저 소리를…… 방금 다녀온 성당에선 잡히지 않던 기구문이 떠오르고, 한내댁은 급격히 솟아 제어할 길 없는 소망의 소용돌이에 자신을 내맡겼다. 점액질 끈적이는 얼룩으로 달라붙는 저 소리를…… 그러나 말이 을 용기는 나지 않았다.

실상, 벗겨지지 않은 어둠으로 더 썰렁한 성당에서, 한내댁은 제대로 된 기도의 말을 마련할 수 없었다. 무엇인가, 사무치는 그것은 말의 형태로 자리잡아주지 않고 그저 텅 비어올 뿐이었다. 어쩌면 부쩍 줄어든 새벽잠으로 일없이 깨어 있는 시간, 그 시간을 비집고 뒤둥그러지며 몰려드는 잡념을 몰아내기 위해 새벽 한기를 감당하는 건지도 몰랐다.

그렇듯 비껴났다 돌아오는 길목, 조각조각 깨어나는 아침 공기 속에서 한내댁은 은밀한 기도의 말을 풀풀 날렸다. 이제쯤 사돈이 먼 길을 떠났기를. 그르렁거리는 가래침처럼 질긴 생명의 낱을, 그날 아침 문득 눈 돌린 사신이 끊어냈기를. 하여 형식적이고 공허한, 그러다 제 설움으로 질겨져 전신 휘감아돈 딸의 곡성이 골목 어귀에서 서성이다, 돌아오는 한내댁의 발목을 감아들기를 얼마나 간구했던가.

그러면, 깊고 은밀하게 자라던 기다림에도 불구하고 새삼 화드득 가슴 떨며, 아아 가버렸구나, 얼마나 홀가분하게 떠났으랴, 사슬 풀리는 소리와 가슴 한 귀퉁이 미어지는 허전함으로 허청이는 무릎에 힘을 주며 집으로 가 장례를 수습하게 되기를.

그러나 동시에, 한내댁은 누구보다도 사돈의 안위를 염려하고 있었다. 아예 자리보전하기 전까지, 매일 아침 나어린 손녀를 단장시키듯 매만지던 머리칼의 푸슬거리는 감촉을, 얼마만큼은 사랑한 것이 아니었을까.

자기 몸에 손대지 못하게 하는 바람에 산발에 가까워져, 노망의 질기고 섬뜩한 기운을 더욱 조장하는 사돈을 보다 못해 한내댁이 머리에 손을 대던 날, 딸은 질겁을 했다. 왜 어머니가 그 노인네 시중까지 들어야 해요?

그러잖아도 금기에 손대는 듯한 의구심을 덧들인 말, 풀썩이는 무안함을 감추기 위해, 한내댁은 시모에 대한 딸의 살천스러움에 짐짓 화가 난 듯 퉁명스럽게 대꾸했다.

아무리 정신이 없는 노인네라도 그렇지, 이렇게 내버려두어서야 어디, 있던 혼백이 다 달아날 지경이로구나.

말을 마치자 진정 깊은 곳에서 노여움의 물살이 일기 시작했다. 입 밖에 낸 말이 길어올린 노여움이었다. 오래전, 딸이 떠나던 날의 막막함이, 그 세부를 지워버린 하염없음만으로 되살아났다.

사람이 어디 그리 얼음장 듣듯 해서야……

잔손 가던 어린 시절을 벗어나면서부터 어미에게 곁을 주지 않던 딸이었다. 언덕배기, 양의 뱃속 같은 골목 안에 뒷박과자나 알사탕 따위, 코 묻은 돈 주워모으는 구멍가게로 모녀가 연명하던 때, 골목에 내건 화덕에 국자를 얹고 젓가락으로 설탕을 저어 녹이던 딸이, 젓가락 끝을 소다 통에 꾹 찔러넣으며 말했다.

엄마, 시집가.

불기에 투명하게 녹아들어 누릿해진 설탕물은, 젓가락을 찔러넣고 휘휘 젓자 이내 하얗게 부풀었다. 잘못 들었나. 국자 안의 것을 양철판에 붓고 틀을 꾹 누른 다음 올망졸망 모여 앉은 아이들 중의 하나에게 건네는 딸의 일련의 동작은 조금도 빈틈이 없어서, 한내댁은 귀를 의심했다.

물 써듯 아이들이 빠져나가자, 진갈색 윤기나는 찌꺼기가 들러붙은 몇 개의 국자를 찬물에 담그며, 아이는 갈라진 목소리로 반복했다.

엄마, 시집가, 이렇게 살지 말고.

살갗이 터져날 듯 팽팽한 긴장을 끊어내며, 딸은 푸른 기 감도는 말간 눈을 들어 한내댁을 바라보았다. 난데없는 바람이 서늘하게 가슴을 베었다. 이렇게 살지 말고…… 이렇게, 란 말이 명치를 치받았다.

유복자 하나 데리고 청상이 되어 홀로 사는 어미에 대한 딸의 감정이 연민이길 바란 적도 없지만, 미움이라고 해서 더 나을 것도 없었다. 수은 칠이 얼룩덜룩 벗겨진 거울을 달고 방 안 구석을 차지한 채 바뀌지 않는 장롱처럼, 가꾸거나 다듬지 않고 사는 궁상맞은 여자로, 이미 여자 태 배는 딸은 어미를 보고 있었던 것이다.

처녀 꼴이 배면서 딸은 눈이 부시도록 변했다. 볼이 도톰해지며 얼굴은 분가루가 묻어날 것처럼 피어올랐다. 가끔은 지나가는 말로, 가끔은 정색을 하고 한내댁의 개가를 권유하던 딸은, 모녀가 꾸려가는 나날, 그 지루함을 견디지 못한 듯 매몰차게 한내댁을 떠났다. 하필 겨울로 접어드는 무렵, 집 나간 사람이 견디기엔 어려운 철이었다.

미처 기색을 감지할 겨를도 없이 딸이 훌훌 사라지던 날, 늦은 귀가를 기다리던 어미를 비웃듯이 덮쳐오던 어둠을 한내댁은 잊지 못했다. 축대 아랫집의 기왓장 갈피마다에서 어둠이 스며나와 지붕의 윤곽을 지워나가고 한내댁의 가슴을 꺼멓게 잠식한 뒤에도 아이는 돌아오지 않았다. 산동네 저 아래, 불빛들이 가물거리고, 멀리서 개 짖는 소리와 더불어 다가오던 발소리마다 한내댁의 가슴팍을 짓밟고 지나갔다. 그대로 기진한 기다림의 시작이었다.

어느 날이던가, 낙백의 허전함을 딛고 울리는 소리가 귀에 들어왔다. 뎅그렁뎅그렁. 유성음의 받침은 희붐한 공기에 흐트러지며 밀려와, 무산되려던 한내댁의 혼을 모으고, 한내댁뿐인 공간을 만만찮은 유동체의 밀도로 채워갔다. 둥글게 떠 번지는 교회 종소리를 들으며 한내댁은 새벽잠 앗은 꿈을 짚었다. 딸이었다. 계단에서 굴러떨어진 딸아이가 널브러지더니, 이내 몸을 궁글려 공처럼 튀며 달아났다. 달려가는 한내댁을 고꾸라뜨린 건 무언가, 아이는 공처럼 탄력 있게 달아났다.

막 깨어난 꿈에 생각이 미치는 순간, 신경의 현들이 문득 피받아 할 딱거렸고 혈액의 하중이 머리로 몰려 한내댁은 무게를 감당하지 못하고 방바닥에 꿇은 채 엎드렸다. 보호하소서. 그길로 종소리를 쫓아나서 맨 처음 만난 십자가가 성당이었다. 늦은녘, 밤길 짚어 성당에서 돌아오느라면, 잔가지 떨군 뒤의 허전한 나무처럼 훌훌 어미 떨구고 떠난 딸의 모습이 미궁 같은 골목 구석구석에서 밟히곤 했다.

한내댁은 노여움을 지그시 누르며, 모녀간에 오가는 대화에 서름한 눈초리인 사돈의 머리를 빗질했다. 짚북데기 같은 머리칼에 빗이 걸려 잘 나가지 않았다. 사돈의 머리채가 세게 흔들리더니, 억센 손아귀가 한내댁의 팔목을 세게 쥐어왔다.

아파, 엄니 아파, 흐흐흥……

이 노인네가 또 발동이 걸리려나보다. 한내댁은 큰 소리로 대꾸했다. 얼른 대답하지 않으면 갈퀴 같은 손가락이 손목을 파고들어 상처를 남길 게 분명했다.

오냐, 알았으니 조금만 참아. 착하지.

사돈이 한내댁을 부르는 호칭에 따라, 한내댁도 거기에 맞췄다. 어쩌다 정신이 들어 '사부인'이라고 정중히 부르면 그렇게 대했고, 어떤 땐, 지지배가, 손녀 진희를 야단칠 때의 말투가 나오면 네, 잘못했어요, 라고 싹싹 빌었다. 사돈은 이미 정신놓은 노인네였다.

사돈은 이미 아픔을 잊은 모양이었다. 머리를 다듬는 손길이 그저 귀찮다는 듯이 고개를 홰홰 내저을 뿐이었다. 그래도 착하다는 말이 흐리마리한 의식 어딘가에 걸려 남았는지, 조붓한 어깨에 잔뜩 힘을 주어 뒤로 넘어가려는 머리를 버팅기고 있었다.

청올치처럼 무심하게 빠진 머리카락을 모아 손끝으로 비벼서 뭉쳐 두고, 머리를 느슨히 땋아 쪽을 쪘다. 숱이 다 빠져 헐거워진 머리카락은, 녹 같은 때가 낀 은비녀의 무게도 감당하지 못하고 슬몃슬몃 흘러내리곤 하였다. 비녀를 찌르고 나자 단장한 사돈은 제법 정갈해 보여, 볕바른 뜨락에서 손주의 재롱을 감상하며, 세월이 숙성시킨 온화한 웃음을 짓는 일에나 어울릴 듯해 보였다.

그러나 눈에 이르면 고개를 갸웃거릴 수밖에 없었다. 노안이라 흐려진 안정은 그렇다 치고, 그 눈에 부옇게 핀 안개는, 이미 눈앞의 일에서 벗어나 다른 세상을 겪는 자의 세계를 가려주고 있었다.

사돈과 첫 대면하던 날, 그때까지만 해도 말짱하던 사돈에게서, 노인답지 않게 반짝이던 오목한 눈에서, 한내댁은 일종의 징후를 느꼈다.

오랫동안 손대지 않아 퇴락의 흔적이 역력한 딸네 집으로 처음 들어서던 때, 한내댁의 눈길을 잡아끈 건 흉내만 낸 살피꽃밭의 습한 곳에 무성한 쇠비름이었다. 잡아채면 뽑히련만 손놓고 보는 심사가, 저 세상으로 갈 날을 받은 남편 둔 딸의 황망함을 드러내는 것 같아서, 그걸 바라보는 한내댁의 마음이 더 눅진해졌다.

사라진 뒤 몇 해인가 지나고, 가끔씩 훅, 치받다가 그 열기로 바스라지곤 하는 그리움에 물 주며 딸이 왔다.

가게 문턱을 넘어서던 딸은 침침한 가게 안쪽 방의 문설주에 비스듬히 기대앉아 담배연기를 피워올리는 한내댁을 발견하고 멈칫 섰다. 한내댁의 입안이 바짝 탔다. 수없이 그려보던 만남이었지만, 그리던 것과 실제는 달랐다.

망연히 바라보는 한내댁을 앞에 두고, 딸은 막아섰던 문간에서 비껴섬으로써, 등뒤에 있는 사람을 소개하는 몸짓을 대신했다. 원피스 바깥으로 굴곡이 흰한 딸의 부른 배를, 한내댁은 이미 짚었다. 딸이 비낀 공간을, 어정쩡하게 윗몸을 굽히며 들어선 사내가 채웠다. 첫눈에 부실한 느낌을 받은 건, 어쩌면 딸이 너그러우나 단단한, 아버지를 대신할 사내를 만나 수굿이 살고 있기를 바란 때문이 아니었을까? 딸보다 손가락 한 마디쯤 커 보이는 사내의 얼굴에 채 가시지 않은 애티가, 딸의 행색과 더불어 가긍스러웠다.

안으로 들어오너라.

고즈넉하게 울먹이기 시작하는 가슴을 수습하려 애쓰며 한내댁은 먼저 방에 들었다. 조갈이 심해 입술이 달막여졌다. 몇 번인가, 한내댁은 말을 트려다 다시 삼키며 담배를 집어들었고, 딸은 늘 몸담던 친정에 근친이라도 온 것처럼 맘 편한 듯이 굴려 했다. 사는 정황에 대해 연막을 치듯 말문을 닫아가면서도 잘살고 있다는 확신을 주려 어설프게 이야기를 이어가던 딸이 말끝을 흐렸다.

엄니, 왜 여태…… 나 없으면 결혼할 줄 알았더니……

그래서였나? 감았던 눈이 뜨이듯, 딸이 떠나던 무렵 떠돌던 말이 한내댁의 머리를 지끈거리게 했다. 한내댁을 넘보던 홀아비 반장이 정식으로 사람을 놓아 말을 건네다가 거절당하고 난 뒤, 굴절된 소문은 산언덕을 슬금슬금 타고 내려갔다. 홀아비와 과부. 남의 말은 그리도 쉬웠다. 그 말이 어느 결에 딸의 귀에까지 들어간 건지. 풍문이, 입에서 입으로 나오르던 말이 모녀를 몇 년 동안 갈라놓은 것이다. 딸의 눈두덩에 기미가 앉게 한 세월이었다.

한번 와보란 말도 없이 딸은 갔고, 시모를 모시고 있다는 바람에 한
번 가보겠다는 말도 없이 한내댁은 보냈다. 어림짚은 해산달이 지나
도록 종무소식이던 딸은 어느 날, 저를 쏙 빼닮은 계집아이를 안고 왔
다. 아이는 한내댁의 품 안에서 낯을 심하게 가리며 울었다. 딸이 혼
자 몸 비릇고 있을 때 곁에 있지 못한 어미…… 아이를 업고, 아이의
손을 잡고 내의며 찬거리를 사들고 들르더니, 처음에 자취를 감춘 세
월만큼이나 오래 소식 끊었다가 다시 나타났을 때, 어깨에 군살이 붙
어 중년 티가 배인 딸은 거뭇거뭇 삭은 이를 드러내며 어설프게 웃었
다. 빵공장을 하다가 망했다고 했다. 대기업에서 나온 빵이 선전에 힘
입어 동네 구멍가게마다 쌓이던 때였다.

연때가 안 맞았나봐.

조업을 중단하자 사다놓은 팥에 벌레가 생겨 껍질만 남기고 속을
알뜰히 파먹었고, 심약한 사위는 속 파먹힌 듯이 병들었으며, 딸의 이
는 모조리 삭아버렸다. 집에서 임종을 맞겠다는 사위의 몸을 병원에
서 빼내기 위해 딸이 살던 집을 내놓았다는 걸 알게 되었을 때, 한내
댁은 낡은 집의 가치를 가늠했다. 사위의 입원비를 갚고 얼마쯤 남은
돈으로 근근이 방을 얻어 꾸려나갈 요량은 되었다. 한내댁의 말에 펄
쩍 뛰었던 딸은, 집을 팔되 딸에게 몸을 의탁하라는 걸로 절충을 해왔
다. 그래 벌인 일이었다.

딸의 뒤를 쫓아 안마당으로 들어섰을 때, 한내댁은 염소거나 뭐 그
런 짐승을 본 걸로 생각했다. 마당 귀퉁이의 수돗가에, 속속들이 하얀
물체가 웅크리고 있었던 것이다. 사람이 들어서는 기척에 몸 돌리며
허리를 펴자 제 모습을 드러낸 건, 앙증맞게 작은 몸피의 노파였다.

흰 스웨터와 빈틈없이 바랜 머리 위에 담뿍 올라앉아 부서지는 햇살에 눈 시려하며, 한내댁은 사돈과 첫 대면을 했다.

먼 길 오시느라 고생 많으셨죠?

뜻밖에 곰살궂은 말투였다. 살림을 합쳤다고는 하나, 예도 갖추지 못한 채 사는 딸네 집에 얹히러 오는 한내댁이 스스로 위축되어 있었던가. 사돈의 말투는 살갑게 여겨졌다. 한내댁이 무어라 응답할 틈을 주지 않고, 사돈은 딸에게로 고개를 돌렸다. 고개를 돌림으로써 사람이 달라진 듯, 말투까지 냉랭해졌다. 겨울 골짜기, 채 녹지 않은 얼음장 밑으로 흐르는 물처럼 시린 무엇이 사돈의 말투에서 뚝뚝 들었다.

뭐하니? 어서 안으로 모시지 않고.

사돈은 다시 한내댁을 바라보며, 입귀를 치켜올리며 웃음진 표정을 만들어냈다. 활짝, 한내댁을 맞이하기 위해 마음을 활짝 펼친다는 표정, 그러나 봄날 이파리 없이 하얗게 꽃만 무성한 목련의 요기로움 같은 게 작은 몸피에서 우러나왔다.

집이 누추합니다만, 들어가 쉬세요.

마루 쪽을 향해 손사래를 치고, 사돈은 뒤란이라 생각되는 곳으로 자배기를 들고 획 돌아서 갔다. 그런 사돈의 아기작거리는 걸음에서, 그 어깨가 딱딱하게 의식하는 어깨 너머 이편의 시선에서, 한내댁은 약빠른 동물의 위계 같은 아슬아슬함을 맛보았다. 처음 보는 안사돈인 한내댁에 대한 살가움과 그 딸인 며느리를 대하는 냉랭함, 그 어간에서 줄타는 걸 보는 위태로움이 명치에 얹히는 걸, 한내댁은 털어내려 했다. 살천스럽기로 치면 딸 또한 그에 못지않았으니.

엄니, 저 나가요.

96

좁다란 마당 한가운데 반짝 볕이 드는 오전이었다. 시장통에 움막 같은 가게를 얻어 화덕을 들여놓고, 거기서 빵이며 생과자를 구워 파는 딸이 나가는 기척을 냈다. 혼자 늙는 여자의 황량함은 밀가루 냄새와 들척지근한 파우더 냄새로 덧칠되었다.

그래, 다녀오너라.

노인네 뭐 해먹이려고 애쓰지 말고 쉬세요. 넘기지도 못할 거……

저 말버릇하고는. 한내댁은 속으로 혀를 찬다. 한내댁과 동갑인 시모를 두고 딸은 꼭꼭 노인네라고 칭했다. 기분 내키면 '우리 동갑네 사부인'이라고 간살을 떨며 들엉기고, 무언가 마음에 고인 게 있으면 한 밥상머리에 앉아서도 끝내 한마디도 없던 사돈과 딸은 틀어질 대로 틀어졌다. 추가 달린 채 나란히 늘어뜨려진 실처럼, 가까이 닿을 듯하다가는 꼬였다.

어미 있고 딸 키우는 사람이 그러는 거 아니라고, 이따금 신칙하면, 딸은 어머닌 모른다고, 모르시면 가만있으라고 그랬다. 딸이 어미 없이 헤쳐온 시간을, 그 사이에 고인 앙금들을 알 수 없었던 한내댁은 그때마다 목젖이 안으로 당겨지는 느낌에 입을 다물었다.

하기야, 사돈에게도 내리사랑이라는 말이 무색하게 만드는 구석이 있긴 했다. 정은 괴는 데로 간다는데, 손녀 진희는 제 할머니 곁에 안 붙어 있으려 했다. 저저, 기집애가 어딜, 진희를 야단칠 때면 사돈은 꼭꼭 그 말을 앞세웠다.

딸과 사위는 부엌에 잇달은 안방을, 사돈은 가운뎃방을, 한내댁은 진희와 함께 문간방을 썼다. 제 아비가 앓는 걸 보고 자란 진희는, 할머니, 나는 나중에 간호사가 되고 싶어요. 그래서 아픈 사람들 낫게

해줄 거예요. 라며, 학교에서 받은 상장 뒤에 캡을 쓴 간호사를 그리곤 했다. 앓는 이와 홀몸들로 스산한 집안에, 분꽃 씨앗 속처럼 하얀 얼굴로 돌아다니는 진희는 햇무리였다. 우묵한 눈, 유난히 흰 얼굴과 노르스름한 머리로 '양키'라고 놀림을 받고 울며 돌아오던 날에도 진희는 방 안에 굴러다니던 종잇장에 '백의의 천사'라고 연필심에 침을 묻혀가며 꼭꼭 박아썼다. 진희가 지나가야 겨우 웃음소리가 들리는 집안이었다.

진희야, 오늘은 할머니 방에 가서 자지 않을래?

밤중, 진희의 웃음소리에 한내댁도 시름 녹이며 웃다가, 방문 건너 사돈의 적막한 방에 생각이 미쳐 넌지시 사돈의 방을 가리키며 진희에게 물으면 진희는 고개를 살래살래 저었다. 싫어.

개도 키워준 은공은 안다는데 오죽하면 그러겠어요. 내버려두세요. 진희 키우랴, 공장 돌리랴, 부지깽이도 곤두설 것 같은 땐 나 몰라라 하고 온종일 집 밖으로 나돌았으니 애가 제 할미를 따르겠어요? 내리사랑이란 말도 헛말이구. 일이라면 똥 친 막대기 보듯 하던 노인네가 어쩌다 부엌에 한번 들어가면 손은 또 왜 그리 크던지, 찬밥을 이틀은 먹어야 했다니까요.

사위가 죽어나간 뒤, 문간방을 세주고 진희와 한내댁을 안방으로 불러들이겠노라는 딸의 말을, 사돈은 무질렀다.

초상 치른 집에 사람이 들겠니? 그러잖아도 말하려 했다만, 내가 이 방을 쓰려 했다.

어머니가요, 이 방에서 어머니 혼자요?

딸의 목소리에서 가시가 돋고, 한내댁은 딸을 쿡, 질렀다.

혼자 쓰는 게 그리 아까우면 진희 데리고 있으마. 아니면 사부인하고 같이 쓰든가.

국물을 들이켜는 사돈의 손이 미미하게 떨렸다. 그 손에서, 그럴 계제가 못 되는데 우기는 사돈에게서 한내댁은 오기를 보았다. 캬르릉, 등뼈를 한껏 휘어 제 키를 돋우려는 고양이. 그 바닥에 깔린 건 두려움이었다. 자리보전한 아들이라도 울타리는 울타리였던가, 아들이 죽자 울짱 없는 마당에 나앉은 허전함이 사돈에게 어깃장을 부리게 하는 거였다. 마침 진희가 저도 공부방 가지고 싶다는 바람에 세놓는 일은 유야무야로 끝났지만, 큰방을 내주는 대신 딸은 사돈의 말을 귓전으로 흘렸고, 밥상머리에 숟갈 한 번 더 놓는 것으로만 사돈의 존재를 환기할 뿐이었다. 사돈은 죽지 부러진 새가 되었다.

어머니, 모르시면 아무 말씀 마세요. 저 늙은이 속이 구렁이굴이에요. 어느 날, 살림 제법 피려니까 듣도 보도 못한 얼굴이 어머니라고 나타나 왕신단지처럼 똬리를 틀고 앉았는데…… 집에선 있는 대로 구박하면서 밖에선 또 며느리 칭찬에 입 마르던 노인네예요. 그러니 내가 시어머니 이야기하면 남들은 며느리 칭찬 자자한 시어머니더라 하고. 그렇게 영악한 노인네예요. 아들이 아픈데도 오래 살겠다고 자기 보약 지어 먹더라구요. 보약 많이 먹은 사람은 죽을 때도 힘이 든다는데……

한내댁이 신칙할 때마다 대꾸하던 딸의 말이 씨 됐는지, 사돈은 저세상으로 가는 문지방을 베고 누워 신음을 흘리고 있다. 쓰러지기 전, 사그라들기 전의 불꽃처럼 훤했던 얼굴은 그새 알아볼 수 없이 쪼그라들었다. 이리 될 것을 미리 알고 있었던 것처럼, 사돈은 쓰러지기 전에 식탁을 부렸다. 온갖 음식들이 그 때깔과 향기를 빛내며 기억 속에서 새록새록 되살아났고, 그럴 때마다 사돈의 얼굴은 채워지지 않는 욕망으로 생생해졌다.

사부인, 왜 거 있잖유. 우리 어렸을 적, 잔치 있을 때면 하던 그 낙지꾸리 말유. 이만한 꼬챙이에 낙지를 꽂아서 둘둘 말아 쪄내던. 그땐 돌도 삭힐 만큼 입이 달던 때라 그랬겠지만, 왜 그리 맛있던지. 식히려고 장독대에 내놓은 걸 오며 가며 집어먹기도 했지요.

한내댁이 찌개에 쓰려고 받아둔 뽀얀 뜨물도 사돈의 눈에 띄었다.

저 뜨물에 비늘이 빤닥빤닥하는 갈치 넣고, 쑥갓 띄워 끓인 갈칫국 생각 안 나요? 요즘엔 갈치로 국 끓여 먹는다는 걸 아는 사람도 적어……

아이 선 여자처럼 음식을 탐하는 사돈의 얼굴은 차라리 무구했다. 어린아이처럼 성마른 욕망이 한내댁을 움직여 한내댁은 딸에게 장을 봐오게 했다. 노름 뒤는 대줘도 먹는 뒤는 안 대준다는데…… 안 해도 될 소리를 꼭꼭 앞세우는 딸의 목소리도, 사돈의 바닥없는 욕망을 가리진 못했다.

그렇게 식탐을 하던 사돈이 쓰러진 건, 한내댁이 쑨 닭죽 한 그릇을 달게 비우고 난 다음날이었다. 성당 교우의 집에 심방 나갔다가 점심까지 얻어먹고 돌아오던 한내댁이 고물 모아두는 빈터의 버려진 손수레 모퉁이를 지날 때, 무심코 지나가던 한내댁을 무언가가 끌어당겼다. 한내댁은 갸웃하며 돌아보았다. 보도블록 위, 담장 모퉁이에 기대선 손수레 바퀴 근처에 사돈이, 곱게 차려입은 사돈이 두 발과 두 손을 하늘로 치켜든 채, 개처럼, 그야말로 개처럼 나자빠져 있었다. 녹슨 고철더미 속에서 느닷없이 화사하게 피어난 사돈의 옷자락, 그 부조화가, 지나가던 한내댁을 잡아당긴 것이다.

아니 사돈, 이게 무슨 일이래요?

한내댁이 놀라서 다가가자, 사돈은 웅얼거렸다.

그러게 말이우. 내가 왜 자꾸 쓰러지는지 모르겠네요.

하늘로 향했던 눈을 돌려 한내댁을 바라보는 사돈의 얼굴은 어리둥절함으로 가득 차 있었다. 이 세상이 갑자기 불가해한 무엇으로 변한 듯한 어리둥절함, 세상이 온통 적대적이고 몸뚱이조차 자기 의지를 거역하는 데 대한 어리둥절함이.

체증이 있는 것 같아서 약국에 갔다 오는데, 갑자기 허뚱, 하더니, 일어나려면 또 쓰러지고, 일어나려면 또 쓰러지고…… 내가 왜 이러는지 모르겠네요.

한내댁은 사돈의 겨드랑이에 팔을 넣어 일으켜세웠다. 무게중심을 놓친 사돈은 자꾸 뒤로 나자빠지려 했고, 한내댁의 몸도 덩달아 기우뚱거렸다. 어찌 속이 탔는지 허옇게 말라붙은 입으로 집에 와 누웠던 사돈은 슬금슬금 눕는 시간이 길어지더니 생뚱 같은 소리를 해대거나 입술을 달막이며 똑같은 노래를 불렀다. 뜸북뜸북 뜸북새 논에서 울고 뻐꾹뻐꾹 뻐꾹새 숲에서 울제……

청승스럽긴, 서방님이 비단구두 사가지고 올 것도 아닌데…… 사돈의 노래에 토를 달던 딸의 말을 듣기라도 한 듯이 사돈의 노래는 점점 잦아들었고 사돈은 곡기를 끊어갔다.

사돈이 목으로 넘기는 유일한 음식은 막걸리였다. 속에서 통증이 느껴진다며 이따금 마시던 막걸리가 유일한 식량이 되었다. 저리 되려고 그리 음식을 탐했는가, 입안에서 올각거리던 막걸리의 취기로 얼근해져 이승잠에 든 사돈을 볼 때마다 한내댁의 마음이 자우룩해졌 다. 섶에서 잠드는 누에처럼 잠들다 깨다 하면서 사돈은 아기가 되어 갔다.

기저귀를 뽑아내며 본 꼬리뼈 부근은 짓무르다 못해 거무스름했다. 한내댁은 진희가 부쳐준 비닐똬리 같은 걸 기저귀로 싸서 받쳤다. 꼬 리뼈를 괴자 훌렁 벗긴 치골은 더 적나라하게 드러났다. 기저귀 가는 게 벅차서 아예 벗겨놓긴 했지만, 이불을 들추고 훌렁 벗긴 아랫도리 를 볼 때마다, 못할 짓을 하는 것 같았다. 대변볼 때가 된 것 같아서 진 희가 가져다놓은 종이기저귀를 꺼내다보니, 남은 게 몇 장 안 되었다.

"진희가 다녀간 게 언제였더라."

한내댁은 벽에 붙은 일력을 본다. 일력의 날짜는 두 달 전, 진희가 뜯은 시점에서 몇 장 더 뜯다가 만 채였다. 사돈의 머리맡에 걸린 채 생각나면 몇 장씩 뜯어내던 일력이었다.

아침 상머리에서, 달력을 보는 딸의 눈길을 좇다가, 똑같은 생각을 했음을 떠올린다. 텔레비전에서 오늘은 주말입니다, 어쩌구하는 소리 가 들리자 딸은 얼핏 달력으로 시선을 돌렸고, 월말의 토요일이면 집 에 들르곤 하던 진희의 얼굴을 본 지 꽤 되었음을 상기한 것이다. 한 내댁은 딸의 눈길에 무심히 스쳐간, 무심을 가장하기 때문에 더 깊어 진 그리움을 보고 말았다. 홀홀 어미를 떨치고 나갔던 딸은 이제, 제 딸을 기다리는 어미가 되어 있는 것이다.

대학 진학이 어려워지자 간호학원에 등록한 진희는 학원의 소개로 서울의 한 산부인과에 취직해 나갔다. 토요일 밤늦게 내려온 진희는 늦은 저녁을 먹기 바쁘게 몸을 접고 잠들었다. 딸은 잠자리에 들던 그대로 턱선까지 이불을 덮어쓴 채 죽은 듯이 잠자는 진희의 얼굴을 들여다보고 한숨을 내쉬고 나갔다. 아침상을 차려놓고도 차마 깨우지 못할, 수렁 같은 잠이었다. 점심때가 다 되어서야 겨우, 진희는 헝클어진 파마 머리칼에 손가락을 넣어 게으르게 추스르며 마루에 나앉곤 했다.

하얀 피부는 여전했지만, 여릿여릿하던 얼굴은 딱딱한 각질이 덮인 것처럼 표정이 지워져, 한내댁은 이따금 손녀의 나이를 되묻곤 했다. 객지생활 이 년에 깎아놓은 듯이 곱던 턱선은 허물어져 뭉툭해졌고, 어렸을 적에 햇무리처럼 빛을 뿌리던 진희는 한 달 만에 들른 집에서도 거의 입을 열지 않고 묵연히 웅크리고 있거나, 사돈을 돌보는 한내댁을 거들다 가곤 했다.

두 달 전에 들른 진희는 사돈을 씻기고 난 한내댁이 대야의 물을 밖에 버리고 들어오자 손에 집히는 대로 일력을 잡아뜯고 있었다. 얄따란 종이는 몇 장씩 겹치자 뜻밖에 팽팽한 장력으로 버텼고, 꼴같잖다는 듯이 진희의 손은 우악살스럽게 종이를 뜯어냈다. 지겨워, 이 집은 세월 가는 줄도 몰라…… 날 거친 바리캉으로 불쑥불쑥 뜯어놓은 머리처럼 뜯긴 종이를 구기다 말고, 진희는 문득 종이를 집어 구김살을 찬찬히 펴기 시작했다. 편 종이 몇 장을 겹치더니 들쭉날쭉한 부분을 접어 혀끝으로 침을 발라 뜯어냈다. 주름치마처럼 종이를 접은 다음 주변을 둘러보던 진희는 실패의 실을 툭 끊어 접은 종이의 가운데를 묶었다. 중동이 묶인 채 부채꼴 모양으로 퍼진 종이를 노래하듯 한 겹씩 펼쳐세우며 진희는 검은 글씨가 얼룩덜룩한 꽃을 피워냈다. 꽃이 완성되자 언제 만들었냐는 듯이 그 꽃을 툭 던지며 진희는 무심하게 말했다. 상여꽃 같네.

치워라. 앓는 사람 머리맡에…… 아픈 사람 돌보는 일 하는 애가 왜 그러냐?

할머니, 그만두세요. 여자들, 지긋지긋해요. 내가 병원에서 무슨 일 하는지 할머니가 어떻게 아세요?

마구, 억제할 길 없는 웃음처럼 방자하게 넘쳐나려는 말을 목젖 너머로 가까스로 밀어넣는 진희의 얼굴은, 채 터져나오지 못한 말이 품고 있는 부당함 때문에 문득 심술궂어졌다. 양미간에 세로로 주름을 잡은 그 얼굴은 입을 꾹 다문 채 소리치는 듯했다.

할머니, 난 이제 겨우 스물한 살이에요. 혼자 늙는 여자들이 있는 이 집이나 태어나지 못한 아이들로 피비린내 나는 병원에서 시들기엔 내 나이가 너무 아깝다고 생각하지 않으세요?

콕콕 찌르는 말로 저를 상처내고 서울로 간 진희는, 욕창이 생긴 부분에 받치라고 똬리를 우편으로 부쳐왔을 뿐, 두 달째 소식이 없었다. 딸은 토요일을 의식하며 화덕에 빵을 구워내고 있을 것이다. 집으로 들어서면서 툇마루 아래 마당으로 눈길이 먼저 가겠지만, 왠지 굽 높은 구두가 놓일 것 같지 않아서, 한내댁은 한숨을 내쉬며 사돈의 아랫도리에 이불을 덮었다.

시장이 파한 뒤에 돌아온 딸은 늦은 저녁상을 물린 자리에서 푸석거리는 부대한 몸을 풀자루처럼 힘없이 허물어뜨리더니 잠들었다. 한내댁은 이불을 내려 딸에게 덮어주고 방을 나왔다.

먼 데서 우우웅, 빈 달을 보고 우는 듯한 개 울음소리가 들렸다. 우우웅, 누구네 개인가. 밤마다 들려오는 개 울음소리는 밤의 정밀 속에서, 공기를 타고 감염되는 병균을 퍼뜨리듯 음산했다. 마루 끝에 켜진 촉수 낮은 전등은 좁다란 마당도 다 밝히지 못해 마당 가장자리엔 작은 짐승이 숨어들 만한 어둠이 늘 고여 있었다. 그처럼 낮게 깔리던 신음소리도 들리지 않고 개 울음소리도 멎자, 멀리서 아스라이 밟고 지나가는 차소리만 들렸다.

한내댁은 잠든 딸 대신, 사돈이 누운 방으로 건너갔다. 밤이라서, 묵중하게 고인 공기가 썩어드는 냄새가 더 짙었다. 썩어드는 사돈의 꼬리뼈에선 상한 고기 냄새가 났다. 얼마 전부터 수상쩍은 분홍빛을 띠던 발뒤꿈치도 진물이 잡히는 걸 딸은 아직 못 보았고, 한내댁은 딸에게 알리지 않았다. 의식은 남아 있는데 썩어들어가는 육신, 가속되는 육신의 부패와 죽 켜진 촛불을 하나씩 불어 끄듯 어둠에 잠겨드는 정신이 어느 지점에서 만나 육신을 벗어나게 될지. 부패가 더 가속되기 전에, 한내댁은 기도하듯 문을 열었다.

누구냐?

뜻밖에 명료한 목소리가 방문을 여는 한내댁의 발길을 잡아챘다. 사돈이었다. 사돈이 눈을 뜨고 한내댁을 맞았다. 흐릿한 불빛 아래에서도 주름의 골이 극명하게 드러난 얼굴로, 사돈은 막 들어서는 한내댁을 지켜보고 있었다. 베개에 눌린 한쪽 머리가 일그러져, 사돈의 얼굴이 찌그러져 보였다.

저예요. 정신이 좀 들어요, 진희 할머니?

사부인이시구랴. 아이구 아퍼, 왜 이리 아프대요.

한내댁은 다가가서 사돈의 손을 잡았다. 속앓이가 깊어지면서 늘 진땀으로 끈적이던 손이 보송거렸다. 그나마 사람을 알아보는 게 반가웠다.

사부인, 저기 저, 소주 좀 주세요.

설탕에 소금, 포도당을 탄 물을 사돈은 막걸리를 대신한 소주라고 알고 마시고 있었다. 빨대가 꽂힌 컵을 가져다 입에 대어주자 사돈은 입을 벌렸다. 몇 모금 마시고 나면 통증이 덜해지는지 사돈은 입에 달고 있던 신음을 잠시 멈추었는데, 그때마다 한내댁은, 사돈이 이 속임수를 알고 있으리라고 짐작했다. 오물오물, 사돈은 몇 모금, 물 삼킨 병아리처럼 입안에서 몇 모금 오물거리다 빨대를 밀어냈다. 사돈의 눈꺼풀에 졸음이 스르르 실렸다.

기저귀를 들춰보고, 한내댁은 사돈 곁에 모로 누웠다. 땅바닥에 몸을 붙이자 삭신이 저며들었다. 온몸 마디마디가 물 흐르는 듯 서늘하다. 이대로 물살에 실리듯 떠밀려갔으면…… 더 살아 무얼 보겠다고…… 잠의 비탈로 스르르 미끄러지며, 한내댁은 언젠가 이 방 안으로 들어올 눈 밝은 사신이 자기도 보아주었으면 싶다.

사부인, 사부인.

귓전에서 치맛자락 스치듯 사부작거리는 소리가 들렸다. 누가 다가오고 있다. 한내댁은 흐드득, 다리를 떨며 깨어났다. 사돈의 목소리가 귓전에서 속삭였다.

사부인…… 내 다 아누면요. 사부인 저희 집 오셔서 애면글면하신 것도 알고, 진희 에미가 제 남편 살리려고 무진 애쓴 것도 아는구면요. 아무렴유. 그거 모르면 사람이 어디 사람이겠슈.

사돈은 자신에게 다짐을 주듯 말한다. 삼 년 묵은 꿈 이야기한다더니, 이 양반이 왜 안 하던 말들을 할까. 한내댁의 가슴이 황망해졌다. 기운이 떨어져서 약하지만, 또랑또랑하던 말투의 습관이 살아 있어 알아듣기에 어렵진 않다.

그나마 씨앗이라고 진희 아비 떨궜으니 이날까지 살았지……

시집이라고 가서 몇 밤 지내고 나니 남편은 돈 벌어오겠다고 서울로 갔는데…… 일 년이 지나도 소식 두절이라 찾아가봤더니, 살림 차려 오순도순 살고 있고……

시부모님 돌아가시고 그 집 문간방에서 살다가 진희 애비 하나 얻고…… 눈칫밥 먹다먹다 아이 두고 떠나와, 돌아다니며 장사하다보면 남편은 돈 필요하면 와서 며칠 머물고……

진희 애비 결혼하고 나서, 염치불구하고 찾아와 살림을 합쳤지요. 날 보러야 안 오지만 피붙일 외면하랴……

주말이면 하마 자식 보러 오지 않을까 밥을 한솥 해놓고 기다려도, 손녀딸 낳았다는 소식 듣고 애 돌 때 반지 하나 보내고는 그만이고……

내 진희를 미워했지요. 손자였다면 설마 보러 오지 않으랴 싶어서……

스름스름 내리누르는 잠기운에 잠겼다 깨어나며, 사돈은 뜨문뜨문 이야길 풀어놓았다. 저 이야기가 대체 어디 묻혀 있다 나오는 걸까. 한내댁은 사돈의 살품 사이로, 앙상하게 들먹이는 가슴을 본다. 주말이면 밥을 지어놓고 기다리다 녹아버렸을 가슴.

한참, 잠든 듯하던 사돈이 갑자기 큰 목소리를 냈다.

사부인, 내 이야기 하나 들어볼라우? 세상에 이런 법이 어디 있다우? 접때 사부인이 길에서 데려오던 날, 그날……

우연히 만난, 시댁 동네에서 이웃해 살던 이에게서, 남편이 작은댁에게서 난 딸 부부를 따라 미국으로 이민갔다는 소리를 들었다. 그럴 수가 있는가, 한 번쯤 보고 떠났을 법도 한데…… 발길이 허공을 디뎠다. 그럴 수가 있는가. 그 무렵 꿈에 남편이 자주 보이더니, 어떻든 제 피붙이 있는 곳에 붙어 있으면 볼 수 있으려니 했더니……

그 이야기를 쏟아내고도 몸 안 어디에 물기가 남았던지, 물긋물긋한 눈꼬리에 진액 같은 눈물이 괸 사돈이 물먹은 소리로 말했다.

사부인, 내 부탁 하나 들어줄라우. 저기, 저기 좀 보면……

사돈은 삭정이 같은 손을 힘겹게 들어, 왼편에 놓인 서랍장을 가리켰다. 사돈이 가리키는 대로 맨 아랫서랍을 열자, 언젠가 입었을, 연보랏빛 바탕에 진보랏빛으로 당초무늬가 덩굴진 겹저고리가, 다시 입어보지 못할 물색 고운 한복 몇 벌이, 흐린 형광등 불빛 아래 느닷없는 화사함으로 도드라졌다.

아니, 그 아래, 바닥에 깐 종이 밑에……

서랍 바닥에 깐, 누렇게 변해버린 신문지 귀퉁이에 신문지로 돌돌 말아 싼 나프탈렌이 먼저 눈에 띄었다. 나프탈렌을 콩알만하게 줄어들게 한 건 시간일까 공기일까. 좀약을 갈아야겠구나…… 저 옷은 이제 좀이 슨대도 그만이라고, 마음 바닥이 이르는 말에 귀를 막고 중얼거리며 좀약을 둘둘 말아놓고, 귀가 밀린 신문지를 들추자 그 바닥, 손수건에 둘둘 만 뭉치가 나왔다.

그거, 그거 말이오. 사부인, 그걸로 쌀 한 가마니 들여놓으시구, 진희 엄마 밀가루 몇 포대 사주시구, 나 숨 놓거들랑 내 손에 삼만원만 쥐여주실라우. 노잣돈으로.

가제손수건을 펼치자 그 안에서 차곡차곡 접은 만원짜리 지전들이 나왔다. 저 양반이 정말 가려나보다, 얼먹은 한내댁의 마음, 얼음 같은 것이 둥둥 떠다니는 것처럼 서늘해진다.

진희 할머니두 참, 무슨 그런 소릴 하세요. 그런 말씀 말구, 어서 일어나 진희 시집가는 걸 봐야지요.

사돈이 한내댁을 보며 흐릿하게 웃는다. 나도 따라갈래…… 제가 가지 못할 곳임을, 저를 데리고 가지 않을 것임을 알면서도 떼를 쓰며 나서는 어린애를 보는 듯한 눈길이다. 가망없는 희망의 덧없음…… 그 웃음이 지워지면서 까부라지더니, 바람 탄 불기운처럼 솟구친 목소리가 불쑥불쑥, 옛 기억들이 들썩거렸다. 댕기머리 계집애가 나타나 웃더니, 어느새 아이 두고 집 나와 장사판에 나앉은 여인의 깊은 한숨이 새어나왔고, 햇솜 타서 혼사에 쓸 이부자리 만들던 고모들의 덕담 끝에 낮은 노랫가락이 하얗게 타버린 입술을 달막였다.

착한 아기 잠 잘 자는 베갯머리에 어머님이 꿰매주신 색동저고리 꿰매어도 꿰매어도 밤은 안 깊어……

태엽이 풀리는 자명종처럼 노래 끝이 늘어지더니, 사돈은 꺼멓게 죽어든 이를 보이며 기진한 듯 잠이 들었다. 얼핏 사돈의 코앞에 손을 대본다. 손끝에 미미하게 온기가 느껴진다. 그래도 미심쩍어, 한내댁은 손수건에서 십만원을 꺼낸다. 언제 모아둔 돈인가. 지폐의 종잇장이 얇디얇게 만져졌다. 봉투를 찾아 그 돈을 넣고, 이불 밖으로 비어져 나온 손에 쥐여주려 한내댁은 머리를 흔든다. 노인의 숨은 알 수 없다. 사흘도 가고 삼 년도 가는 게 목숨이었다. 사돈이 잠든 요 밑에 봉투를 넣어두고, 한내댁은 밖으로 나가기 위해 스웨터를 걸쳤다.

밖은 어스름이다. 낮에서 저녁으로 갈 때와 똑같은 어스름이, 어디선가 밀려온 밝음으로 희석되는 어둠이 마당에 깔려 있다. 성경이 든 가방 손잡이를 힘주어 잡고 어스름에 몸을 묻는 한내댁의 속에서, 여전히 말을 이루지 못한 기구문이 뭉글거렸다.

가
을
빛

"가자."

봄날 공원에서 해바라기하는 노인처럼, 벽에 등을 기댄 채 쪼그리고 앉은 아버지가 마침내 입을 열었다. 앉은 자세만큼이나 옹색하게, 엄지와 검지로 끝을 잡고 필터까지 알뜰히 피운 담배를 재떨이에 결연하게 비벼끄는 동작으로 아버지는 확고함을 드러내려 했지만, 의도의 강력함을 드러내기엔 목소리의 힘이 모자랐다. 두 음절, 짧은 낱말은 구름장에 머물렀던 저녁놀의 붉은 기가 한순간에 가시듯 집 안의 묵중한 공기에 지워지고 말았다.

아침이었다. 아침 햇발은 늘, 새날이 시작되었음을 알리는 제 의무를 마지못해 수행하듯, 동북쪽으로 난 창가에 잠깐 머물다 지붕 위로 넘어가곤 했다. 어둑신한 거실에서 마당의 대추나무에 눈길을 고정한 채 아버지와 팽팽하게 대치하던 어머니의 곧은 등이 한순간 움찔했다. 센 바람에 고추나무가 흔들리자 덩달아 흔들린 받침대의 움찔거림처럼, 한순간, 환영 같은 움직임이었다. 때맞춘 듯, 잠에서 깨어 몇 번 칭얼거리던 아기가 반응이 없자 와앙, 큰소리로 울어댔다. 이 공주님 성미가 대단하네요. 한번 울면 다른 아기들 잠 다 깨우고 말아요. 며칠 머물렀던 신생아실에서 이미 간호사에게 찍힌 아기는 걸핏하면 온몸을 달구는 울음으로 그 앙칼진 성미를 여지없이 드러냈다.

가자, 는 말의 울림에 붙들려 있던 나는 옷섶 위를 급히 문지르며 딴딴하게 불은 젖을 꺼냈다. 물봉숭아처럼 투명하고 여린 아기의 입술에, 빛깔이 짙어진데다가 돌기마저 두드러지는 젖꼭지를 입이 미어져라 물릴 때마다 참담한 느낌이 들곤 한다. 도리질치는 초식동물의 입에 날고기를 억지로 들이대는 듯한 기분. 그러나 젖무덤에 얼굴을 박은 아기는 어미의 비대한 의식을 비웃듯 앙칼진 흡인력으로 젖을 빨아들였다. 채 풀리지 않은 유선이 찌릿하며, 아, 짧게 비명이 터져나오려 했다. 확 밀쳐내고 싶은 사나운 마음이 전해졌는지, 아기는 멈칫하더니 더 탐욕스럽게 빨아댔다. 유선이 온통 아기의 입안으로 빨려들어가는 것처럼 뭉근한 아픔과 그 뭉근함이 풀리는 쾌감이 동시에 일었다.

"나 갈란다. 채비하라고 해라."

아버지는 새 담배에 불을 붙이며 말했다. 재떨이엔 꽁초들이 거의 수직으로 촘촘히 꽂혀 있을 것이다. 꽁초가 담기는 대로 부셔내던 어머니가 꽁초로 숲을 이룬 재떨이를 내버려둔 게 언제부터인지 모르겠다. 이제껏 아버지더러 가자고, 가야 한다고, 당신은 평생 내 말 안 듣고 독불장군으로 살아서 마음 편했지만 언제까지 그렇게 마음대로 살 수 있을 줄 아느냐고, 앞발에 코를 박고 낮잠결에 꿍얼거리는 강아지처럼 무력하기 짝이 없이 신칙하던 어머니의 낯이 어둑해졌다. 발딱 반겨야 할 어머니가 온몸의 힘을 놓고 오히려 소파에 깊숙하게 몸을 묻는 게 보였다. 어머니의 무릎 너머로 아버지가 피워올리는 담배 연기가 희붐하게 번지고, 마루에 놓인 낡은 냉장고가 딱, 접점을 찾은 듯 부러지는 소리를 내더니 위잉, 진동했다. 그 모든 소리와 동작 들을, 거실을 사이에 둔 건넌방에서 문간에 기대어 앉은 채 나는 낱낱이 보고 들었다. 모든 감각이 진저리쳐질 만큼 생생하게 깨어났다.

어머니의 무연함을 알련만, 아버지는 마른기침만 뱉어낼 뿐 어머니 쪽은 돌아보지도 않고 있었다. 터져나오려는 의지와 그러기엔 힘이 부친 몸 사이에서, 기침은 앙가슴에 걸려 쌔근거릴 것이다.

"김서방 어디 있냐?"

무릎에 손을 짚으며 일어서던 어머니가 허둥, 했다. 껑성하니 큰 몸이 잠깐 기웃하는가 싶더니, 가까스로 관성을 찾아 꼿꼿하게 섰다. 잠깐의 허둥거림을 가리려는 듯, 이층을 향해 외치는 어머니의 목소리는 쩽쩽했다. 속에서 과포화상태에 이르도록 증식한 불안, 차오른 공포를 가누느라 높고 쩽쩽해진 목소리였다.

"김서방, 아버지 병원 가시자네."

병원에 가지고 갈 짐은 이미 가방 안에 다 들어 있었다. 아버지가 입원과 퇴원을 반복하는 동안, 몇 장의 속옷과 수건, 물병과 휴지 따위가 든 가방은 반침 안에서 수굿하게 자리잡고 있었다. 연차를 다 찾아 휴가를 낸 남편은 이층에서 나왔다. 잠깐 사이에 잠들었는지 눈가가 부석거렸다.

"보험카드 챙겼나?"

눈앞을 막아서며 들이민 남편의 등을 외면하며, 아버지는 다시 담배에 불을 붙였다. 조금이라도 시간을 끌고 싶은 것이다. 천천히 담배 한 대를 다 피운 뒤, 마침내 아버지는 일어섰다.

"가자. 가봤자 빤하지만 가서 의사들이 뭐라는지 들어보기나 하자."

남편의 등이 안 보이는 듯 비칠, 걸어나가던 아버지는 끝내 남편의 등에 업히고야 말았다. 어머니가 가방을 들고 나왔다. 내가 일어서려 하자, 떼어놓으려는 기색을 눈치챈 아기는 악착같이 젖꼭지를 물고 늘어졌다. 나는 그대로 주저앉은 채 업혀나오는 아버지를 망연히 바라보았다.

"선희야, 애비 간다."

남편의 목에 팔을 두른 채 아버지는 방 안을 들여다보았다. 채 가리지도 못한 젖가슴이 쑥, 마른 몸매와 무관하게 독자적인 생명을 주장하듯 탱탱하게 비어졌다. 아버지의 눈길이 흘깃, 내 가슴팍을 스쳐 아기에게 머물렀다. 태열과 황달기가 채 가시지 않아 조금 센 불에 구워낸 식빵처럼 노릇하고 붉은 아기의 얼굴은 섬세했다. 오똑한 콧날은 고집스러웠지만, 아기의 눈은 꿈꾸는 듯 몽롱했다. 아기를 보는 아버지의 눈길에서 나는, 아버지가 보는 게 아기가 아니라 아기 앞에 놓인 무한한 시간임을 깨달았다.

젖비린내 풍기는 아기를 끼고 누워 끈끈한 더위 속에 버성기는 아버지의 기침소리를 들을 때면, 아기가 개구리처럼 배를 움직이며 야금야금 들이마시는 것이 다름아닌 아버지의 시간일지도 모른다는 엉뚱한 생각이 들곤 했다. 요즘 같은 세상에선, 아버지는 이십 년쯤은 더 살 수도 있었다.

116

이십 년은 사람에 따라선 일순일 수도 있었다. 신혼 초, 남편과 여행길에서 들렀던 산사의 법당에 들어갔을 때였다. 그 절에 다닌 지 오래되었다는 할머니는 향에 불을 붙이며 말했다. 법당마루 수리한 지도 얼마 안 되었는데 벌써 수리할 때가 되었나, 이렇게 소리가 나네. 고작 이십 년밖에 안 되었는데.

그러나 갓난아기 앞에 놓인 이십 년은 한 생이나 다름없는 길이일 것이다. 배냇머리가 봄날에 막 갈기 시작한 새의 깃털처럼 하르르한 아기에게 이십 년은, 그 여린 잇몸에 이가 돋고, 걸음걸이와 글자를 익히고, 여자됨의 어쩔 수 없는 징표로 수치와 자긍을 함께 느끼며 초경을 맞고, 한두 번쯤 진한 사랑이나 이별을 맛볼 수도 있고, 저를 닮은 아기를 낳아 유전자의 가공할 법칙을 곰곰 헤아리며 젖을 물릴 수도 있는 세월이었다. 아이가 그렇게 제 생을 여는 동안, 나는 나날이 뼈가 퍼석거리는 느낌에 조심스러운 걸음으로, 열어젖혔던 앞가슴을 여미듯 생을 여며야 한다는 초조함으로, 가슴팍에서 손을 헛되이 쥐었다 폈다 하고 있을 것이다.

"가세요, 아버지. 제가 병원으로 갈게요."

"병원엔 뭐하러 오냐. 내가 집으로 올 텐데."

힘없으면서도 내지르는 말투. 어른들이 데려가주지 않을 거라는 걸 알면서도 떼쓰며 따라나서는 아이들의 절망적인 눈가림 같은 것이 묻어나는 말투.

"아침마다 대추나무 물 주는 거 잊지 말고."

누구에게랄 것도 없이 말하면서 아버지는 눈길을 거두어 마당의 대추나무를 휙 스쳤다. 그 눈길이 내 뺨을 거세게 때렸다. 집을 지을 때

심었다는 대추나무, 아버지가 아침마다 물 주던 나무는 생생하게 물올라, 바람 불 때마다 잎을 뒤채며 반짝였다. 막 여물기 시작한 풋대추가 그 잎 사이에서 알알이 빛났다.

남편의 발소리와 급한 마음처럼 달각거리는 어머니의 발소리가 멀어졌다. 달이 둥글 때 태어나 음력 그믐인 오늘까지 살아낸, 이름도 받지 못한 채 무심하고 탐욕스럽게 젖을 빠는 아기에게, 앉은 채 뭉기적거리며 아버지를 보내고 나는 말한다. 아가야, 늬 외할아버지가 가신다는구나. 늬 외할아버지, 겁 많아서 그 먼 길 어찌 혼자 가신다니. 네가 오고 늬 외할아버지가 가는구나……

지난 뒤에 돌아보면 무심히 넘긴 모든 게 전조였음을 뒤늦게야 깨달을 때가 있다. 아기를 가지던 그날 또한 그런 날이었다. 그날, 온갖 시계들이 고장났다. 늘 조금씩 늦어지는 거실의 시계를 텔레비전 아침방송을 보면서 맞추는 순간 시계는 조용히 멈추어버렸다. 반사적으로 올려다본 주방 창턱의 시계도 멎어 있었다. 전날 저녁까지도 잘 가던 시계였다. 화장대 서랍에 들어 있던 손목시계도 멈추었다는 걸 발견한 순간, 나는 멍하니 집 안을 휘둘러보았다. 밤 사이에 거대한 자장이 집 안을 휩쓸고 지나간 것이 아닐까. 모든 게 제자리에, 익숙해서 무언가 조금씩 부패하는 듯한 정다움과 서먹함을 띠고 제자리에 있었다. 무심코 내다본 하늘은 수상했다. 청회색에서 연회색까지, 온갖 빛깔을 지닌 구름이 무당이 다리 잡는 천처럼 층층 떠 있었다. 그렇다고 비가 올 날씨도 아니었다.

저녁 무렵, 서편으로 난 창에서 생선칼처럼 날카롭게 거실을 찔러든 햇살은 거실을 파헤쳐진 생선 내장처럼 낱낱이 헤집어놓았다. 식탁을 덮은 유리에는 찻잔 받침에 묻어 있던 물기가 채 증발하지 못하고 남아 무지갯빛 물무늬를 그렸다. 해가 더 낮아져 건너편 집 지붕에 얹히자, 그토록 생생하고 아름답던 물무늬는 급격히 빛이 죽으며 다만 하찮은 얼룩이 되어버렸다. 어쩌면 내게 허락된 시간이 생각보다 훨씬 짧을지도 모르겠다고, 나는 아득하게 짚었다. 마시다 만 커피, 아침에 일어나면 커피잔 안에 테두리를 남기고 조금씩 졸아붙은 커피처럼 이 생의 수위가 낮아지고, 모르는 사이에 닳아버린 생이, 면낸 가루거나 고운 톱밥처럼 흘러내린 생의 부스러기가 어딘가에 있을 것만 같아 거실을 서름한 눈으로 둘러볼 때 전화가 왔다. 저녁을 먹고 들어온다는 남편의 전갈이었다.

갑자기 비어버린 시간을 때우려 나는 외출했다. 사거리 건물 지하에 있는 서점은 대형서점이었지만 변두리의 서점답게 늘 한산했다. 이 책 저 책 뒤적이던 내 손에 남은 건 겉표지가 요란스러운 『티베트 사자의 서』였다. 죽음을 배울지니라. 그러면 그대는 삶까지도 배울 것이니라. 그런 글귀가 쓰인 책을 들고 서점을 나섰을 땐 어스름이 제법 짙어져 있었다. 곧 다가올 겨울을 예감한 공기는 나뭇잎에서 빛깔과 물기를 아울러 빼앗고도 파슬거렸다. 그 속에서 차가운 기운이 느껴져 나는 옹송그렸다. 사거리에서 건널목을 지나 건너편 보도에 올라섰을 땐, 내가 선 쪽의 차도는 아직 신호가 바뀌지 않아 텅 비어 있었다. 팔차선 너른 차도의 한편이 텅 비어 있고 다른 편엔 브레이크 등을 빨갛게 켠 차량들이 줄지어 서 있다가 막 바뀐 신호를 받고 달려 나가려는 참이었다. 끼이익, 소리가 하늘로 솟구쳤다. 나는 그 자리에 붙박였다. 건너편 차선 아스팔트에서 불꽃이 튀고, 어둑한 가운데 급히 멈춰 서는 승용차 차창 위로 커다랗고 검은 물체가 툭 부딪치더니 떨어져내렸다. 맞은편 상가에서 사람이 황급히 뛰쳐나오는 걸 보기까지, 나는 그게 검은 비닐봉투인 줄 알았다. 사람이 그렇게 가볍게 통겨나갈 수 있다는 게 믿어지지 않았던 것이다. 즉사였다.

그날 밤, 나는 가없는 막막함에 남편의 품을 한껏 파고들었다. 아무런 전조 없이 순간에 들려져 끝나버릴 수도 있는 목숨의 덧없음, 그 허망을 그대로 받아안아야 한다는 쓸쓸함, 그리고 내가 그 책을 고르지 않았더라면 사고가 없었을지도 모른다는 터무니없는, 터무니없음을 알면서도 끈덕지게 들러붙는 사위스러움. 힘주어 둘러지는 그의 팔을 느끼며 가을마다 남편이 벌이던 해프닝 또한 그 허망을 견디기 위한 것이었음을 불현듯 깨달았다.

해마다 한차례씩 벌이는 남편의 해프닝이 가을과 연관이 있다는 걸 깨달은 건 결혼한 지 삼 년이 지나던 해였다. 5월 신부가 되었던 첫해 가을, 나는 귀뚜라미 소리가 청승맞게 들려오는 반지하 셋방에서 남편의 늦은 귀가 이유를 찾느라 결혼생활을 곰곰 되짚어보고 있었다. 일찍 부모를 여의고 누나 밑에서 큰 남편은 의례적인 배려조차 고마워하는 여리고 다감한 성품이었다. 여린 사람이 그러하듯 술을 즐기는 편이긴 했지만, 그 가을, 자정 넘어 귀가하는 남편에게선 술냄새도 맡아지지 않았다. 무슨 일이 있었던가. 혹 무슨 말로 내가 남편을 상하게 한 건 아닌가. 지난날들을 죽 늘어놓고 짚어보는 일에 지친 내가 자포자기하듯 물었을 때, 남편의 대답은 싱겁기 짝이 없었다.

"학원 다녀. 공인회계사 시험을 치르려고."

"난데없이 웬 공인회계사야? 회사에서 무슨 일 있었어?"

"아니, 나야 여전히 성실하고 인정받는 직장인이지. 하지만 당신을 돈방석에 올려놓으려면 회사원으로는 어림도 없겠어. 두고 봐. 이따만한 돈방석에 당신을 척 앉혀놓고 말 거니까."

남편은 양팔을 벌려 부피를 나타냈다. 풋, 웃음이 나왔다. 세상살이에 이악스럽지 못한 그를 좋아한 나로서는 그가 돈방석이라는 단어를 떠올린 것조차 신기했다. 내가 살림에 쪼들리는 티를 냈나. 슬며시 짚어보다가 나는 말했다.

"돈방석? 난 한 번도 안 앉아봐서 모르지만, 그거 앉아봤자 딱딱해서 엉덩이만 배길걸? 난 돈방석보다는 집에 일찍 들어온 당신 무릎에 앉는 게 훨씬 행복할 텐데. 어떻게 생각해요?"

제법 비장한 결의로 학원에 다니던 남편은 한 달이 지나자 스름스름 일찍 들어오기 시작하더니 두 달 만에 학원을 때려치우고 성실한 회사원으로 돌아갔다. 이듬해 그 무렵엔 검객이 되겠다고 검도학원에 다니더니 밤에 집 근처 놀이터에서 죽도를 휘두르다 파출소에 끌려갔다. 그 이듬해 어느 날엔 난데없이 태극 문양이 그려진 종이를 한 장 들고 와 벽에 붙였다. 저녁을 먹고 나면 텔레비전도 안 보고 내 눈에는 거꾸로 붙어 앉은 태아로만 보이는 그 태극 문양 앞에서 가부좌를 틀었다. 영통하겠다는 의지를 가뜩 실어 꼿꼿하게 곧추세운 그의 등은 등뒤에 닿는 내 시선을 잔뜩 의식하고 있어서 영통하기엔 턱없이 허술해 보였다. 터져나오는 웃음을 참으며 방문을 닫았지만, 닫힌 방문 바깥에서 웃음은 식어버리더니 이내 쓸쓸함으로 굽이치며 몸을 돌았다. 날이 짧아지고, 바람이 스산하게 옷깃을 파고들면 그걸 못 이기는 것이다, 남편은. 그러고 보니 가을은 남편의 생일이 들어 있는 계절이었다.

지들끼리 좋아서 만났다 하더라도 궁합은 맞춰봐야 한다는 아버지의 말에 음력 생일을 물었을 때, 남편은 고개를 저었다. 그런 거 모르는데.

"몰라요? 그럼 양력 생일을 음력으로 환산해보면 되지 뭐."

내가 알고 있는 그의 양력 생일은 9월 초였다. 그날이면 저녁을 함께 먹곤 했었다.

"사실은 그것도 정확하지 않아. 그거, 내가 정한 생일이야."

"네?"

"누나도 잘 몰랐나봐. 생일 같은 거 챙길 만한 형편도 못 되었고. 그래서 대학에 들어가던 해 내가 마음대로 정했어. 아침저녁 찬바람 불 때였다는 말을 들은 것 같아서. 달력을 보니 마침 백로가 눈에 띄데. 그래서 그날을 내 생일로 정해버렸어. 그러니 내 사주가 어떤지 알 게 뭐야."

그의 말꼬리에서 자조의 기미가 묻어났다. 여름, 휴가를 마친 여자들이 피서에서 돌아와 소금기에 젖은 빨래를 널어 갈무리하고 가을 옷을 꺼내 거풍할 때면 그가 벌이던 일들. 용담이며 구절초, 도라지…… 가을이면 산이며 들판에서 유난히 잦게 눈에 띄던 보랏빛이 곧 다가올 추위에 지레 겁먹음으로 비쳐지듯, 남편의 해프닝 또한 어디서 흘러들었는지 모르게 태어나 미끄럼 타듯 흘러내리고 마침내 바스라지리라는 두려움이 터져나온 것은 아니었을까.

그날, 나는 내 몸의 빈 곳에 남편을 채워넣듯, 남편의 빈 마음을 내 몸

으로 메우려는 듯 남편의 몸뚱이를 거세게 끌어안았다. 다음날, 아버지
가 병원에 가기로 결심했다는 어머니의 전화를 받으러 일어났을 때,
다리가 허청거릴 정도로 격렬한 밤이었다. 그달부터 생리는 끊겼다.

폐가 안 좋대요. 뭐가 생겼다누먼요. 병원에서 나온 검사결과를 알
려야 하나 말아야 하나 망설이던 어머니가 폐암이라는 걸 완곡하게
전했을 때, 아버지는 십 년 전에 끊은 담배부터 찾는 기이한 반응으로
식구들을 경악시켰다. 그럴 리가 없다, 내가 그따위로 쓰러질 줄 아
느냐, 그런 과시였을 것이다. 어쩔 바를 몰라하던 남편이 건넨 담배를
받아드는 아버지의 손은, 일 년 새 십 킬로그램이 줄어든 몸무게로 앙
상했다. 그 일 년은, 병원에 가자는 어머니와 내 몸은 내가 안다는 아
버지의 끈질긴 말다툼이 가느다랗지만 어떤 가뭄에도 마르지 않는 물
줄기처럼 이어지는 나날이었다.
"선희 아버지, 정말 왜 그래요."
어머니의 카랑한 목소리 끝이 누지는 걸 모르는 척하고, 아버지는
담배를 한 개비 꺼내물었다. 불을 붙여드려야 하나 말아야 하나, 담배
와 함께 묻어나온 라이터를 손에 쥔 남편이 난감한 눈으로 나를 바라
보았다.
"이리 내게, 그 라이터. 옛수, 그렇게 빨리 가고 싶으면 어디 마음
대로 해보시구려. 나도 모르겠수."
어머니가 확, 불꽃 피워올린 라이터를 아버지의 눈앞에 거칠게 들
이댔다. 얼결에 주춤, 몸을 뒤로 물렸던 아버지가 어머니를 힐끗 보더
니 담배에 불을 붙였다. 첫 모금을 빨아들이던 아버지는 생연기가 들

어갔는지 마른기침을 내뱉었다. 가느스름하게 떨리는 손을 나는 보고야 말았다. 아버지는 숨고 싶은 것이다. 지금 이 자리로부터 달아나 어디, 묵은 옷가지 같은 곳에 얼굴 파묻고 도리질치고 싶은 것이다. 그토록 작은 아버지를 나는 알고 있었다.

그날의 가정방문은 조금 느닷없었다. 종례시간에 예고된 것이긴 했지만, 해가 진 지 제법 오래된 시간의 가정방문은 상례에 어긋난 것이었다. 저녁 무렵 술에 취해 돌아와 잠들었던 아버지는 담임선생님이 왔다는 말에 내의 바람으로 벌떡 일어나 부엌 옆방으로 들어갔다. 나 없다고 그래라. 말릴 겨를도 없었다. 어머니는 황급히 이부자리를 말아 윗목에 몰아놓고 선생님을 맞았다. 장롱에 넣지도 못한 채 방 귀퉁이에 말린 이불더미가, 방 안에 없으나 한때 있었던 아버지의 존재를 생생하게 환기시켰다. 선생님이 간 뒤, 어머니가 자리를 수습하고 다시 이부자리를 펴는 사이에 나는 아버지를 부르러 갔다. 아버지는 방에 없었다. 아버지? 다시 불렀을 때, 머리 위 다락에서 숨죽인 목소리가 들려왔다. 나 여깄다.

그 다락은 어린 날 내가 걸핏하면 숨어들던 곳이었다. 언제던가, 아버지의 국 속에 든 흐물거리는 고기가 어미 소의 뱃속에 든 새끼 소라는 걸 알려준 게 누구인지 모르겠다. 그날 밤, 나는 다락으로 달려가 낡은 옷에 몸을 묻고 울었다. 그때 나는 송아지를 제대로 본 적도 없었고, 어미 뱃속에 든 송아지는 더더구나 본 적이 없었다. 그런데도, 태어나지 않은 송아지가 덮쓰고 있는 얇디얇은 막까지 보아버린 듯했다. 그 안에서 감은 눈의 섬세한 눈꺼풀 선까지도. 물론 이건 기억의 윤색에 지나지 않으리라. 태어나지도 않은 송아지를 먹는다는 것, 한 목숨은 다른 목숨을 먹고 산다는 것을 수락하기엔 아직 너무 어렸던 때, 태어나지 않은 목숨을 먹는 아버지가 왜 그리 거대하고 무서웠던지. 이북에서 단신으로 내려와 몸 하나로 세상을 헤치는 동안, 유일한 자산인 몸을 위해서 보신음식이라면 빠뜨리지 않고 먹던 아버지.

그런 아버지가 저토록 작았다니. 낮은 천장에 머리를 부딪지 않으려 허리를 구부린 채 내려오는 아버지를 외면하며 나는 속으로 중얼거렸다.

그 무렵 나는 사춘기였다. 겉보기로는 여전히 조용했지만 속에서는 늘 불꽃이 활활 타올랐고, 그 불길을 살랐다 눅였다 하는 바람은 간단없이 불어왔다. 왜 태어났는지, 왜 하필 여기 이 자리인지. 무남독녀인 내게 쏟아지는 관심이 간섭으로만 여겨지던 때였다. 칼끝 디딘 것 같은 나날을 나는 방에서 책을 읽으며 견뎠다. 책은 내가 있는 곳을 아버지의 헛기침 소리가 들리는 방이 아니라 개선문 근처의 카페로, 내가 마시는 보리차를 칼바도스라는 낯설고 칼칼한 어감의 술로 바꾸어주었다.

어둑한 방 안에 낮에도 촛불을 켜놓고 책을 읽던 어느 날이었다. 불 당긴 촛불을 옮기다가 촛농을 떨어뜨렸다. 촛농은 손등에 칼로 에인 것 같은 통증을 남기고 흘러내리더니 방바닥으로 떨어졌다. 손등에 끈적이며 굳어버리는 촛농을 긁어내고 방바닥의 촛농을 긁어내려다 나는 촛농 속에 무언가 갇힌 것을 보았다. 개미였다. 개미 한 마리가 버둥거림을 막 멈춰가고 있었다. 개미의 버둥거림은 촛농이 굳어감과 동시에 그쳐버렸다. 촛농 속엔 고요히 갇힌 개미의 주검이 있을 뿐이었다. 그 순간, 쌔애 하고, 해뜰 무렵 하늘에 난 폭운의 자취처럼 무언가가 나를 긋고 지나갔다. 나는 눈을 질끈 감았다가 떴다. 방 안은 늘 보는 풍경 그대로, 앉은뱅이책상과 책꽂이, 소녀다운 치기를 담아 주고받은 조개껍데기며 인형 따위 자자분한 장식물로 오밀조밀했지만 이미 이전의 방 안은 아니었다. 왜 하필 그 순간에 거길 지나갔을까. 엉겁결에 꺼버린 초에 다시 불을 당겼다. 불꽃이 초를 녹여 촛농이 고이는 동안 내 가슴도 흐무러지듯 아파왔다. 그러나 촛농이 고이자 나는 방바닥에서 기어가는 개미를 신중하게 겨냥했다. 촛농이 떨어지는 순간 개미는 자지러졌고 내 가슴은 통증으로 오그라들었다. 자지러지며 버둥거리던 개미는 가장자리부터 서서히 굳어가는 촛농 속에 고요히 갇혀버렸다. 그날, 내가 죽인 개미가 몇 마리였던가. 그토록 사무친 궁금증. 저 개미는 어디론가 가야 한다는 생각이 있어서 가고 있었을 거야. 그러다 뜨거운 촛농을 맞고 뜨겁다고 느꼈겠지. 달아나야 한다고 버둥거리고. 그러다 서서히 죄어오는 파라핀 속에서 마침내 옴쭉달싹 못하는구나, 라고 느끼고 움직임이 멈춰졌어. 그러면, 그 움직임이 멎는 순간까지 움직이던 개미의 의식은 어디로 간 걸까.

그날부터, 나는 필통 안에 그 개미의 화석을 넣어가지고 다녔다. 마음은, 의식은 어디로 갔을까. 어디서 생겨나고 어디로 갔을까. 왜 그 개미는 하필이면 그 시간에 내 방에서 기어다녔을까. 나는 왜 그날따라 촛불을 켜놓고 책을 읽었을까. 내게 윤회와 인과의 그 가없는 순환에 대해 눈뜨게 한 건 그 개미였다. 비로소, 나는 나를 용서했다. 어린 시절, 내가 한밤중에 경기를 일으킨 것도, 어머니가 입에 머금은 물을 뿜고 아버지가 팔다리를 주무르는 사이 의사를 부르러 뛰쳐나갔던, 나와 제법 터울이 졌던 두 오빠가 밤길을 달리던 차에 치여 주검이 된 것도, 내 힘으로는 어쩔 수 없는 일이었다. 홀몸으로 월남한 아버지가 새집을 장만하면서 심은 대추나무, 그 깊은 땅속에서 물 올리는 뿌리의 간절한 염원이며 가을이면 주렁주렁 매달리는 대추에 담긴 기원을 망가뜨린 건 내가 아니었다. 우리를 개미처럼 작은 존재로 내려다보는 더 큰 손이었다.

기억 속에 묻혀 있던 개미들을 다시 만난 것은 출산을 위해 집을 떠나던 날이었다. 집 근처의 산부인과에 다니던 나는 아버지와 같은 종합병원으로 옮겼다. 내 출산과 아버지의 입원기간이 겹칠지도 모른다는 우려에서였다. 다행히 아버지가 집에 돌아와 있어서 나는 조금 홀가분한 마음으로 입원할 수 있었다.

배냇저고리며 속싸개, 기저귀 따위는 다 삶아서 개켜놓았다. 냉장고의 음식물도 대충 정리를 해놓았다. 삼칠일 동안 남편은 친정과 집을 오가며 회사에 출근할 예정이었다. 출산준비물을 넣은 가방을 소파에 얹어놓다가 벽면을 보자 피식, 웃음이 나왔다.

여름 초입에 이미 남편은 가을을 앞당겨 치렀다. 젖몸살 앓듯 혼자 타던 가을을 벽화라는 가시적인 형태로 드러내게 한 건 내 탓이었다. 오피스텔에 혼자 사는 선배네 집에 놀러 갔다가 본, 선배가 손수 칠했다는 벽의 산뜻함을 말한 게 화근이었다. 주말에 거실에도 안 나오고 방에서만 뭉기적거리는 남편에게 나는 바가지를 긁었다. 당신도 그러고 있지만 말고 거실 도배나 해봐요. 글쎄 지영 언니는 여잔데도 혼자 칠을 해서 집을 환하게 꾸며놓았더라니까. 그랬어? 신문을 넘기면서 무심히 듣더니 무슨 영감을 얻었나보았다. 그날 저녁, 슬며시 나갔던 남편은 차에서 몇 통의 페인트를 내렸다. 벽면에 걸린 액자며 말린 꽃 따위를 죽 떼어내고 못을 차근히 뽑아낸 남편은 화집에서 뜯어낸 듯한 그림을 펼쳤다. 인상파의 강렬한 터치를 연상시키는 현란한 그림이었다. 한 손에 그림을 들고, 한 손에 붓을 들고 남편은 풍차를 향해 돌진하는 돈키호테처럼 결연하게 선언했다.

"그래, 나는 언제나 화가가 되고 싶었어."

남편이 화가가 되고 싶어했다는 건 난생처음 듣는 소리였다. 남편은 내가 말릴 겨를도 주지 않고 붓에 파란 페인트를 듬뿍 찍어 벽에 직 그었다. 페인트는 두껍게 뭉개지기만 할 뿐 애석하게도 원했던 대로 시원스럽게 칠해지지 않았다. 주르륵, 붓질을 따라가지 못한 페인트가 벽면을 타고 흘러내렸다. 힐끗 나를 본 남편은 목욕탕에서 플라스틱 세숫대야를 가져와 신나를 부었다.

그날부터 며칠에 걸친 그의 추상화는 끝내 목욕탕 벽까지 이어졌다. 빨간색과 파란색, 두 색이 섞인 우울한 보라, 노랑의 환각까지. 어느 날 아침, 페인트 냄새가 진동하는 거실로 나와서 밤새 늘어난 노란 빛깔에 눈이 미치는 순간 나는 깨달았다. 남편은 가을을 앞당겨 겪고 있는 것이다.

벽화에선 아직도 페인트 냄새가 났다. 내가 친정에 머무르는 동안, 남편은 저 벽화가 갓난아기와 산모의 정서에 끼칠 영향에 대해 생각이 미칠 테고 화가가 되고 싶었던 꿈은 흰 페인트에 묻히거나 도배지 뒷면으로 사라질 것이다. 그대로 놔둘 만큼 둔감한 성품은 아니었다. 다시 못 볼 남편의 역작에서 눈을 돌리고 나는 집 안을 치워나갔다.

식탁 밑에는 한 말쯤 들어가는 단지에 쌀이 절반쯤 남아 있었다. 쌀

벌레가 생길까봐 통마늘을 넣어두었지만 이미 쌀은 포슬포슬 뭉치려 했다. 어디서 생겨났는지 모르게 고물거리다가 작은 나방으로 날아다니는 쌀벌레들. 그러다 베란다의 창틀이나 옷장 속에서 파삭 마른 시체로 발견되는 그것들이 생겨날 기미가 역력했다. 바람이 통하는 베란다라면 그나마 좀 나을 것이다. 나는 부른 배를 뒤로 젖히며 내 배처럼 배부른 단지를 들어 베란다에 내놓았다.

단지가 놓였던 자리의 얼룩을 닦아내려 쪼그리고 앉던 나는 그만 뒤로 물러앉고 말았다. 얼룩이 아니라 검붉고 작은 개미떼였다. 단지 아래, 단지 바닥과 거실 바닥 사이에 어떻게 틈이 생겼는지, 그곳은 개미 소굴이었다. 난데없이 쏟아진 빛에 우왕좌왕 흩어지는 개미떼 바닥에 부연 얼룩 같은 게 있었다. 언제 꿀물 같은 게 그 안에 흘러 들어갔구나. 비로소 납득하고 자세히 보던 나는 손으로 입을 틀어막았다. 꿀물이 아니라 개미알 더미였다. 아주 작은 개미알. 투명한 막으로 둘러싸인 흰자위 안쪽에 펜으로 찍은 점 같은 노른자위가 있었다. 어떡하나. 나는 배가 턱까지 차오르는 것도 잊고 쪼그리고 앉은 채 망연히 바라보았다. 개미들의 당황이 훤히 잡혔다. 그토록 견고하다고 믿었을 지붕이 순식간에 없어진 허망함. 개미들은 단지 바닥 모양으로, 그 원형대로 빙빙 돌았다. 이를테면 현장 조사였으리라. 비로소 현실을 받아들인 개미들은 알을 옮기기 시작했다. 개미들의 불안과 노역을 차마 볼 수 없었던 나는 냉수를 들이켠 다음에 목욕탕으로 들어갔다. 가슴이 벌렁거렸다. 동산처럼, 무덤처럼 동그란 배가 거울에 드러났다. 배 한가운데로, 배를 가를 듯 거뭇한 띠가 보였다. 팔 개월째까지도 팽팽하던 배는 구 개월째 접어들면서 갑자기 터져버려 실지렁이 같은 금들이 마구 번실거렸다. 늦어도 열흘 후면 배 안에 들어 있던 생명은 탯줄을 끊고, 내 뱃속에 있었던 기억도 잊고 독립된 생명으로 살아가리라. 거울로 그런 배를 들여다보며 샤워기를 집어드는데, 문득 누군가의 시선이 느껴졌다. 나는 얼른 문을 바라보았다. 문은 닫혀 있었고 집 안엔 나뿐이었다. 가슴이 떨어져나갈 듯이 벌렁거렸다.

연필 깎는 칼을 찾느라 내 필통을 열던 아버지는 개미 화석을 엄지와 검지 사이에 끼우고 바라보았다. 하얀 촛농 속에 고요히 잠든, 까만 씨앗 같은 개미의 주검. 그게 무엇인지 확인한 아버지가 나를 보던 눈에 두려움이 진저리치는 걸 나는 보았다. 그 눈길. 말갛던 촛농이 변색할 만큼 시간이 흐른 어느 날, 개미 화석들을 버리면서 나는 불길한 아이를 보던 그 시선도 버렸다. 아니, 버렸다고 생각했었다. 그랬는데…… 잘못했어요. 뱃속의 아이를 감싸안듯 욕탕 바닥에 오래도록 쪼그리고 앉았다가 나왔을 때, 단지가 있던 자리는 꿈꾼 듯 말끔했다.

저물 무렵부터 바람이 거세게 불더니 마침내 비가 흩뿌렸다. 바람에 흔들리고 빗줄기에 갇힌 대추나무는 와와, 머리 푼 여자처럼 흔들리며 수런거렸다. 여름을 마무리하는 비였다. 이 비가 그치고 나면 바람은 한결 까실해지고, 여름 내 뿌연 하늘 아래 보이지 않던 먼 산도 어느 날 문득 가슴 철렁하게 제 모습 드러내며 다가설 것이다.

뒤편 베란다에 들어와 닫힌 거실 문에 갇힌 바람이 우우우, 어딘가를 다치거나 무언가를 상실한 짐승의 낮은 신음소리를 냈다. 낮게 웅웅거리던 바람은 점점 커지더니, 비통한 울음소리를 냈다. 베란다 문을 닫거나 거실 문을 조금만 열어도 없어질 소리라는 걸 알면서도 나는 갇힌 바람처럼 꼼짝도 못한 채, 잠든 아기 곁에 앉아 목관악기의 저음부 같은 그 탄식을 듣고 있었다.

"병원에 들어서시는 순간 의식을 놓으셨어. 아버님, 그동안 의지 하나로 버티신 것 같아. 대단한 양반이셔. 의사 말로는 오늘내일이라고 하는데, 준비해야지."

대추나무를 바라보다 오싹, 한기와 더불어 엄습하는 무섬증에 갇혔을 때, 때맞추어 집에 들른 남편이 말하는 순간, 쿠르릉, 먼 하늘이 은은히 울고 번개가 시야를 밝히더니, 콰쾅, 어디엔가 내리꽂혔다. 바닥에 은은한 진동이 느껴졌다. 아버지…… 아버지의 의식 어딘가에 저 천둥소리가 닿을까. 나는 문득 궁금해졌다. 천둥 번개 치는 날이면 부끄러움도 없이 이불을 뒤집어쓰던 아버지였다. 내가 알량한 물리 지식으로 지구상에 떠도는 전기의 부딪침 따위에 대해 설명해드려도 마찬가지였다. 아버지는…… 한평생 징벌을 기다리고 있었다. 혼자 살아남았다는 것, 전쟁중에 집 안에 있던 형제들이 다 죽어가는 걸 숲속에 숨어서 보면서 혼자 살아남고 이어온 질긴 목숨이라는 걸, 아버지는 축복이 아니라 징벌로 받아들였다. 그때, 숨어서 아무것도 못 한 채 형제들이 죽어가는 걸 본 아버지는 저세상에서 그들을 만날까봐 두려워했다. 오래 살아야지, 내가 온 식구 몫까지 살아야지. 개똥밭에 굴러도 이승이 좋다는데. 아버지가 그렇게 말하고 나면 어머니는 탄식했다. 저 겁 많은 양반이, 저승에서 식구들 만나는 거 겁나서 저러신단다. 그때 왜 숨어서 보고만 있었냐고 물을까봐 저런단다.

어둠 속, 번개 한 자락이 사방을 훤히 비추고, 그 불빛 아래 대추나무가 사시나무 떨듯 떨고 있었다. 저 나무에 벼락이 떨어지면, 저 대추나무는 귀신을 쫓는 힘을 지닐까. 나는 잠깐 그런 생각을 했다.

"당신, 잠깐 아기랑 집에 있을래요? 나 잠깐 병원에 다녀올게."

"당신이? 그 몸으로? 이 빗속을?"

"아기 데리고 갈 순 없잖아요?"

"당신 마음은 알겠지만, 나중에 어머니 오시면 나랑 같이 가자구. 그럴 시간은 있을 거야."

"그래도, 언제 어떻게 될지 모르잖아요. 지금 잠깐 다녀올래요. 당신도 알잖아요. 내가 여기 없었더라면 아버지가 병원에 가시지도 않았을 거라는 거."

내 목소리에 송진 같은 끈적임이 섞였다. 산후조리를 위해 내가 친정에 와 있지 않았더라면 결코 집 떠나 임종을 맞을 아버지가 아니었다. 아버지는, 갓 태어난 손녀에게 집을 내주고 객사하러 떠난 것이다. 내 울먹임이 그렇게 말하고 있었다.

"얘가, 네가 정신이 있는 애냐 없는 애냐. 아니 애 낳은 지 며칠이 지났다고 이 빗속에. 김서방도 그렇지, 널 내보낸단 말이야?"

질척하게 감겨드는 아랫도리를 의식하며 병실로 들어섰을 때, 어머니의 목소리는 걷잡을 수 없이 높아져 있었다. 그런 어머니의 말투에서 나는 이미 읽고 말았다. 어머니는 이미 아버지를 놓아버린 것이다. 산 사람은 살아야 한다는 진리대로 어머니는 살아남을 딸을 먼저 걱정하고 있었다. 어머니는 아버지를 지상에 발붙이게 했던 간절함을 이미 놓아버린 것이다. 침상 밑에 아무렇게나 놓인 아버지의 신발이 가슴에 박혔다.

"괜찮아 엄마. 어디 다녀올 데 있으면 저 있는 동안 다녀오세요. 제가 좀 있을게요."

건조한 눈으로 나간 어머니는 아마도 화장실에서 눈이 빨개지도록 울거나 복도 끝에서 미루나무처럼 껑성한 키로 서서 어둠이 들어찬 창밖을 하염없이 보고 계시리라. 저 어둠 속으로 곧 떠나보낼 아버지와의 시간들이, 아버지 없이 보낼 날들이 어머니의 마음속에 주르륵, 유리창에 흘러내리는 빗물처럼 자취를 남기고 있으리라.

시트 안쪽으로 굴곡이 드러나는 아버지의 몸은 압축기로 몸 안의 물기며 숨기운을 다 짜버리고 남은 것처럼 작았다. 아기의 손처럼 작은, 그러나 마른 나뭇등걸처럼 딱딱한 손을 잡았다. 지하의 동굴에 찬 습기 같은 축축한 기운이 느껴졌다.

"아버지, 저 선희예요. 아버지 지금 무서우시죠. 괜찮아요, 아버지. 겁내지 말고 가세요. 집안이랑 엄마 돌보는 거랑, 아무것도 염려하실 거 없어요. 그냥, 편히 가세요. 아버지."

아버지가 투병하는 동안, 나날이 쪼그라드는 얼굴로 막 잠에 빠져드느라 웅, 의식이 잠의 나락으로 떨어지는 순간의 체념 어린 탄식 같은 웅, 소리를 내며 잠에 빠져드는 아버지를 보면서 나는 기도했었다. 아버지가 죽음을 수락할 만큼만 시간을 달라고. 그 순간이 끝이 아님을 아버지가 받아들일 때까지만 시간을 달라고. 그때마다 『티베트 사자의 서』의 한 구절이 떠올랐다. 저승으로 향하는 길에는 밝은 빛과 그 밝은 빛으로 가는 길을 헤뜨리기 위한 불순한 빛이 있다. 우리는 밝은 빛을 따라가야 한다. 늘 그늘로 숨고 싶어하던 아버지가 그 밝음을 감당할 수 있을는지.

아버지, 밝은 빛을 따라가세요. 아주 환한 곳으로. 마음속에서 뭉그러지는 말을 어루더듬으며 바라보는 동안에도 아버지는 점점 더 쪼그라들었다. 한줌밖에 안 되는 얼굴에서도, 삭정이 같은 팔에서도, 숨기운이 빠져나가 서서히 굳어지는 석고와 같은 기운이 느껴졌다. 아버지는 떠나고 있었다. 나는 문득 몸을 구부려, 침대 밑에 흐트러진 아버지의 신발을 가지런히 놓았다.
　바람인가, 비가 들이칠까봐 아주 조금 열어둔 창문으로 한 줄기 서늘한 기운이 흘러들었다. 그 바람이 아버지를 스쳐 내게로 다가왔다. 아버지, 가세요. 가서서 다시는 오지 마세요. 이룰 수 없는 소망의 간절함으로 울먹하는 순간에도 나는 깨닫고 있었다. 저 바람이 내 아버지의 숨결을 몰아 이르는 곳은 어둡지만 따뜻한 자궁이라는 것을. 어쩌면 막 비워버린 내 몸에 깃들일지도 모른다는 것을.

귀
로
歸路

"저거야, 저 솜털뭉치 같은 거!"

짧은 외침 따라 인선의 눈길이 진경의 손끝으로 이어갔을 때, 곧 던 져질 세상을 향해 팽팽한 장력으로 긴장한 민들레 둥근 갓털은 이미 저만큼 물러난 뒤였다. 여전한 속도로 달리는 차 속의 인선에게 보이는 건 그저, 포장도로 길어깨의 뭉개진 초록 덤불일 터였다. 벌써 여러 번째 허탕을 치면서도, 길섶 풀더미에 노랗게 박힌 민들레꽃이나 꽃 진 뒤의 갓털을 가리키는 일을 되풀이하는 심사, 그 이면에 놓인 어지러운 실꾸리를 보며 진경은 자기에게 속으로 물었다.

'대체, 민들레꽃 따위에 어떤 의미를 부여하려는 걸까.'

민들레를 알려주는 일에 집착하는 속마음을 간추리는 노력은 그러나, 저를 들여다보는 자신의 시선만을 한결 생경하게 노출시킬 뿐이다. 그런데 언니는 왜 느닷없는 호기심을 보이는 걸까.

"진경아, 너 민들레가 어떻게 생겼는지 아니?"

양동이에서 프리지어 다발을 꺼낸 사내가 셀로판지를 두르려는 참이었다. 셀로판지에 갇힌 꽃줄기가 느닷없이 생생해지는 것을 눈으로 좇던 인선이, 시선을 사내의 손길에 고정시킨 채 물어왔다. 민들레를 모른다구? 의아함보다 먼저, 진경의 속에서 가락이 솟아올랐다. 민들레, 민들레처럼, 돌아오지 않아요 민들레처럼…… 끓는 죽처럼, 노래는 불쑥불쑥, 뇌주름 갈피를 떠들며 솟구쳐올랐다. 진경이 입을 열자, 냄비를 불 위에서 내려놓은 것처럼, 솟구치던 노래가 사그라들었다.

"그럼, 요즘 지천으로 피어 있잖아?"

진경이 겉날리듯 대답한 건, 사내의 작업을 이쯤에서 저지해야 한다는 조급함 때문이었다. 사내가 빈손으로 허방을 짚었다. 찾던 것이 자리에 없어서 잠깐 망연해진 모습이었다.

"그래? 다들 알고 있었구나……"

혼잣말 같은 인선의 말 안쪽에서, 간과해서는 안 될 것만 같은 중층의 울림이 부딪쳐와 진경은 인선을 바라보았다. 여전히 사내의 손을 바라보는 인선의 시선은 그러나, 내부를 향해 열려 있었다.

"산에 가다보면 얼마든지 피어 있을 거야. 이따 알려줄게."

산소에 가시남유? 사내의 개입에 눈을 돌렸을 땐 이미 늦어버렸다. 냉연한 금속성을 빛내면서 은박지는 꽃다발 밑동을 단단히 틀어쥐었고, 청하지 않은 사내의 호의가 턱없이 두꺼운 검정 리본으로 몸통을 죄고 있었다. 수예품과 공예품, 꽃 등속을 파는 수예점 사내는, 이 거리에서 오래 살았던 인선을 기억에서 지워내지 않은 모양이었다. 함석 차양 때문에 어둑신한 가게 안에서 사내가 내다보는, 상점마다 켜놓은 불빛이 겹치고 밀려 역시 침침한 길로, 젊은 여자들은 화사하고 부박한 표정으로 지나다녔으리라. 더러 한줌의 화사함이 그리워, 생에 첩첩이 질러진 빗장을 열듯 한 다발의 꽃을 사기도 했을 여자들. 그 여자들은 다 어디로 갔을까.

꽃 양동이 곁, 골판지 상자를 가득 채운 인조 카네이션이 며칠 뒤를 기다리는 서먹한 표정을 짓고 있었다. 어버이날, 겨우내 묵혔던 옷을 거풍하듯 환기된 관습에 따라, 저 꽃들은 앞섶에 위태롭게 매달리리라. 빨간빛 카네이션은 살아 계신 표지라지, 하얀빛 카네이션은 돌아가신 표지라지. 애상이 살얼음처럼 깔린 가락이 접히고 접힌 뇌주름을 펴며 부풀었다.

공놀이에 쓰이던 노래는 이내, 가볍게 쳐들린 가랑이 사이로 넘나들던 공의 경쾌한 탄성을 일깨웠다. 오래 갖고 놀아 삭거나 추위로 탄성이 줄어든 공은 아랫목에 묻어두거나 불에 쬐면 기지개를 켜며 부푼다. 그러나 급조된 열기에 안간힘으로 깨어났던 허황한 탄성은 오래가지 못한다. 얼마 안 가 공은 전보다 더 심하게 쭈그러들고 하수구 근처에서 굴러다니거나 마루 밑에서 잡동사니들과 함께 흙먼지를 뒤집어쓰고 잊혀지게 마련이었다. 그 마루 앞마당에서 아이들은 새 공의 탄성을 즐기고, 어느 날인가 공놀이를 마감한다. 둔하게 흘러가는 망각의 강, 하구의 퇴사에서 예쁜 돌을 줍듯, 진경은 상자 곁의 양동이에서 생생하게 물올린 분홍 카네이션을 한 송이 골랐다.

양철로 지붕을 한 시장의 음습함을 벗어나자 양명한 햇살이 눈을 찔렀다. 아스팔트 위에서 부서지는 빛의 파편, 그 사금파리들을 쓸어 모으며 비질하는 소리가 들린다. 써럭써럭, 아침 해가 새 날빛을 퍼뜨리기 전, 자매의 어머니가 집 앞길을 쓰는 소리다. 어제의 흙먼지를 쓸어모으는 일로 하루를 여는 어머니는 아직 곱다. 이제 비질을 하기엔 힘이 모자라는 어머니가 새벽 산책을 한다. 어린아이처럼 지칫거리는 걸음으로, 또 한 밤을 보내고 새날을 맞았다는 흐릿한 안도와 지루함이 깃든 눈으로 이슬 맺힌 풀을 살핀다. 어느 날부턴가, 더는 길 위로 나올 수 없는 어머니를 뵈러 자식들이 느릿느릿 그 길을 걷는다. 어느 늦가을 밤, 감청색 하늘이 아프겠다 싶을 정도로 총총히 박힌 별 아래 다다른 집, 활짝 열린 대문간에 매달린 귤빛 조등이, 연탄을 쌓아놓고 불붙인 마당의 불더미가, 피하고 싶어했던 두려움을 극명하게 드러낸다. 불더미에서 피어오른 열기가 그 주위에 선 사람들을 얼룩처럼 문댄다. 들어가고 싶지 않다는, 느닷없는 열망에 붙박인다.

"그런데…… 어디부터 가야 하지?"

솔기 틈어지듯 떠밀려 광장에 섰을 때, 인선은 열차 속의 혼잡에서 채 풀려나지 못한 표정으로 물었다. 5월, 연휴 첫날의 열차 안은 체온으로 혼탁해진 공기가 가차없이 숨을 막았고, 아기들은 자지러들듯 울어댔다. 인선은 우는 아기를 어쩌지 못해 땀으로 뒤범벅이 된 맞은편 자리 여자를 구슬러 아기의 겉옷을 벗겼다. 첫아기인가, 앳된 티가 가시지 않은 아기 엄마의 손끝에 실린 미심쩍음을 묵살하며 하얀 레이스가 발목을 감싼 양말까지 벗기는 인선의 능숙한 손끝을, 진경은 조금 신기해하며 바라보았다. 젖은 기저귀를 수습하고 달아오른 발에 신문지를 접어 살랑살랑 바람을 보내자, 아기는 늘킨 울음 끝을 잦히며 스르르 눈을 감았다. 그러나 물속에 떨궈진 물감 덩어리에서 물감이 풀려나듯 산발적이고 밑질긴 울음소리는 객실 곳곳에서 이어져, 마침내 물감이 잔뜩 묻은 붓을 여러 번 빤 듯한 혼탁함으로 더위를 가

중시켰다. 눈을 돌리면 밀폐된 창밖에는 물오른 초록이 한유로웠다. 땅속 깊이 움츠렸다가 한꺼번에 피어난 숨기운이 산발한 채 떠다니는 초록빛 들판에 눈을 쉬면서도, 마음 한 자락이 못에 걸려 당겨지는 듯 석연치 않았다. 그게 갇힌 데서 오는 것만은 아니었음을, 역 광장의 니은자로 펼쳐진 길이 깨닫게 했다.

"집으로 먼저 가는 게 낫지 않아?"

진경은 곧게 난 길을 보며 말했다. 눈앞으로 곧게 난 길은 자매가 살던 집으로, 그 길과 광장에서 맞닿아 니은자로 펼쳐진 길은 아버지가 옮겨간 냇둑가의 여인숙으로 각각 향했다. 어른을 먼저 뵈어야 한다는 당위성도 오랜 세월 기억이 집적된 집으로 향하는 마음을 능가하진 못했다. 지하실에서 올라오는 습기를 못 이겨 낡고 뒤틀어진 마루, 그 마루를 구르며 자란 아이들은 집을 떠나 어른이 되고, 어느 날인가, 걸음발 타는 아이들을 데려와 마당에 풀어놓는다. 아이들이 넘어질까봐 뒤쫓는 할머니의 노동을 유희로 여겨 지레 자지러지며 증산하는 꼬마들의 웃음소리. 기억은 흰 모래로, 햇살 되받아치는 길에 널린다. 그 모래가 쏠리는 곳으로 자매는 걸음을 옮겼다.

"보고 싶었어, 고모."

대문 열리는 소리에 달려나온 조카애가 양팔로 진경과 인선을 부둥 켰다. 큰애가 두 고모를 차지해버려서, 달리는 기세를 저지당한 작은애는 뒤에 서서 눈만 반짝였다. 진경은 큰애의 등을 토닥이던 손을 뽑아 작은애를 향해 벌렸다. 빗장뼈가 새처럼 두드러지는 가슴으로 작은애는 폭 감겨오며 고개를 묻은 채 물었다. 고모, 몇 밤 자고 갈 거야? 어렸을 적, 친척들이 오면 똑같이 물었던 기억을 떠올리며 진경은 내일, 이라고 대답하지 못했다. 만나는 순간부터 헤어짐을 염두에 두는 연습을 아이들은 언제부터 하게 되는지.

어머니가 누워 있던 동안 늘 어두운 커튼이 드리워져 어둑하던 방 안은 이제 하늘하늘한 망사커튼만 쳐져 빛살들이 거침없이 산란했다. 벽에는 아이들이 종이접기로 만든 공작물과 그림이 올망졸망 붙어 햇살을 되비쳤다. 소풍이라도 갔는가. 풀섶에 앉아 모자 차양 아래 한 움큼 웃음을 끼뜨리는 사진 속 두 아이가, 육신이 썩는 침중한 냄새가 떠돌던 방 안으로 바람 타고 넘실거리는 라일락 향기가, 한 세대는 갔다고 읊조리는 마음을 아물렸다.

진경은 너른 창가에 붙어 뜰을 내다보았다. 나뭇잎과 바람이 공모해 빛과 그림자의 유희를 마당에 펼치고 있었다. 우리도 온 가족이 모여 가족사진 좀 찍어보자꾸나. 아버지의 목소리가 되살아났다. 장성한 자식들이 생나무 울타리가 되고 그 뿌리인 어버이는 한가운데 앉아 햇순 같은 손주를 무릎에 올려놓은, 맨 앞줄에 선 아이들은 더러 몸을 뒤틀기도 하는 화락한 정경. 그러나 끝내 가족사진을 남기지 못한 채 어머니는 이승을 떴다.

자매가 탄 차는 자운영 꽃덤불이 점증하는 논길로 접어들었다. 길에서 피어오른 먼지를 다시 길 위로 끼얹으며, 차는 고갯길을 올랐다. 어느 해인가, 선거통에 졸속으로 포장하다 만 시멘트 도로가 오십여 미터쯤 이어진 뒤, 툭, 하강이라는 단어를 실감시키며 차는 다시 비포장도로로 내려섰다.

"저기예요. 저 저수지 입구에서 세워주세요."

저수지와 논이, 논 저편 산자락에 나무를 쳐낸 못자리가 보이는 지점에서 차는 멈췄다. 그리움과 원근법으로 확 다가드는 봉분을 바라보던 인선이, 선뜻, 긴장으로 단단해진 목소리를 내었다.

"저게 뭐지?"

봉분 옆, 은빛 치맛자락 같은 것이 서슬 꺾인 빛을 되받아치며 움찔거리고 있었다. 온통 초록의 더미에서, 무언가, 너울거리는 것 같았다.

"뭐, 비닐 조각이나 그런 게 나무에 걸렸겠지."

진경은 애써 심상하게 말했다. 하지만, 육신이 죽은 뒤에도 다함없이 떠도는 영혼, 이런 상식에 길든 마음은 이미 뒤슬러진 뒤였다. 형상이 분명하지 않은 채 움찔거리는 빛무리…… 손차양을 만들어 그쪽을 바라보던 인선은 긴장을 풀지 못했다.

"아무것도 아닐 거야. 가서 보면 되지, 뭐."

저만큼 멀어져가는 차의 뒤꽁무니를 보며, 자매는 둔덕을 내려 저수지를 끼고 돌았다. 하오의 빛이 저수지의 잔물결에서 퉁겨나고 떨어지고 다시 첨탑처럼 퉁겨났다. 쟁강쟁강, 자디잔 금속성의 울림이 물 표면에서 튀어올랐다.

"비가 많이 오긴 왔나봐. 이 저수지에 물이 다 차다니……"

배산임수背山臨水. 임수의 구실을 다하기엔 늘 미심쩍은 수량이던 저수지가 그들먹하게 차오른 걸 보면서, 인선의 목소리도 불안을 녹이고 그득해졌다.

유독 비가 잦은 봄날이었다. 질척질척, 겨울 끝 마무리며 언 땅 푼다기엔 지나치다 싶은 비가, 꼬리를 을씨년스럽게 매달고 있는 겨울을 지워냈다. 오랜 잠수 끝에 숨 고르는 모양으로 잠깐 햇살이 비치기도 했지만, 구름은 이내 그 햇살을 지우고 비로 흔적까지 뭉개버렸다.

겨울 끝 무렵, 진경은 탈없이 잘 다니던 직장에 사표를 냈다. 이제 비로소 무언가를 말할 수 있으리라는 기대가 있었던가. 아무런 방비도 마련하지 않은 속수무책으로 진경이 지칫거릴 때, 의식의 나침반, 그 자침이 가장 간절한 떨림으로 가리키는 곳은 방금 떠나온 그 자리, 일상의 잡담이 쌓이고 쌓여 안락하게 먼지 피워올렸던 바로 그곳이었다. 그런데도 지금 이 자리에서의 영속에 대한 두려움, 어서 바닥에 이르러야 한다는 조급함은 차지게 들러붙어 떨어지지 않았다. 이게 바닥일까, 온몸 감아드는 해감내는 바닥의 징조일까. 서서히 떠올라 기진한 몸을 쨍쨍한 볕에 말리고, 그 볕에 단단히 영근 씨방 하나 들고 나가 세상에 발 내릴 수 있을까. 궁그는 봄 내내, 빗소리가 북향 방 창문의 창호지를 눅진하게 적셨다.

어쩌다 나가보는 골목은 빗줄기에 갇혀 있었다. 그 골목을 헤집으며 이따금 행상이 핸드마이크로 소리쳤다. 사과 사세요, 당근, 감자, 무 있어요. 그 소리는 빗줄기로 가로막은 문을 열기엔 너무 무력했다. 그리고 잠긴 목을 푸는 짧은 헛기침 소리. 발성자의 뜻과 무관하게 확성기를 타고 누출돼버린, 곤핍한 내장 안벽을 타고 울리는 소리…… 삶의 고단함을 어루만지는 어떤 문장이 저 헛기침 소리의 울림을 담을 수 있으랴. 잠긴 목을 풀듯 더듬거리며 세상 속 사람들을 그려나가던 진경은 자괴심으로 다시 손놓았다. 무엇일까, 무엇이 내 목을 막고 있는 걸까. 쓰다 만 종이들, 쓰려던 메모들을 덮을 때마다 목줄띠가 당기는 듯했다.

되새김으로 삭은 진득한 침을 입가에 매어단 소가 걸을 때마다, 놀란 흙이 뭉글뭉글 진저리치며 깨어났다. 이태 전 가을 어느 날, 동네

144

피해 에돌아야 했던 상엿길, 그루터기만 남은 논바닥에 툭툭 떨어져 내리던 노란 국화송이의 기억을 지우며 자매는 산어귀로 들어섰다. 상여가 지날 길을 내느라 급히 베어냈던 나무 밑동의, 습기로 꺼멓게 잠식당한 단면들이 진경의 눈에 박혔다. 나이테를 가린 습기와 이끼가, 진경이 손가락 사이로 흘려보낸 시간을 한순간에 보여주었다. 겨울 지나고도 선연히 붉은 청미래 덩굴 열매들은 눈과 바람, 적요로운 겨울을 훌쩍 건너뛴 것처럼 보이지만, 곧 새잎 돋고 꽃 피면, 지난해의 열매는 잊히고 말 것이다.

도대체, 한 사람이 한 사람과 만나 살아온 오십여 년, 그 자리가 비었다고 해서 그렇게 쉽게 다른 사람이 들어설 수 있는 거라면, 그 오십 년은 무어란 말인가?

고희를 앞두고 홀로 된 아버지의 적적함이 덜어질 수 있도록 새어머니를 모시는 게 어떻겠느냐는 친지의 말에, 대뜸 거부반응을 보이던 형제들의 얼굴엔 이런 항의가 도사리고 있었다. 살면 얼마나 더 사신다고, 그냥 계시다 가셔야 어머니 보기도 떳떳하실 텐데…… 난데없는 도의심까지 들먹여졌다. 하지만 자매의 생각은 달랐다.

내가 엄마라도, 혼자 집에 웅크리고 계시는 것보다는 곁에 누가 있어드리는 게 낫다고 생각할 거야. 결혼한 인선은 이렇게 말했다. 먼저 간 이를 못 잊어 수절하는 이의 쓸쓸함, 풀 잘 먹인 모시의 감촉처럼 서늘한 외로움은 안타깝지만 아름답기도 해. 하지만 그 아름다움을 위해 수절시킨다는 건 잔인한 일이지. 돌아가신 어머니에게 못다 한 아쉬움이, 살아 계신 아버지가 빈 새벽을 맞는 담보가 되어서는 안 되리라는 게 진경의 생각이었다. 더구나 당신이 원하시는 바에야.

어머니가 누워 지낸 삼 년 동안, 그토록 극진하게 어머니를 간병하던 아버지는, 일 년 만에 상청이 치워지고 난 뒤, 친지의 제의를 수락할 뜻을 슬몃 비쳤다. 그런 아버지의 마음 바닥에서, 어떤 형제는 얼마 남지 않은 여생을 혼자 보낼 두려움을 보아 안타까워했고 어떤 형제는 욕망을 보아서 노추를 느끼는 듯했고 어떤 형제는 실제적인 문제를 하나하나 짚어가며 풀어나가려 했다.

집으로 모실 것인가, 따로 살림을 차려드릴 것인가, 따로 나가 사실 경우 생활대책은 어떻게 세워야 하나, 아버지가 먼저 돌아가시면 그분 뒤는 누가 돌봐드리나, 그분이 돌아가시면 선산에 모셔야 하나……

이야기가 공전을 거듭하는 동안, 아버지는 집안 어른의 주선으로, 혼자 살면서 음식점 일을 한다는 아주머니를 만났다. 그리고 아주머니가 사는 집으로 옮겨가는 걸로 말막음을 했다. 읍내에서 조금 벗어난 냇둑 곁, 철교가 보이는 허름한 이층집이었다. 연노랑 페인트 덧칠은 그 한 겹 아래의 망월여인숙이라는 글자를 깨끗이 지워내지 못했다. 여인숙이던 집을 개조해 전세나 월세로 여러 가구가 세들어 살게 만든 집이었다. 일층과 이층을 합치면 방이 꽤 되었다. 방 두 개를 터서 살림방을 만들고, 거기에 잇닿은 방 하나를 부엌으로 개조한 데에서 아버지는 기거했다. 사람 키에 꼭 맞춰 지은 정사각형의 방 두 개를 터서 만든 방은 볼품없이 길쭉했다. 그나마 이층이어서 창 너머로 내와 철교가 보인다는 게 위안이 되었다.

"사진 보여줄까유?"

과일을 깎다 말고, 문득 생각났다는 듯이 새어머니는 말하였다. 조금 무안해하며, 하지만 무언가 자랑하고 싶은 천진한 얼굴. 눈가에 웃음이 상글거렸다. 순하게 쌍꺼풀진 눈매, 갸름하고 선량한 얼굴. 상견례를 치르는 자리에서 식구들은 돌아가신 어머니와 새어머니가 닮았다는 데 놀랐다. 부부란 그런 것인가.

"이이는, 꼭 어린애같이……"

아버지가 쑥스러워하며 말했으나, 사진은 이미 문갑 서랍에서 삐죽 고개를 내미는 참이었다. 바닷가인가, 절벽의 정자 앞에 서 있는 두 사람의 머리 위로, 보이지 않는 갈매기가 날았다. 어디선가 본 듯한 정경, 몸에 붙는 낡은 옷 같은 편안함이, 함께 오랜 세월을 머리에 이고 살아온 늙은 부부의 정통적인 구도, 억제된 친숙함에서 비롯되었음을 진경은 좀 늦게서야 깨달았다. 아버지가 비운 집에 간직된 사진첩에 이런 사진이 얼마든지 있었던 것이다. 두 사람이 각기 가지고 있을, 오랜 세월 달리 살아오며 축적된 시간이 기계의 눈에 포획되지 않았다는 데에 쓸쓸한 안도감을 느끼며 진경은 말했다.

"여기가 어디예요? 사진으로 뵈니까, 두 분이 더 어울려 보이는데요?"

"그래유? 가만있자, 거기가……"

사진을 받아들고, 새어머니는 문갑 서랍에서 돋보기부터 찾아 썼다. 사진을 쥔 손에서 얼굴을 멀리해 눈을 가느스름하게 뜨면서 말했다. 가만있자, 여기가 그러니까…… 잘 어울린다는 말이 그리도 기뻤는지, 가느스름한 눈가에 웃음이 실리는 새어머니의 천진한 얼굴 뒤, 빨간 비닐끈으로 매단 빨랫줄에 걸린 내의가 눈에 들어왔다. 그 남루함에 싸아해지는 목을 진경은 경계했다. 늘그막에 만난 두 분은 잘 어울려 보인다. 무엇보다도, 한세월 다 넘기고 남은 날이 그리 많지 않은 이들을 결속시킨 무덤덤한 친밀감이 있다. 그 이상 무얼 바라랴.

한 번도 남의 호적에 자기를 얹어보지 못한 새어머니의 꿈은 그저 머리 얹어달라는 거였다. 아버지가 새어머니네로 옮겨온 마음 한가운데, 혈혈단신으로 떠돈 사람에 대한 안쓰러움이 작용했을 거라고 진경은 추측했다. 칠순이 되었지만 아버지는 정정했고, 오랜 세월 가장으로 지녀온 위엄은 한 지어미의 지아비 노릇을 충분히 감당할 수 있었다. 절에서 혼례식을 마친 뒤 아버지는 자매에게 말했다.

내가 죽더라도 늬들은 저이에게 잘해야 한다. 저이가 어렸을 적에 살던 집 앞에 기생학교가 있었더니라. 늘 담장 너머로 장구 두드리는 소리는 흘러나오고, 노랫가락도 흘러나오고…… 그때 기생들이 좀 화려했나? 지분 냄새 풍기는 기생들의 비단치마에 홀려서, 그렇게 화려한 옷을 입어보고 싶어서, 저이도 기생이 되겠다고 마음먹고 집을 나왔다더라. 하지만 기생은 아무나 되나. 술집이며 음식점으로 전전하다가 처자 있는 한 남자 만나 그늘에서 살기도 했다더라.

언제던가, 단봇짐 싸들고 두근거리며 걸어나오던 처녀의 분홍 뺨은 간데없고, 새어머니가 꿈꾸던 기생들의 치맛자락 스치는 소리는 칼이 되어, 늘그막의 신혼여행 사진을 자랑하고 싶어하는 새어머니의 눈가에 물결치는 고운 주름을 남겼다.

"여기가, 그러니까 의상대인가베…… 맞쥬?"

새어머니가 아버지를 보며 물었다. 새어머니의 반색이 무람없었는지, 아버지가 그런 것 같구먼, 짧게 답하더니 진경에게 말을 돌렸다. 건 웬 가락지냐?

"그냥, 손이 허전해서 사봤어요."

진경은 손을 펼쳐 아버지의 눈앞에 내보였다. 만만치 않은 중량감으로 묵중히 빛나는 반지는 어느새 검지에서 무명지로 건너가 있었다. 박쥐 문양이 음각된, 닷 돈은 실히 될 쌍가락지였다. 무게와 이물스러움을 견디지 못한 손가락은 반지를 밀어냈고, 반지는 검지에서 무명지로, 무명지에서 중지로 떠돌아다녔다.

"백통이냐?"

"은이라던데요."

"오래된 거 같다. 어디서 난 게냐?"

"제가 산 거예요. 요샌 새것도 이렇게 옛날 것처럼 나오는 게 있어요."

진경이 산 거라는 바람에, 아버지의 얼굴에 미지근하게 실망이 스쳐 지났다. 늘 수은알처럼 오롯이, 어디서 멸하는지 모르는 바람처럼 허량한 딸의 손을 보며, 아버지는 안착의 징표를 기대했던 것일까.

"난 또…… 전에 집에 그보다 더 굵다란 백통가락지가 있었는데, 다 어디로 없어졌는지."

그것들을 먼지와 함께 흘려보내는 건 세월일까. 둔중하게 그리고 가차없이 갈리는 시간의 맷돌, 윗돌 구멍에 들었다 하면 무엇이든 남아나지 않는다. 잠결에 환청을 듣게 하던 그리움도, 육신을 벗어난 다음에도 이어질 것 같던 간절함도, 그 기억을 소장한 사람과 더불어 맷돌 틈바구니에서 타르르 갈린다. 그러나 또한, 온전한 소멸이라는 게 있을까.

그날 오전, 진경이 들른 중앙박물관은 한산했다. 처음 들른 선사실의 한 진열장 앞에서 진경은 걸음을 멈췄다. 청진에서 출토된 사발 모양의 토기 변죽엔 세 줄의 손톱무늬가 층을 이루고 있었다. 한 번도 가보지 못한 부동항, 바다가 내려다보이는 언덕, 짐승 가죽을 몸에 두른 아낙이 흙타래를 매만지고 쌓아올린 다음, 목덜미 간질이는 바닷바람 맞으며, 꾸덕꾸덕 마른 사발을 손톱으로 꼭꼭 여며 무늬를 이었으리라. 그 아스라한 세월의 파도 소리. 지구의 들숨과 날숨에 따라 증산하며 합쳐지던 물의 기억들이 중첩되어 혈관 속으로 쏠려들어오고 혈관 속의 피가 온통 그 토기 안으로 쏠려들어가듯 치밀던 뭉클함. 그러나 그 감상이 박물관 안에 모형으로 재현된 그 시대 생활상에서 촉발된 것에 지나지 않음을 진경은 또한 알고 있었다. 세상은 진보하고 있는가.

넌 좋은 세상이 오면 죽창감이야.

날로 높아지는 목소리의 이물스러움을 끝내 제 것으로 소화시키지 못해, 입안 가득 유리 조각을 문 듯한 서걱거림으로 진경이 말없이 자리에서 일어섰을 때, 며칠 전부터 진경의 옆자리를 지키던 선배는 농성장 바깥까지 따라나오며 그렇게 말했다.

내 생각이 죽창감이라면, 어쩌겠어요, 죽창이나 내 몫으로 해야지.

젊음으로, 세상에 대한 겁없음으로 턱없이 오만하던 그때, 진경의 속에서 죽순처럼 그런 말이 솟아올랐다. 그 말 대신, 진경은 고개를 살래살래 저었다.

미안해요, 형. 하지만 난 아닌 것 같아요. 가야겠어요.

열정이 결여된 거뭇한 목숨. 그럼에도 세상은 싸워야 한다고 말했다. 진경은 싸울 수 없었다. 최루가스 자욱한 거리를 벗어나지 못하고

구역질을 해대면서도, 끝내 돌을 들지 못했다. 아직도 덜 아프기 때문이라고, 세상의 목소리가 말했다. 그럴 수 있을까. 다 잃고 아무것도 남지 않으면 정말 돌을 들 수 있을까. 세상을 위해 돌을 든 적 없으므로 이 세상 어떤 것도 네 몫이 아니라며, 뾰족뾰족 안에서 돋는 죽순. 일상에 젖어, 이대로 한세상 흘려보내도 좋으리라 싶을 때면 여지없이 들썽이는 바람기. 죽창은 밖에서 겨누어지는 게 아니었다. 속에서 돋아난 죽순은 점점 자라 대숲을 이뤄 수런거리며 잠을 빼앗더니, 제 줄기를 잘 벼려 죽창이 되었다. 사람들이 세상의 질서 속에서 자리를 잡아갈 때, 오래 입어 물감이 다 날아간 옷에 남은 무늬처럼 흐릿해진, 본래의 의미가 무엇이었는지조차 한참 생각해야 하는 질문을 옆구리에 끼고 진경은 이십대를 걸어나왔다.

"엄마, 저 왔어요."

인선은 잔디가 파랗게 살아난 봉분을 쓰다듬으며 말하였다. 산속이라서 많이 기운 볕이 잔디 끝을 훑었다. 묏자리는 주변의 나무들에 둘러싸여, 바람이 한번 걸러져 온화했다. 낮은 목소리로 봉분을 다독이던 인선은 비닐봉지에 담아온 플라스틱 접시를 꺼내 과일과 떡을 진설했다.

"우리 엄만 이게 더 급하실 거야."

진경은 담배에 불을 붙여 봉분 앞턱에 꽂았다. 타는 가슴처럼, 연기가 하늘로 머리 풀었다.

절을 하고 난 뒤, 자매는 봉분 주위에 섞인 잡풀을 뽑았다. 주변의 나무에 걸려 한결 부드러워진 바람이 살갗에 스쳤다. 하얀 제비꽃 한 포기가 진경의 눈길을 끌었다. 흰젖제비꽃이지, 아마…… 깨닫고 보니, 망자가 벗어놓은 육신의 가슴께로 어림되는 부분에 피어 있었다.
어머니……

어머니가 자리보전하고 누운 삼 년 동안, 자매는 한밤중이나 새벽
에 걸려온 전화를 받고 이번엔 아주 가시는 게로구나, 욱죄는 가슴으
로 몇 번인가 귀향하곤 했다. 그렇게 내려가면, 막 고비 넘긴 어머니
는 짚검불 사원 재처럼 누워 있다가 딸들을 보고 흐릿하게 웃었다. 정
작 돌아가시던 날, 진경은 임종은커녕 동생 잃은 친구와 술을 마시고
있었다. 유난히 맑고 예뻤던, 친구의 동생을 진경도 잘 알고 있었다.
재주도 많고 욕심도 많아, 그리 넉넉지 못한 형편에 프랑스에 유학까
지 갔던 그애는 박사학위 논문을 제출해놓고 수영하다가 익사했다.
신혼이었다. 이상하더라. 걔가 고집스럽긴 해도 그렇게 막무가내인
애는 아니었는데, 유학도 그렇고 온 집안 반대하는 결혼도 그렇고, 저
하고 싶은 대로만 하더라. 집안 형편 알면서도 제 욕심 먼저 챙기고.
그런 애가 아니었는데 그러니까 나중엔 나도 미운 마음이 들더라. 그
러더니…… 나직하게 말하면서도 눈가가 빨개지는 친구의 말을 들으
며 진경은 생각했다. 걘 저 살 거 다 당겨 살았구나. 술기를 털어내며
집에 와보니 어머니의 부음이 기다리고 있었다.

"이리 와봐, 진경아!"

인선의 탄성이 진경의 사념을 잘라냈다. 진경은 봉분을 빙 돌아 인
선에게 다가갔다. 아, 억제된 탄성이 가슴을 후렸다.

"2월에 왔을 때 사다 꽂은 거야. 엄마 잘 보시라고 머리맡에 꽂아두
었는데……"

그것은 절화의 시든 가지, 인선이 꽃집에서 사다 꽂아놓았다는 노

란 대국의 가지였다. 시들며 썩어버린 꽃이 지루한 미련처럼 매달린 가지, 썩어버린 밑부분에서 삐죽 돋아난 새 잎사귀였다. 잘린 지 오래된 줄기, 물관부에 남아 있던 실낱같은 숨자락이 꽃샘바람과 비 잦은 봄날을 견뎌 뿌리내리고 새순을 틔우다니.

하기야, 사천 년을 늪 속에 파묻힌 채 묵묵히 견뎌온 연꽃 씨앗도 있다. 신석기시대의 카누에서 발견된 연꽃 씨앗은 단단한 껍질 속에 웅크려 있다가 사천 년 뒤 빛에 노출되었고, 사람의 손에 심겨져 싹을 틔우고 순연한 꽃을 피웠다. 나미브사막의 사막만년청이란 풀은 첫 꽃을 피우기까지 이십오 년이 걸린다. 단 두 장의 잎뿐인 이 풀은, 천 년에 이르는 생애 동안 해안에서 불어오는 수증기를 흡입하기 위해 제 잎을 갈기갈기 찢으며 연명한다. 뿐이랴, 큰비가 내리기까지 이십오 년에서 천 년 동안 건조한 사막의 흙 속에서 견디는 새우알도 있다. 오랜만의 큰비가 내려 웅덩이가 생기면, 그 물이 증산하기까지 며칠 동안에 새우알은 재빨리 부화하고, 다음 세대로 이어지기 위해 잉태한다. 수정란은 다시 흙 속에 파묻혀 비를 기다린다. 몇십 년, 어쩌면 몇백 년을.

잡다한 지식들로 범벅이 된 머리를 이끌고 진경은 다시 한번 박물관으로 갔다. 토기는 아직도 그 자리에 있었다. 저걸 만든 아낙이, 자기가 손톱으로 무늬를 놓은 그릇이 천몇 년 뒤까지 남아서 한 사람의 마음을 어루만져주리라고 상상이나 했을까. 그저, 지아비와 아이에게 먹일 무엇을 담아두기 위해 그릇이 필요했을 것이다. 그래서 흙을 파서 빚고, 기다리는 동안 일상의 밋밋함에 무늬를 놓듯 손톱으로 꾹꾹 눌렀을 것이다. 그런데 그 그릇이 이토록 오래 남아 이 그릇을 보고 싶은 마음만으로 여기까지 오게 하다니.. 이 힘은 어디서 오는 걸까. 선사시대 아낙의 손톱이 한 일 같은 걸 말로써 해낼 수 있을까.

박물관에서 나오는 길에, 진경은 무겁기가 족쇄와 같은 반지를 마련했다. 새도 짐승도 아닌 박쥐가 복을 가져다준다는 속설에 힘입어 구름 문양 위에 얹혀 있었다. 서양에서는 마녀나 악마의 상징으로, 동양에서는 오복五福의 상징으로 여겨지는 박쥐. 거꾸로 매달리는 한이 있더라도 이승에 복무해야 하리라. 너무 오래 생명을 흘려보냈다는 자책으로 반지의 박쥐를 바라보고 있을 때, 전화벨이 울렸다. 인선이었다. 바쁜 일 없으면 엄마 산소에 같이 가지 않을래? 어버이날도 멀지 않고 하니.

풀을 한움큼 쥔 진경은 아직도 그 자리에 붙박여 있는 인선에게 다가갔다.

"뭐해, 그렇게……"

말하다 말고, 진경은 멈칫 섰다. 인선의 빨갛게 번진 눈가, 커다란 눈알에 번실거리는 물기를 보았던 것이다.

"다시 애를 가질 수 없을지 몰라."

그악스러운 아카시아 때문에 빨갛게 죽어가는 노간주나무에 눈을 준 채, 인선이 중얼거렸다. 아기라니? 진경은 눈을 크게 떴다. 진경의 시선을 의식한 인선은 애기였대, 툭, 내던지듯 말했다. 결혼한 지 육년 만에 들어섰다가 알지 못하는 새에 멸해버린 아기 이야기였다. 자궁이 성숙하지 못했어요. 몸만 어른이지, 자궁은 아기 자궁만해요. 불임클리닉의 의사는 인선에게 그렇게 말했다. 흰자위가 유난히 깨끗하다 못해 파란 인선의 눈도, 나이답지 않게 아기 같은 인선의 얼굴도 거기서 연유한다고 의사는 덧붙였었다. 그런데.

"원래 생리가 규칙적이지 않았잖아. 그냥 거르는 줄 알았지. 그래도 그렇지, 알지도 못하고 있었다니……"

자신의 몸을 빌려 태어나려다 그 몸의 부실함 때문에 돌아가버린 아이에 대한 죄의식인지, 인선의 목소리가 낮아졌다. 느닷없다 싶던 성묘는 그래서였나? 돌아간 아이가 돌아가신 어머니에게 이끌었을까.

'여자들이 남자보다 많이 우는 건, 몸 안에 빈 곳이 있기 때문일지도 몰라. 아이가 들어선 동안만 채워지고 공동으로 남는 그곳, 슬픔이 그 공간을 공명해서 더 슬픈 걸 거야.'

인선의 곁에서 묵묵히, 묘지 아래 비스듬한 경사면을 바라보는 인경의 머릿속에 그런 생각이 스쳤다. 처음 실패하면 어렵다던데, 라는 염려와 그나마 아기가 생겼다는 건 자궁이 성숙한 거 아니겠냐는 낙관적인 마음. 들쭉날쭉하는 마음으로 진경은 묘지 아래 비스듬한 사면에 눈을 주었다. 아이는 또 세상의 어디에 실망해서 오다 말고 돌아간 것일까. 어려서 아이를 잃은 부모를 윤회설은 그렇게 다독였다. 영화를 보러 갔다가 재미없으면 도중에 나오듯 아이도 이 세상에 실망해서 다시 돌아간 거라고. 구천을 떠돌다 다시 다른 세상에 몸 받아 나올 거라고. 어디서 날아온 솔씨인가, 아기 솔이 몇 그루, 머리카락이 뻗친 아이처럼 삐죽삐죽 돋아나 있다.

밤을 예고하느라 낮아진 산그늘에 잠긴 머리로, 아이가 한 번도 만져보지 못한 민틋한 가슴을 무릎에 기댄 채, 인선은 아직도 국화 순에 눈을 주고 있다. 진경은 죽어버린 꽃술을 늘어뜨리고 있는 국홧대 윗부분을 꺾어냈다. 이제 네가 흙으로 돌아갈 때다. 열정이 결여된 생처럼 거뭇한 꽃술은, 해가 기울려는 순간의 불투명한 서먹함이 깔리는 시계를 이끌고 저만큼 떨어졌다.

"이만 내려가자, 언니."

진경은 느릿느릿 일어나며, 니코틴을 품은 채, 중동이 두 번 부러진 채 사원 담배를 뽑아냈다. 인선이 그릇을 거두는 사이, 진경은 꽃다발에서 은박지와 셀로판지를 벗겨내고 꽃을 봉분 언저리에 흩뜨렸다. 카네이션과 프리지어의 길쯤한 몸체를 안개꽃이 가렸다. 썩지 않은 채 달빛 받아 망인을 놀라게 할 은박지와 셀로판지, 지난번에 형제들이 놓고 간, 햇살 되비쳐 자매를 놀라게 했던 스티로폼 판지를 들고 진경은 일어섰다. 저 꽃도 바람과 볕에 말라 어느 날인가 흙으로 돌아가리라. 국화 순과 봉분을 눈으로 어루만진 인선이 돌아섰다.

"저녁은 꼭 집에 와서 먹어유."

조카들이 잡는 바람에 점심을 먹고 왔다는 말에, 새어머니는 여러 번 다짐을 두었다.

"이렇게 따님들 오시니까, 영감님 신색이 훤해지신 것 같네유. 안 그러면 혼자 앉아 막대기나 깎고 청승이실 텐디⋯⋯"

"참, 늬들, 내가 만든 지팡이 좀 볼래?"

아버지는 건넌방으로 가서, 말갛게 육탈한 뼈처럼 희고 순결하게 다듬어진 나무토막 다섯 개를 들고 왔다.

"이게 바로 청려장이란다. 왜, 옛 시조에도 있잖으냐? 청려장 헛더 짚고 합강정에 올라가니 동천명월에 물소리뿐이로다⋯⋯ 하는 것 말이다. 그 청려장이 바로 이거란다. 지난가을, 냇둑을 정리한다고 뽑아 내버린 걸 주워다 다듬었다. 더 늙어 허리가 꼬부라지면, 이거나 짚고 손주들 만나러 다녀야지."

명아줏대의 곁가지를 다 떼어내고 껍질을 벗기면, 비스듬히 휘어진 뿌리 부분이 손잡이 구실을 하는 청려장이 된다. 가지를 떼어내 옹이 진 데를 불로 지지고 옻칠한 다음, 바닥에 알루미늄 버선을 신기면 삼장법사 지팡이 못지않은 지팡이가 된다. 설명과 더불어 지팡이가 건네졌다. 가벼우나 만만치 않은 견고함이 손에 짚였다. 한해살이풀인 명아주는 지하 오 미터까지 내려가 십 년을 기다린 뒤에야 싹이 튼댔지. 어디서 읽었더라. 기억을 더듬는 진경의 머릿속, 썩고 썩어 말갛게 육탈한 뼈가 청려장에 겹쳐졌다.

차란차란, 뱀을 경계해 회초리로 풀숲을 헤치며 인선이 앞장섰다. 착상을 지탱하지 못하는 미성숙의 자궁을 감싼 몸이 해질 무렵 그림자처럼 허전했다. 저 안에 새 생명이 깃들이기를. 뒤따르는 진경은 기도하는 마음이 된다.

산을 다 내려와 산어귀의 공한지에 이르렀을 때, 진경은 앞서 가던 인선을 불렀다.

"여기야, 여기 있어."

산 아래, 어디서 왔는지 모를 민들레가 어스름 속에 노란 꽃잎을 묻고 하늘거렸다. 어디? 앞서 가던 인선은 되돌아왔다.

평생 단 한 번만 명령할 수 있는 임금이 있었다. 그 임금은 제 운명을 그렇게 결정한 별에 불만을 느껴왔다. 그러다 외쳤다. 내 운명의 별들아, 모두 하늘에서 떨어져 꽃이 되어 피어나거라. 내가 너희들을 밟아주리라. 별들은 우수수 쏟아져내려 민들레로 피어났고, 평생 한 번뿐인 명령을 그렇게 써버린 임금은 양치기가 되어 민들레 위로 양

떼를 몰고 다녔다지.

인선이 보고 싶어했던 민들레는 그런 이야기를 간직한 민들레가 아닐 것이다. 아주 연약한 홀씨로 번져, 제아무리 거친 땅에서도 꽃을 피워내고야 마는 민들레일 것이다. 별 새로울 것도 없는 민들레 앞에 쪼그리고 앉은 인선 곁에서, 진경이 보는 민들레는 말한다. 어떤 사람은 제게 주어진 생을 그런 명령을 내리는 걸로 탕진해버린다고.

"많이 보았었는데, 내가 이름을 몰랐구나. 이거 우리 아파트 잔디밭에도 많이 피었던데…… 이게 민들레였다구?"

인선은 쪼그렸던 허리를 펴고 일어서며 말했다.

"그래, 이제 어서 가자. 그런데 차가 있으려나?"

"가끔 버스가 다닌다니까. 어쩌면 빈 택시도 있을 테고……"

인선은 휘적휘적 앞서고 진경은 그 뒤를 따라간다. 그런데…… 백발이 성성한 할머니가 땅을 향하여 휘어진 허리에 한 손을 얹고 진경의 곁에 붙어선다. 지난날에 검질기게 발목 붙들려 앞을 보지 못한…… 세월이 흐를수록 굴지성은 더 깊어지는가. 꺾일 듯 위태로운 윗몸을, 손때로 옻칠이 거의 벗겨진 청려장에 의지했다. 딸깍딸깍. 땅에 닿을 때마다, 지팡이는 가지가 매달렸던 자리의 통증이 새삼스러워진다.

산기운이 엷어지며 농수로로 쓰이는 도랑이 나타난다. 써레질이 한창인 다랑이, 곧 갈아엎어져 새순 키우는 거름이 될 그루터기 사이로, 다리도 나오지 않은 올챙이들이 바삐 몸을 흔들며 물의 부력을 즐긴다. 진경의 무명지에서 빠져나온 반지가 도랑에 가라앉는다. 그것도 모르고 걷던 진경은, 방금 내려온 산과 마주 보이는 산이 시작되려는 다랑이에서 발을 멈춘다. 황토가 드러난 길섶에 내던져져 겨우내 썩은 짚단에, 난데없이 피어난 각시붓꽃이 눈을 끈 것이다. 인선이 저만큼 가물가물 앞서 가는 것도 모르고, 진경은 유난히 건 곳 좋아하는 각시붓꽃에 마음 팔려 붙박인다. 이파리도 없이 함초롬한 꽃 한 송이, 도드라지는 보랏빛 꽃잎의 매몰찬 단정함에 홀려 있는 진경의 등뒤, 저수지 물너울을 타고 보랏빛 저녁이 시름없이 번진다.

노래하는 여자
노래하지 않는 여자

검은 구름 하늘 가리고 이별의 날은 왔도다 다시 만날 날 기약하며 서로 작별하여 떠나가리.

　또 시작이다. 느적느적, 세상에 바쁠 일 뭐 있냐는 듯 늘어지는 경미 언니의 저 노래. 오뉴월 엿가락 같은 노래 아래 몸 뉜 손님이 있어서 빽, 터져나오려는 소리를 참고 있지만, 이별의 날은 왔도다에서 이미 내 속은 부글부글 끓고 있다. 타일 바닥에 닿는 물소리, 아이들 우는 소리가 산란한데도 노랫소리가 귀에 쏙쏙 들어오는 건 이미 내 신경이 곤두설 대로 곤두섰다는 증거다.

　경미 언니가 노래만 시작하면 신경이 가닥가닥 곤두서지만, 나는 최소한 공정하다. 박자가 형편없이 늘어져서 그렇지 결코 못 부르는 노래는 아니다. 솔직히 말하자면, 어떤 땐 그 깊은 울림으로 내 마른 가슴을 적시기까지 한다. 한때 성우를 꿈꾸었다는 게 영판 생뚱한 일만은 아닌 것 같다.

레퍼토리도 다양하기 짝이 없다. 님께서 가신 길은 영광의 길이었기에라는 고전부터, 초등학생 아들에게 배운 것이 분명한 김건모의 노래까지 자유자재로 넘나든다. 그래도 그렇지, 제아무리 빠른 곡이라도 느릿느릿하게 편곡해버리는 저 노래를 일 년 넘게 듣는다면 어느 귀가 덤덤할 수 있으랴.

호수목욕탕으로 옮긴 첫날, 애저녁에 알아보고 대책을 강구했어야 했는데 나 박미정, 최근 들어 가장 큰 실수다. 엄마 장례 치른 뒤끝이라서 그 후유증으로 조금 멍청했던 모양이다. 목욕탕을 옮긴 것도 그 후유증의 하나이긴 하다. 암으로 돌아가신 엄마의 병원비를 치르느라, 전에 일하던 목 좋은 곳의 보증금을 빼내야 했으니까. 그래도 크게 후회는 없다. 나는 그걸, 몽몽하기 짝이 없는 엄마가 나를 키운 대가라고, 그걸로 나를 이 세상에 태어나게 해준 빚은 갚았다고 치부해버렸다. 그렇다고 내가 세상에 태어난 걸 고마워하는 건 아니다. 따지고 보면, 엄마처럼 몽몽한 여자가 이 험한 세상에서 나를 낳고 키웠으니 그것만으로도 대견한 일이고, 그 대견함을 보상해줄 사람은 나밖에 없었으므로 그랬을 뿐이다. 나는 똑떨어지는 걸 좋아한다. 세상에 가장 쓸모없는 사람들이 미적지근한 사람이라는 게 내 평소의 생각이다. 이거면 이거고 저거면 저거지, 이럴 수도 있고 저럴 수도 있다는 흐리멍덩한 태도를 보면 속이 부글거린다.

따지고 보면 내가 태어난 것도 그 흐릿함 때문이다. 돈 많은 유부남과 연애하고 그 결과 덜컥 들어선 나를 어쩔까 망설이는 동안에 뱃속에서 키워버린 내 엄마는, 아이가 수술하기 어려울 만큼 커버린 걸 자기의 우유부단함의 결과라고 생각하지 않고 아이를 세상에 내보내라는 하늘의 뜻으로 덥석 받아들였다. 세상을 뜨기 전, 혈혈단신으로 남을 나를 위해 엄마가 생각이랍시고 곰곰 한 끝에 그 결과를 내어놓던 저녁을 떠올리면, 엄마의 뼛가루가 어느 생선의 뱃속에 들어 있는지 모를 지금까지도 어처구니없어진다.

"얘, 미정아. 넌 진정한 사랑이 무언지 아니?"

전기고데기를 든 손에서 맥이 탁 풀린다. 고데기가 힘없이 처지면서 머리밑이 당기는지 엄마는 고개를 기웃한다. 머리 가닥이 워낙 적어서, 오래 감고 있어도 고데기를 떼고 나면 힘없이 처진다. 그나마 남아 있는 걸 고마워해야 할 판이다. 정수리 쪽은 늦가을 풀밭처럼 듬성듬성하다. 그런 머리를 내 손에 맡긴 채 거울과 텔레비전을 번갈아 들여다보던 엄마의 목소리는 낭창낭창, 연둣빛 순을 달고 봄바람에 휘날리는 버들 저리 가라다.

"엄마는. 뜬금없이 웬 사랑타령이래. 고개나 좀 숙여봐. 머리카락이 잡혀야 말이지."

나는 엄마의 고개를 좀 우악스럽게 민다. 제발 주제파악 좀 하시라는 듯이. 환갑을 코앞에 둔 나이에, 자궁을 들어내고 항암치료를 받느라 빠진 머리를 가발로 가리고 점당 백원짜리 고스톱을 치기 위해 밤 외출하면서, 가발 밑으로 비어져나온 생머리 몇 오라기를 끝내 못 보아내 고데기로 말아달라고 디민 채 둥둥 뜬 목소리로 사랑타령이라니. 내가 무슨 천사표라고 상냥할 수 있으랴.

"난 네가 누구하고든 사랑에 빠지는 것 좀 보았으면 좋겠다. 나 저 노래 참 좋더라."

어제는, 울었지만, 오늘은, 당신 땜에, 내일은, 행복할 거야…… 심수봉의 간드러진 목소리가, 절망과 희망이 가닥가닥 교차하듯 마디마디 탄력 있게 울린다.

"사랑이란, 그런 거란다. 아름다운 풍경이 있으면 그 사람과 같이 보고 싶고, 찻집에서 그 사람을 기다리는 동안 자주 화장을 고치고, 그 사람이 오면 이를 안 드러내고 곱게 웃는 거, 그게 사랑이란다."

"그래, 그런 사랑 해보니 어떻수?"

그 사랑의 여파로 세상에 내던져진 내 물음은 곱지 않다. 하지만 이미 추억에 오롯이 잠겨 눈매가 아른아른해진 엄마에겐 내 빈정거림이 닿지 않는다.

"어떻긴. 너처럼 예쁜 딸이 생겼지."

거울로 내 얼굴을 들여다보며 엄마는 입귀를 당기며 웃는다. 그렇게 예쁜 딸을 낳은 당신이 대견스럽기 그지없다는 미소다. 이가 안 드러나는 고운 미소. 얼마나 열심히 연습했으면 몇십 년이 지나도 안 바뀔까 싶은 그 미소가 지워지더니 갑자기 표정이 골똘해진다. 아이들의 집중 같은 골똘함이다. 나는 경계한다. 아니나 다를까.

"얘, 미정아. 내가 엄마로서 할 말은 아니지만……"

또 시작이다. 내가 엄마로서 할 말은 아니지만. 엄마가 무언가 심각하고 진지한 말을 할 때 전주곡처럼 앞세우는 말이다. 그걸 보면 엄마는 엄마 노릇해야 한다는 것에 어지간히 부담을 느끼고 있는 모양이다. 엄마가 부담스러워하면서 전제를 다느니만큼 그 소리만 들으면 나는 긴장한다. 지난번에 엄마가 이 말을 앞세웠을 땐 내가 엄마 친구인 영자 이모의 성화에 못 이겨 선을 보러 나가던 날이었다. 나서려는 내 매무시를 고쳐주며 엄마는 말했다. 얘, 미정아, 내가 엄마로서 할 말은 아니다만, 그 남자가 가자고 하면 어디든 따라가거라. 너야 이제 어린 나이도 아니고, 한 번 실패한 것도 그쪽에서 다 아니 흠이 되지 않을 거다. 고개를 끄덕이고 나섰던 나는 길가의 여관 간판을 보는 순간 깨달았다. 차만 마시고 휑하니 바람 일으키며 일어날 게 아니라 밥도 먹고 술도 마시라는 말로만 알았는데 그게 아니었다. 엄마가 가라고 한 어디는, 남녀가 교합하는 장소를 뜻한 거였다. 정말이지, 엄마로서 할 말이 아닌 것만은 분명했다.

"너 정말 결혼 안 하고 살려면 아이라도 하나 있어야 하지 않겠니? 네가 누구하고든 사랑에 빠진다면 더 바랄 게 없겠지만 그게 정 어렵다면 거 뭐라나, 요즘엔 인공수정이라는 것도 있다더라. 남편 없으면 아이라도 있어야 그걸 끈 삼아 네가 살지. 이러다 나 떠나면 끈 떨어진 뒤웅박처럼 너 혼자 어찌 살래?"

아아, 고데기가 뎅강 흔들리며 엄마의 머리카락을 축 늘어뜨린다. 여섯 살과 예순 살 사이를 오락가락하는 엄마. 아마 당신 없는 세상에 홀로 남을 딸의 장래를 근심하느라 밤을 밝히며 궁리했으리라. 아비 없이 태어날 외손주가 살아갈 세상에까지 생각이 미치기를 바라는 건 무리였다.

끈이라니. 엄마에겐 내가 끈이었는지 모르지만, 자식은 끈이 아니라 혹일 뿐이다. 무엇보다도, 나는 자식이 있어야 살아갈 힘을 얻을 만큼 나약하지 않다. 혼자라는 것, 나 한 몸뿐이라는 걸 생각하면 나는 힘이 솟는다. 그런데 거기에 혹을 붙여?

"엄마는, 내가 이 모양으로 사는 게 그렇게 보기 좋아? 거기다 애비 없는 자식까지 낳아야겠어?"

애비 없는 자식이라니. 엄마로서뿐 아니라 딸로서도 가려야 할 말은 있는 법이다. 급한 성질 때문에 엎지른 말이 방바닥에 어른거리고 엄마는 이내 풀이 죽어 슬멋, 시선을 비껴 텔레비전에 눈을 준다. 사랑밖에 난 몰라. 심수봉이 지그시 눈을 감는다.

사랑밖에 모르고 살았던 여인, 엄마의 장례를 치르고 보증금이 헐한 이곳으로 옮길 때 나는 조금 방심했다. 도심지에서 변두리로 옮겨 간 사람이 왠지 동네 사람들을 낮추보는 그런 심사였을 것이다. 게다가 밍근한 맹물처럼 순해 보이기만 하는 경미 언니의 인상에 마음을 놓았던 것임에 틀림없다. 경미 언니가 남편을 여읜 여자라는 것도 작용했다. 이상한 일이지만, 남편 없는 여자라는 건 여자인 내게조차 어딘지 아무 집 개나 드나들어도 되는 허물어진 울바자처럼 보인다. 나 또한 남들 눈엔 삭은 싸리울이나 다름없는 홀몸이지만. 하지만 싸리울이라고 다 같은 건 아니다. 싸리울 안쪽에 나는 철조망을 촘촘히 둘러쳐놓았다. 자칫 넘보다간 바짓가랑이 찢기기 십상이다. 아무렴, 나를 지킬 사람은 나밖에 없다. 내게 인생의 기본이 되는 지침을 가르쳐준 사람은 큰언니다.

허리 뒤편에서 리본을 묶은 원피스를 입고 나풀거리던 어린 시절, 나는 고운 엄마 밑에서 곱게 자라던 무남독녀 외동딸이었다. 당연히, 내게 형제가 있을 리 없었다. 부재기간을 벌충하듯 레이스가 고운 옷을 입은 인형이며 장난감을 들고 이따금 집에 들르는 아빠는 엄마 말로는 늘 출장중이었다.

"글쎄, 이번에 가신 나라는 어디인지. 아마도 펭귄이 있다는 나라 아닌가 모르겠구나. 추운 나라로 가신댔으니."

168

머리 밑에 손가락을 넣어 쓸어주는 엄마의 목소리는 바다 위에 뜬 빙산처럼 둥둥 떠 있었다. 툭, 마당에 핀 함박꽃잎이 떨어지는 소리가 들리는 적요 속에, 엄마가 그려내는 환상의 세계가 밀려왔다. 해를 바라고 화사하게 피어올랐던 분홍 꽃잎은 땅을 향해 내려오면서 끝동이 누렇게 말랐지만, 그조차도 엄마의 목소리를 누추하게 만들진 못했다. 엄마의 가는 손가락이 머리 밑을 쓸어내릴 때마다 공기 속에 수면제가 한움큼 뿌려지는 것 같았다. 아버지를 기다리며 일력을 뜯어내는 소리가 그 혼곤함을 이따금 찢어내곤 했다.

어느 날, 나는 묵은 달력장 뜯기듯 달랑, 엄마에게게서 뜯겨나와 아버지의 차에 실렸다. 서울에서 공부하기 위해서라는 명목이었지만, 그때 초등학교 오학년이었던 나는 이미 빙산의 물에 잠긴 부분을 어렴풋이 알고 있었다. 엄마가 가망없는 사랑을 그만두고 결혼하려 한다는 것까지도. 그 빙산의 아랫부분은 내 예상보다 더 크다는 게 서울에 도착한 첫날에 드러났다. 엄마보다도 어려 보이는 여자가 어머니라고 불리던 그 집에는 고등학생인 큰언니 아래 사남매가 있었다. 입안에서 구르는 된 밥알처럼 겉돌던 식구들. 그 사남매 가운데 두 사람만 엄마가 같다는 걸 알게 된 건 뒷날의 일이다.

사각사각, 낯선 집에 도착한 첫날밤은 가위 소리로 가득 찼다. 가위질 소리가, 낯선 곳에 온 두려움에 설핏 든 잠을 베어냈다. 부신 불빛 아래, 큰언니라고 소개받은 여고생이 내 머리맡에서 가위질을 하고 있었다. 단발머리가 흘러내려 반쯤 가려진 옆얼굴. 벽에 붙어 있던 달력이 바닥에 내려와 있고, 달력이 붙어 있던 자리에는 때 올라 누레진 벽지에 직사각형 그림자만 하얗게 남았다. 금박 화려하게 먹인 한복,

봉황이 요란스럽게 수놓인 한복을 입은 문희와 윤정희, 남정임이 배경에서 빠져나와 방바닥에 널린 채 웃고 있었다. 맨 위에 놓인 문희의 슬픈 눈은 어지러운 가윗밥 속에서 웃는 입매와 달리 촉촉했다. 꽉 다문 입매가 인상적이던 큰언니의 그림자가 불빛에 기괴하게 일렁였다. 나는 이를 악물고 눈을 질끈 감았다. 꿈이야, 이건 꿈이야.

꿈결 같던 그 여인들을 다시 만난 건 중학교에 들어가던 해였다. 어느 날 나는 계단에서 큰언니와 엇갈렸다. 큰언니는 올라오고 나는 내려가던 참이었다. 일층 마룻바닥을 몇 칸 남겨두고 엇갈리다가 어깨가 부딪치며 큰언니를 밀치게 되었다. 넘어질 듯 뒤뚱거리던 큰언니는 용케 균형을 잡아 마룻바닥에 내려섰다. 미안해, 언니. 미안해? 큰언니는 마지막 층계참을 딛는 나를 막아섰다. 미안할 거 없어. 아까 나 있던 자리에 가서 서. 어쩌자고 그렇게 조숙했던 것일까. 큰언니가 말하는 순간에 나는 대번에 언니의 의도를 알아챘다. 그러면서도 설마 하는 마음이 있었던 걸까. 나를 비껴 오른 언니가 나를 확 밀쳐 아래층 마루에 나동그라지는 순간, 눈이 확 뜨이는 느낌이었던 걸 보면. 세상은 그런 곳이었다. 왼뺨을 맞으면 오른손을 들어 상대방의 왼뺨을 쳐야 하는 그런 곳.

그날부터 나는 말문을 잃었다. 무서워서, 입만 열면 목젖을 꽉 막고 있는 커다란 손이 허물어지면서 이 집이 무섭다는 말이 거품처럼 쏟아져나올 것 같아서 입을 꼭 다물고 지냈다. 얼마나 오래 입을 다물었던가. 어느 날, 큰언니가 손을 내밀었다. 큰언니는 서랍장 맨 아래칸을 열어 묵은 옷가지 바닥에 깔린 신문지를 들추더니 무언가를 꺼내 내 앞에 내던졌다. 그 여자들이었다. 나프탈렌 냄새에 숨막혀하던 달

170

력 속의 그 여자들. 종잇장에선 손 닿는 곳마다 습기를 빨아들일 듯한 나프탈렌 냄새가 났다. 내가 왜 이걸 오려두었는지 아니? 나중에 한복 기술을 배워서라도 이 집에서 혼자 나가려고 그랬어. 너도 정신 차려 이것아. 그깟 일로 마음 상해서 어떻게 살아갈래? 말꼬리가 이상해서 돌아보니 그 단단하던 큰언니의 눈가가 얼룩져 있었다.

신발장에서 내 신발만 골라내고, 옷장에서 내 옷을 고르고, 결혼할 때 사온 은수저에서 내 것만 골라가며 짐을 꾸리다가 허리를 훅 꺾었던 내가 전화를 건 곳은 엄마에게가 아니라, 결혼한 뒤에 신학대학에 진학해 전도사가 되어 있던 큰언니한테였다.

그 여자의 향기가 아직도 내 몸에 감도는 것 같다.

그런 구절이 쓰인 수첩을 화장대에 올려놓음으로써 남편은 다른 여자가 생겼음을 알려왔다. 남이 쓴 거라면 감동적이었을 연애의 단편이, 날이 갈수록 더 크게 번져가는 마음의 물이랑이 수첩 갈피에서 만져졌다. 화장대는 수첩이 올라가 있을 자리가 아니었고 남편에게 지워지지 않는 향기를 묻힌 그 여자는 나도 쉬 떠올릴 수 있는 남편의 직장 동료였다. 남편은 내가 알아보아주기를 바란 것이다.

꼭이 몰랐던 것만은 아니었다. 열린 베란다 문을 닫으려 거실문을 열었을 때 펄럭이며 나를 덮쳐오는 커튼에서도, 남편이 오는 시간에 맞춰 불을 올리다가 끝내 졸아붙은 된장찌개 뚝배기에서도, 무언가 퍼석이는 균열이 느껴졌다. 시장을 보아 들어왔을 때 집 안에 갇혀 묵중해진 공기 속에서 나를 짓누르는 무엇은 남편의 얼굴에 느닷없이 돋아난 생기를 두드러지게 했다. 무서운 것 앞에서 손으로 눈을 가린 아이, 눈 가린 손가락이 조금씩 틈을 벌리며 손가락과 손가락 사이의

틈으로 어렴풋이 보이는 풍경은 남편이 더이상 이 집에 머무르고 싶
어하지 않는다는 것이었다.

"그 여자는 내가 살아 있다는 걸 느끼게 해줘. 당신처럼 정숙한 척
하는 여자완 달라. 그 여자와 새로 시작하고 싶어."

퇴근한 뒤, 식탁 위에 놓인 수첩을 본 남편은 묻기도 전에 말했다.
수첩을 본 순간부터 귓전이 웅웅거리던 내게, 남편의 말은 동굴 속에
서 울려오는 메아리처럼 음습하고 위협적이었다. 정숙한 척하다, 척
하다, 라는 말이 갈퀴처럼 손을 뻗쳐 가슴을 쥐었다. 살아 있다는 건
무엇일까. 그건 그 여자의 향기를 맡으면 그의 성기가 빳빳하게 되살
아난다는 걸 뜻하는 것일까. 웨딩드레스 안에서 뜨끔거리던 핀처럼,
남편의 말이 명치에 걸려 뜨끔거렸다.

아버지의 손을 어색하게 잡고 들어서는 순간부터 등뒤 어딘가를 찌
르기 시작한 핀 때문에 온 신경이 등허리에 가 있던 나는 맞절하라는
순간을 놓칠 뻔했다. 웨딩드레스의 허리가 내게 너무 커서, 핀을 꽂아
줄인 예식장 아가씨의 실수였다. 사진 촬영 전에야 겨우 뽑아낸 그 핀
처럼, 채 마무리되지 않은 옷을 입고 있는 듯한 결혼이었다. 아버지의
집에서 나오겠다는 마음을 앞세운 결혼은 예정된 파국으로 치닫고 있
었다. 덫에서 빠져나와 발을 딛는 순간 덜컥, 발목 파고드는 덫을 느
끼는. 결혼의 덫은, 결혼 전에는 그런 게 문제가 되리라고 꿈에도 생
각 못 했던 잠자리였다. 첫날밤에도 기를 쓰고 다리를 오므렸던 나는
나무토막이었다. 남편을 싫어한 건 아니었다. 그런데도 내 의식 어딘
가에 박인 짐승 같은 짓이라는 느낌은 지워지지 않았다. 남편의 손이
내 발을 붙잡고 벌릴 때마다 아버지의 와이셔츠 아래로 드러난 새엄

마들의 맨다리가 떠올랐다. 세 번쯤 바뀐 새엄마가 한결같이 목욕탕에서 그런 차림으로 나온 걸로 보아 그건 아버지의 취향이었을 것이다. 아버지의 방에서 들려오던 수상한 소리들, 발가벗은 것보다 더 야한 느낌이던, 가늘고 여려서 오히려 불결한 느낌이던 다리들. 내 육체의 눈은 몸 위에서 씩씩대는 남편의 행위를 말똥말똥한 눈으로 바라볼 뿐, 거기에 동참하지 못했다. 그걸 의식한 남편은 언제인가부터 레이스가 고운 잠옷을 벗기지도 않은 채 가슴팍까지 걷어올렸고 나는 더 건조해졌다. 남편은 그걸 정숙한 척한다고 말하는 중이었다.

수첩을 보여주고 난 뒤, 남편은 다른 방으로 잠자리를 옮겼다. 잠에서 깨어나며 남편의 혼곤한 호흡을 못 느낀 지 한 달쯤 된 밤, 술에 취한 남편은 냉동실 구석에서 묵은 떡처럼 마르고 딱딱한 몸으로 잠든 내 방으로 들어왔다. 잠결에 누군가 들어서는 바람에 내 심장은 금방이라도 떨어져나갈 듯이 거세게 뛰었다. 그게 남편이라는 걸 알고 난 뒤에 고동은 더 커졌다. 남편은 옷을 벗어던지고 있었다. 옷을 벗는다기보다는 답답한 거죽을 쥐어뜯는 동작이었다. 거칠어진 날숨이 술냄새를 뿜어내고 있었다. 옷을 벗은 남편은 내 가슴을 우악살스럽게 쥐었다. 남편의 몸이 내 몸 위에 실렸다. 어디 되나 안 되나 너랑 해볼까, 봐, 안 되잖아. 우린 안 돼. 그렇게 말한 남편이 법정에서까지 잠자리 이야기를 서슴없이 꺼낼 거라는 확신만 없었어도, 그렇게 쉽게 도장을 찍고 짐을 꾸리지는 않았을 것이다. 맨몸으로 나온 건 내 최후의 자존심이었다.

기도드리자. 큰언니가 가방 속에서 성경을 꺼내더니 내 손을 맞잡았다. 채 풀지 않은 이삿짐이 널브러진 방이었다. 하나님 아버지, 우리를 시험에서 견디게 하여주시옵소서. 이 시련이 미정이가 이를 디딤돌 삼아 더 큰 광영을 맞게 하려는 것인 줄 아옵니다. 큰언니는 기도를 마치고 찬송을 했다. 고음인 큰언니의 목소리가 허공에 치솟고 내 몸 안에선 쓰디쓴 독액이 솟아났다. 그 독액이 핏줄을 타고 도는지 온몸이 저미듯 아파왔다. 언니 그만 가줄래? 그 말을 못 한 채 나는 스르스름 벽에 몸을 기대며 허물어졌다. 몸 따라 허물어지려는 의식 한구석에서 오래전의 기억이 디딤돌처럼 불쑥 떠올랐다.

아버지의 집에 살던 그때, 다른 남자와 재혼해 남쪽의 항구도시로 가버린 엄마를 만나러 갈 때면 밤열차를 탔다. 엄마의 집에서 잘 수 없어서 밤열차를 타고 가 내리면 새벽이었다. 항구도시의 새벽은 푸르스름한 이내에 섞인 갯내로 내 몸을 감아왔다. 무언가가 쓸고 지나간 것처럼 빈 거리, 새벽일 나가는 사람들이 드문드문 보이는 거리. 밤새 뚱뚱 부어오른 다리로 골목을 걸으며 나는 이 집 저 집 기웃거렸다. 어느 집에서는 밥냄새가 나기도 했고, 어느 집에서는 두런두런 말소리가 담을 타고 넘어오기도 했다. 그렇게 새벽 거리를 걷다가 엄마의 남편이 출근하고 그 남자의 아이들이 학교에 갔을 시간쯤에 엄마에게 전화를 걸곤 했다.

어느 날이던가. 하릴없이 새벽길을 거닐 때 짐자전거를 끌고 가던 아저씨가 나를 불렀다. 학생, 이리 좀 와봐. 나는 비어 있는 짐칸에 무언가를 실으려는 줄 알았다. 몇 발짝 떨어져 아저씨 뒤를 쫓다보니, 골목 어귀에 그 아저씨가 우뚝 서 있었다. 허공을 바라보는 시선이 이상했다. 손이 아래로 가 있었다. 그 손 안에 든 검붉은 성기를 보는 순간 나는 몸을 돌려 뛰었다. 금방이라도 등뒤에서 쫓아올 것만 같았다.

큰길가엔 드문드문 사람들이 오가고 있었다. 조금 기세를 늦춘 내가 들어간 곳은 목욕탕이었다. 군데군데 쪽이 떨어져나간 욕탕 바닥에, 어디서 기어올라왔는지 외롭게 꿈틀거리는 실지렁이. 그 실지렁이의 빛깔이, 조금 전에 보았던 성기 빛깔로 보였다. 그대로 나와서 옷을 입고 쓰러져 잠들었다. 그때부터, 새벽 거리 대신에 눅진한 냄새가 가라앉은 목욕탕에서 귓전을 흔드는 소리에 깜짝깜짝 놀라며 아침이 되기를 기다렸다.

짐을 정리하고, 먹고산다는 문제 앞에 맞닥뜨리게 되었을 때, 왜 그랬는지 내 마음속에 확고하게 떠오른 곳은 목욕탕이었다. 나는 동네 목욕탕에 가서 말했다. 아줌마, 저 이 일 좀 하게 해주세요. 낯선 여자, 그것도 마르디마른 여자를 받아주는 사람은 없었지만 내 끈기는 그들의 거절보다 더 집요했다. 제법 이력이 붙어 보증금이 높은 곳으로 옮겨갔을 무렵, 다시 홀로 된 엄마가 때맞춘 듯 병든 몸으로 나타났다.

"그래도, 위자료 준다 할 때 받지 그랬어. 그래야 그쪽도 마음 편했을 텐데."

제법 친해져서 이혼할 무렵, 그뒤에 고생한 이야기를 쏟아냈을 때, 경미 언니는 그렇게 말했다. 도대체 아군인지 적군인지. 한껏 안타깝고 안쓰러운 표정을 지어가며 이야기를 듣고 난 뒤의 경미 언니의 반응이라니. 이럴 때, 나는 경미 언니한테 속았다는 기분이 든다.

노래만 해도 그렇다. 경미 언니가 저렇게 끈질긴 데가 있는 여자라는 게 첫인상에서 조금이라도 드러났다면, 노래 따위 들을 만큼 한가하지 못한 나는 처음 노래를 듣던 순간에 대번에 잘라 말해 입을 막아놓았을 것이다. 난 시끄러운 걸 제일 싫어해요, 라고. 따지고 보면 내 탓만은 아니다. 경미 언니가 그만큼 교묘하다는 이야기도 된다.

곰곰 되짚어보면 첫날부터 조짐이 썩 좋진 않았다. 첫 손님이 애를 먹였다. 아프다는 둥, 그전 아줌마는 뜨거운 물찜질까지 해주는데 아줌마는 왜 안 그러냐는 둥 말이 많았다. 성질 같아선 그전 아줌마 간데 찾아가서 때 밀라고 등 떠밀고 싶었지만 참았다. 미운 강아지 멍석에 똥 누더라고, 거기에다가 살결까지 거칠었다. 부드럽게 도르르 밀리는 때가 아니라 때밀이수건에 거칫하게 묻어나오는 때였다. 팔이 안 나가니 헛힘만 주어졌다. 이럭저럭 손님 몇을 치르고 나니 저녁이었다. 잔뜩 구겨진 마음으로 탈의실에 나앉았다가 청소하러 들어간 나, 조금 과장하자면 귀신이 나온 줄 알았다. 손님이 빠져나가자마자 음산해진 목욕탕에 낮게 처진 그물처럼 깔리는 목소리. 경미 언니가 욕조 안에 들어가 욕조를 닦으며 노래를 부르는 거였다. 초록빛 바닷물에 두 손을 담그면, 초록빛 바닷물에 두 손을 담그면…… 내가 어이없어 바라보는 것도 모르고 닦는 데 열중한 경미 언니는 초록빛 여울물에 초록빛, 두 손을 담그면 담그면, 형편없이 느린 박자로 간주까지 넣고 있었다. 욕조 바닥을 훑으며 막 빠져나가는 물이 꾸르륵 숨넘어가는 소리를 내는데, 틀어올린 머리카락이 핀에서 빠져나와 늘어지는 것도 모르는 채 수세미질을 하는 경미 언니를 보며 왠지 저물녘 공기처럼 희푸스름한 이내가 내 속에 끼었다. 내 유일한 동료인 경미 언니가 첫보기만큼 만만치 않으리라는 불길한 예감이 들었던 것일까.

경미 언니, 척척 늘어지는 충청도 말씨에 걸핏하면 '오죽하면 여북하겠어'라며 제 품을 다 내어주는 것처럼 굴지만, 결코 만만치 않은 여자다. 늦가을 씨받이 옥수수알처럼 영근 저 옥니에, 파마가 잘 나와서 위층 미장원 영혜의 사랑을 받는 반곱슬머리만 보아도 알 수 있다. 성만 최가라면 끝날 뻔했다. 억양 세기로 유명한 마산으로 시집가서 칠 년을 살았다는데도 경상도 억양이라고는 콩가루만큼도 묻어나지 않고 태생 그대로인 말투도 대단하거니와, 손끝에 박박 힘주어 마사지하면서 노래는 늘쩍지근하게 한다는 게 보통 머리로 되는 일인지, 내 말이 믿기지 않는다면 한번 해보라. 내기라도 걸 수 있다.

내 속이야 끓든 말든, 경미 언니를 단발머리 시절 음악시간으로 되돌려보낸 장본인 수현 엄마의 귀에 그 노래가 꽃목걸이 건 하와이 여자들이 부드럽게 출렁이는 엉덩이의 리듬으로 느껴지는 모양이다. 막 다녀온 하와이의 따사로운 볕 아래 놓인 것처럼 마사지받는 근육이 부드럽게 풀려 있다. 그은 피부에 오일을 발라 살갗이 청동처럼 단단하게 빛난다. 저녁 준비는 일하는 사람에게 맡기고 다 저녁때 와서 마사지받는 그 윤기가, 서방 잘 만나 남부러울 것 없는 여자임을 과시하는 것 같아 은근히 속이 뒤틀리는데 거기다 무슨 큰 부조할 일 났다고 알로하오에람. 굳이 학교에서 배운 노래가 부르고 싶었다면 차라리, 어려운 시절이 닥쳐오리니 잘 쉬어라 켄터키 옛집, 이 자기 처지에 백번 어울리지.

"그래, 다음엔 서방님이 어디 데려다주겠대?"

점입가경이다. 속이 있는 건지 없는 건지. 남편 사랑 듬뿍 받고 사는 수현 엄마의 무릎을 꺾어 발바닥을 툭툭 두드리며 묻는 경미 언니의 등판은 말라서, 척추뼈부터 갈비뼈를 타고 흘러내리는 그 흔하디흔한 나잇살조차 느껴지지 않는다. 그렇게 마른 경미 언니에게 몸을 말긴, 막 터져날 듯 부푼 수현 엄마의 탱탱한 살피듬에 비하면 청승맞기 짝이 없다. 내가 손님이라면 미안해서라도 때 밀어달란 말 못 하겠다. 다른 때 같으면 그 비리비리한 등판이 안쓰럽게 보일 텐데, 오늘은 그것도 거슬린다. 세상 사는 게 자기 말처럼 그렇게 속 편하면 왜 살이 안 찌는가 말이다. 이렇게 아등바등, 숨이 턱에 차도록 사는 나도 아랫배가 처졌는데. 생각할수록 속에서 열불이 치밀어, 바가지로 물을 떠서 애꿎은 내 눈앞의 등판에 쫙 끼얹고 만다.

"앗, 차가워. 아줌마, 누구 동태 만들 일 있어요?"

실수다. 찬물을 틀어놓고 잊고 있었다. 나는 황급히 사과한다. 욕탕 바닥으로 흘러내리며 다리를 스친 물은 내가 생각해도 차갑다. 얼른 더운물을 튼다. 경미 언니가 그런 나를 보고 피식 웃는다. 어느 종로에서 뺨 맞았는지 모르지만 왜 한강가에서 눈 흘기냐는 듯이. 내 뺨을 때린 사람이 자기라는 걸 꿈에도 생각지 못한다는 저 천연덕스러운 얼굴이라니.

사각사각, 아삭거리는 소리만큼 향긋하게 오이 냄새가 번진다. 막 아이에서 여자로 넘어가려는 소녀의 몸처럼 비릿한 향기. 젖가슴에 생긴 멍울이 낮은 구릉 같은 젖가슴 표면을 팽팽하게 만들고 그 아래의 배는 채 꺼지지 않아 밋밋한 소녀의 몸에서 나는 아련하고 슬픈 향기. 강판 위에서 제 몸을 허물며 오이는 제 몸에 간직했던 향기를 번지게 한다. 습기와 열기, 옷갈피에서 떨어진 비듬 따위로 눅진하고 퀴퀴한 탈의실에 바람결이 쓸고 지나가는 것처럼 잠깐 시원해진다.

그러나 화요일 밤의 오이 냄새는 비릿하다. 화요일 밤이면 강판은 유난히 경쾌한 소리를 낸다. 손님을 위해서가 아니라 자신을 위한 것이다. 일이 워낙 고되니만치 보약을 달고 살아야 하는데 거기에 무슨 기력이 남아도는지. 목욕탕이 쉬는 수요일은 경미 언니가 일식집의 잘나가는 주방장이자 두 아이의 아버지인 성실한 가장과 데이트를 하는 날이다.

수요일, 그들은 남한산성 같은 근교에서 부부가 아니라는 걸 남들이 알아차릴 만큼의 친밀감과 어색함을 드러내며 밥을 먹고, 흔하디흔한 러브호텔에 들어간다. 따뜻한 건 다 좋지만 그래도 가장 좋은 건 사람 체온이다, 라는 게 경미 언니의 말이다.

"왜 어린 강아지들이 어미 앞에서 몬닥몬닥 모여서 젖 먹잖어. 그러고 나서 엉기면서 서로 어르고 핥고 그러잖어. 그런 기분이야. 사람이 다르면 다를 수 있다니까."

어거지로 벌려야 했던 다리, 뻑뻑한 몸에 밀고 들어와 배설하고 돌아눕던 남편, 이런 것들 먼저 떠올리는 내게, 경미 언니는 다른 남자와 자보라고 제법 아기자기한 표현을 섞어 권한다. 약 먹는 셈 치고 자보라는 것이다. 나쁜 기억을 씻어내는 세제인 셈이다. 이따금 잠결에 희끄무레하게 드러나는 내 허벅지를 보면서 쓸쓸해질 때도 있지만 그런다고 내가 그 말에 따를 리 없다. 경미 언니가 그렇게 탐하는 걸 보면 남자 여자가 어우러지는 일이 무언가 내가 아는 것과는 다른 데가 있을지 모른다고 생각하면서도.

"그렇게 그게 좋으면 그냥 아무 남자나 만나서 가버려. 준호가 지금 초등학교 사학년이잖아. 어느 세월에. 나중에 준호가 아이구, 우리엄마, 그 긴긴 밤 독수공방하면서 나 키우느라 혼자 애쓰셨수, 이러고 효도할 것 같애?"

한적한 곳에서 처음으로 팔짱도 껴봤다고 경미 언니가 말할 때, 내 마음속엔 가시가 돋고 말에도 뾰족하니 드러난다. 남이 안 보는 곳에 선 맨몸으로 엉기면서 팔짱조차 마음놓고 끼지 못하다니, 그래봤자 여벌에 지나지 않는 거 아닌가. 세상엔 질서라는 게 있는 법이다. 질서 바깥에서 태어난 나는 질서가 지닌 힘을 안다.

"효도는 무슨. 그래도 내 마음이 아직은 안 되니까 그렇지. 가뜩이나 예민한 아인데 지금 그래봐."

홀로된 지 오 년이 넘은 경미 언니가 그 따뜻한 체온을 밤마다 떳떳하게 누릴 수 없는 건 오로지 혹처럼 달린 아들 때문이다. 그것도 사내꼭지랍시고 제 엄마 화장이 조금만 짙어져도 눈초리가 사나워진다는 아들 준호, 그 잘난 아들이 사춘기를 넘길 때까지는 혼자 늙을 수밖에 없다는 게 경미 언니의 현실적인 판단이다. 눈가가 발갛게 짓무르고 여름이면 시도 때도 없이 벅벅 긁어대는 바람에 몇 해 전인가, 십 개월 할부로 에어컨을 사는 사치를 누리게 한 그 아들의 아토피성 피부염이 사춘기를 넘기면 낫는다는 게 피부과 의사의 진단이니, 경미 언니, 이래저래 아들이 빨리 자라기를, 남편 무덤 뗏장 마르라고 부채질하는 심정으로 기다린다.

"그렇게 자주 만나다 들키면 어쩌려고 그래? 요즘 여자들, 아이 키워놓고 여자 쪽에서 이혼 청구하는 거 유행이라던데? 그 집 파탄나면 책임질 거야?"

경미 언니가 나를 똑바로 본다. 이제야, 속으로 뜨끔하면서도 스물스물 기대가 인다. 누구든 숨겨둔 발톱은 있게 마련이다. 말이야 바른 말이지, 이 험한 세상에서 혼자 산 걸 보면 경미 언니의 발톱도 만만치 않을 것이다. 한 번만 그 발톱을 드러낸다면, 나는 경미 언니에게 좀더 너그러워질 수 있을 것 같다. 그러나, 꿈에서 막 깨어난 것처럼 투명하게 얼비치는 경미 언니의 눈을 스치는 건 노여움이 아니라 피곤함이다.

"그 사람, 그런다고 집 버릴 사람 아니야. 그러기를 바란 적도 없고."

"그걸 어떻게 알아. 그 사람이야 그렇다 치고, 그 사람 부인이 알면 어쩔 거야."

"내가 어쩌겠어. 머리채 휘어잡히거나 어떻게 하는지 기다릴 수밖에. 그 부인 마음이지, 뭐."

저러고 싶을까. 머리채 휘어잡히는 게 밥 먹은 뒤 물 마시는 일만큼이나 아무렇지도 않아진다.

화요일인 그저께 밤에도 경미 언니는 언제 휘어잡힐지 모르는 머리채를 수건으로 넘기고 얼굴에 오이를 발랐다. 오이에서 흘러나온 뽀얀 물이 가느다란 목덜미로 흘러내리다 반짝, 형광등 빛을 되쏘았다. 여름밤 빛을 탐해 방충망 틈서리로 어찌어찌 들어온 나방의 날개에서 보이는 반짝임. 불 끈 방 안에서 밤 내 퍼덕이던 나방은 제풀에 지쳐 방바닥에 널브러져 있곤 했다. 불길을 향하는 맹목으로 제 인생을 맡기는 어리석음. 철책도 없는 높은 곳에서 아래를 내려다볼 때, 발끝이 저릿한 느낌. 아차 하면 자기도 모르는 새에 몸을 날릴 것 같은 위기감. 게다가 오늘 아침처럼, '때 미는 아줌마'를 찾아서 받으면 말없이 끊는 전화가 오면 신경이 날카로워진다. 나야 꿀릴 데가 없으니 분명히 경미 언니를 찾는 전화였던 것 같은데. 나름대로 노련한 일식집 주방장이 꼬리를 밟혔는지도 모르겠다. 그런 일에 관심을 쏟고, 남의 일에 괜히 마음이 쓰여 조마조마하다는 사실이 나를 화나게 한다. 내가 나도 모르게 물러진 거 아닌가 싶다.

마지막 손님이 나갔는데도 경미 언니는 어제의 데이트에 대해 말이 없다. 묻는 듯한 내 눈길을 빤히 보면서도 모르쇠다. 나도 더 묻지 않는다. 청소나 하려고 한증탕으로 들어간다. 나무 냄새가 내 헝클어진 마음에 감겨든다. 벽에 걸어놓은 쑥단을 가지런히 하고 함지 바깥으로 넘쳐나온 소금을 쓸어담는다. 쑥과 마늘만 먹어서 호랑이가 사람이 되었다 쳐도, 그 성질로는 남자밖에 못 되었을 거라는 생각이 잠깐 스친다. 속없이 시간 가는 줄도 모르고 견뎠으니 곰은 여자가 되었지.

잘빠진 여자의 몸통처럼 아래위가 불룩한 모래시계는 십오 분짜리다. 모래시계는 위쪽이 텅 비어 있다. 연분홍색으로 물들인 모래는 여자의 엉덩이처럼 광파짐한 아랫부분에 소복이 쌓여 있다. 그걸 뒤집어본다. 사르르, 좁은 틈으로 고운 모래가 흘러내린다. 소리도 없이 아래위로 오르내리는 모래. 그 안에 갇혀서 영원히 오르내리는 시간. 그런 걸 생각하면 문득 온몸이 모래로 가득 찬 듯 서걱거린다. 모래시계를 욕탕의 타일 바닥에 동댕이치고 싶어진다. 갇혀 있던 모래알이 좍 흩어지리라. 하지만 그래봤자 내게 남는 거라고는 모래시계를 사러 시장을 돌아다니는 일뿐. 나는 모래시계를 얌전히 내려놓고 나온다.

굵다란 호스에서 거침없이 뿜어나오는 물줄기로 욕탕을 훑어내리는 경미 언니는 소방관 같다. 언제 어디서건 흘러나오는 노래처럼 그 호스를 거침없이 휘둘러댄다. 호스 끝에서 쏟아져나온 물줄기는 욕조 안에 있던 물이다. 사람들의 몸에서 불은 때가 동동 뜬 욕조의 물. 하지만 호스 안에서 뿜어져나온 저 물은 제법 청결해 보인다. 오늘은 수현 엄마가 경미 언니에게 영감을 준 것 같다. 저녁부터 이어지는 노래는 물을 주제로 한 것들이다. 물 위에 떠 있는 황혼의 종이배…… 휘둘러대는 손길과는 박자가 동떨어진 노래를 흥얼거린다. 경미 언니의 질펀한 노랫가락에 내 몸이 젖어버린다. 어쩌면 아무 남자하고나 일을 벌여보는 것도 괜찮으리라는 생각이 든다. 한번 그래봐? 갑자기 마음이 급해진다. 남자를 껴안는 일에 내 인생이 걸려 있는 것처럼. 올해엔 꼭 남자하고 자고 말 거야. 나는 터무니없이 결연하게 다짐한다. 그 다짐에 내 앞날이 걸려 있는 것처럼. 그런데 내 마음속에 떠오른 생각이 왠지 내 것 같지 않고 생소하다. 시키지도 않았는데 텔레비전이 때맞춰 궁금증을 풀어준다. 음 치토스, 언젠가는 먹고 말 거야. 번번이 허탕을 치는 동물이 나와서 결연하게 다짐하고 있다. 이런 제길, 나는 맥이 풀린다. 다짐 하나도 온전히 내 것일 수 없다니. 그 순간, 나는 생소한 노랫소리를 듣는다. 믿을 수 없는 일이지만, 믿고 싶지 않은 일이지만, 그 노래는 내 입에서 나오는 것 같다.

떠
나
가
는
배

목숨 몇이 버스 안에 앉아 있다. 세세생생 벗어놓은 몸이 몇이나 될까. 지금은 골 팬 얼굴에 바른 화장품이 번실거리는 촌부로, 유행 좇아 입은 미니스커트 아래 종아리가 투박한 시골 처녀로, 구릿빛 얼굴에 얹힌 시름이 만만치 않은 촌로로, 흔들거리는 버스에 실려 떠가고 있다. 다음 생에 몸 받아 나오면 자기도 기억하지 못할 얼굴들.

길우도 그 얼굴의 하나로 시외버스 좌석 하나를 차지하고 있다. 버스는 굽이굽이 등성이 길을 휘어넘어간다. 산꼭대기를 넘어서자 내리막길이고, 시선이 닿는 곳은 첩첩이 산이다. 맨 앞쪽 산등성이에 아랫도리를 숨긴 그 뒤 등성이는 조금 묽다. 그 묽음은 점점 뒤로 이어지고, 마침내 희푸른 하늘과 맞닿아 아슴아슴해진다. 일곱 겹쯤 되는 능선, 수묵화의 농담대로 옅어지는 능선에 눈을 주던 길우에게, 그 능선마다 한 사람이 건너온 전생으로 여겨진다. 길우가 지금 건너는 이승은 무엇일까. 저 겹겹인 능선 어디쯤, 바위틈에 뿌리박은 한 그루 소나무, 그 소나무 수피를 부지런히 기어오르는 개미 한 마리, 아니 그 개미 몸에 붙은 진디. 그처럼 미소한 한 생에서 인연 닿은 아내, 미연은 지금 어디를 헤매는 걸까.

　지금은 부재중입니다. 전하실 말씀을 남겨주세요.

　길우가 터미널에서 집으로 전화했을 때, 미연의 굴곡 없는 목소리가 흘러나왔다. 나야. 터미널이야. 다녀올게. 테이프의 자성이 낱낱이 새길 자신의 목소리가 낯설어서, 마음 편히 먹고, 라는 말을 길우는 삼켰다. 말이 마음을 어찌 전할 수 있을까.

　자우룩해진 마음으로 공중전화 부스를 나오다가, 길우는 앞에서 오던 사람과 맞부딪칠 뻔했다. 예수처럼 머리를 기른 청년은 속삭이듯 말했다. 주님의 날이 옵니다. 준비하세요. 그는 어깨에 멘 가방에서 전단 한 장을 꺼내 내밀었다. 한 손엔 피켓을 들고 있었다. 짐승의 표 666. 새 세상이 오리니, 준비하고 맞읍시다.

　전단에 쓰인 세상은 기근과 질병, 전쟁으로 죄악투성이였지만, 길우가 내다보는 차창 밖은 제 생명으로 빛나는 초록이 한창이다. 겨울을 견뎌낸 상록수들은 짙은 초록이고, 낙엽수들은 겨우내 헐벗었던 가지에 솜뭉치처럼 연한 잎을 뭉글뭉글, 덩어리로 피워올린다. 수해樹海. 메숲진 초록을 오래 보고 있자니 문득 수위가 차오르는 것 같아, 길우는 숨을 크게 내쉰다. 물이 저 나무 꼭대기까지 차오르면 뒤도 돌아보지 말고 산꼭대기로 오르거라. 선행의 보상으로 주어지는 비의는 그렇게, 두고 온 집이며 남은 사람들이 어떻게 되든 뒤돌아보지 말고 앞으로만 나아가는 냉혹함을 요구한다. 금지에 대한 호기심을 억누르고 자신의 냉혹함을 견디는 것이야말로, 한 생명 구하려는 이가 빠져드는 가장 고된 시험이리라.

버스는 산 중턱의 마을로 들어선다. 낮고 허술한 집들이 길 양편에 늘어서 있다. 서울식당, 정다방 따위의 간판들이 먼지를 뒤집어쓴 채, 길우가 떠나온 서울에 비하면 이십 년쯤 시간을 뒤로 물린 채, 세월아나 몰라라, 묵연한 표정이다.

버스가 정다방 곁의 공터로 몸을 뒤틀며 들어서자, 승객 두엇이 올라선다. 막 버스 안으로 올라서는 스님을 향해, 촌부가 아이구 시님, 어디 가신대유, 자리에서 일어나며 인사하고, 스님은 합장으로 인사를 대신한다. 대현 스님이 계시던 절에 새로 오신 스님일지도 모르겠다고 길우는 짐작한다. 길우가 중학교 때 와본 대현 스님의 절이 이 근처였던 것이다. 대처승인 대현 스님은 읍내의 절을 조계종에 내주고 이곳으로 들어왔다. 길우와 초등학교 동창인 희선의 아버지이기도 했다. 산으로 둘러싸인 빈터에 세운 허름한 절 마당의 평상에서 길우는 스님 앞에 발목을 내밀었다.

"여봐, 이게 다 죽은 피여. 죽은 피가 이렇게 많으니 발목이 부어오르지."

부은 발목에 침 대롱을 세우고 침으로 발목을 쪼던 스님이 말했다. 스테인리스 침 대롱 끝을 스님이 톡, 통기자, 찌릿, 아픔이 몸 안 어딘가를 타고 올랐다. 스님은 침 대롱을 다시 그 곁으로 옮겼고, 무덤처럼 소복하게 부어오른 발목엔 침을 꽂았다 뺀 자리마다 꺼멓게 죽은 피가 맺혔다.

"그래, 떠나보니 어떻던가?"

길우의 얼굴이 달아올랐다. 납입금을 내지 못해 교무실에 세번째

불려가던 날, 어쩌자는 작정도 없이 탄 열차였다. 영등포 역전에서, 지나가는 아이의 손에 들린 과자를, 아이까지 집어삼킬 듯 바라보는 자신이 스스로 무서워져 돌아왔을 때, 길우를 맞은 건 햇살이 하염없이 부서지는 운동장 구석에서 아스라이 들려오는 아이들의 노랫소리를 들으며 혼자 잡초를 뽑는 유기정학, 눈물을 질펀히 쏟으며 등을 치던 어머니, 가출 내내 왜 그리 무능해야 할까 곱씹었던 아버지의 표정 없는 일별이었다. 열차에서 검표원의 눈을 피하려 뛰어내렸을 때 삐어 소복하게 부어오른 발등을 본 아버지는, 대현 스님께 연락해놓을 테니 올라가서 침 맞아라, 한마디뿐이었다.

"자, 죽은 피가 다 빠져나왔으니 이제 새 피가 돌면 발목이 가뿐해질 거라. 가만있자, 지금 시간이…… 이런, 늦지 않으려면 지금 내려가야겠네. 시간이 남으면 내 길우에게 좋은 말씀 들려주려 했더니……"

벽시계를 올려다본 스님의 눈에 아쉬움이 스쳤다. 형형한 눈빛, 헌걸찬 몸집. 그런데도 길우네 집에 들렀다 나서는 스님의 뒷모습에서 그림자처럼 길게 드리워지는 건 쓸쓸함이었다.

스님이 집에 다녀가신 걸, 길우는 아버지의 방에 남은 쪽지로 알았다. 날마다 한 장씩 뜯어내는 일력이거나 신문지에 끼여 들어온 광고지의 뒷면에 쓰인 글씨. 갓 한자를 익히기 시작한 길우가 해독하기 힘든 흘림체로 구를 이룬 한시가 쓰여 있거나, 낱낱이 파헤쳐놓아 상형문자처럼 여겨지는 획들이 널려 있었다. 아버지가 찾던 옥편을 들고 길우가 방에 들어서면, 스님과 아버지는 방바닥에 놓인 종잇장 위에 머리를 맞대고 있었다. 어둑신한 방에는 무언가, 비밀한 공모를 마치는 분위기, 한껏 고조되었다 그 열정이 스러진 뒤끝의 허망함과 느른함 같은 것이 고즈넉하게 풀어져 있었다. 어쩌다 길우가 호기심을 비주룩하게 드러내면, 사그라들던 스님의 열정은 새롭게 불 살아나, 스님은 길우를 곁에 앉혀두고 말했다. 봐, 이게 사람 인자여. 막대기 두 개가 서로 기댄 모양이지? 사람은 혼자 살 수 없다는 겨. 사람은 서로 기대고 의지하고 산다는 게 여기 이렇게 나와 있잖어. 이로울 이자는 배웠지? 벼 화 옆에 칼이 있으니, 칼로 벼를 벤다는 뜻여. 가을이 되어 칼로 벼를 베어 나락이 창고에 쌓이니 이롭지 않겠어? 이렇게 성인들은 글자 한 자에도 이치를 담았어.

시큰거림이 조금 남았을 뿐 거짓말같이 가뿐한 걸음으로 절을 나서며, 길우는 폐허에 남은 몇 기의 탑을 보았다. 백제의 무왕이 싸움에서 이기고 그 싸움에서 죽어간 원혼을 달래기 위해 세웠다는 절이 있던 곳이었다. 백제가 망하고 난 신라시대에 오히려 더 융성해서 천 칸도 넘었던 절터는, 천 년 세월이 흐르는 동안 몇 기의 탑이 흩어져 있을 뿐 황량했다. 스님이 얼마나 많았던지 절에서 흘러나오는 쌀뜨물을 얻어먹으러 충청도의 쥐들이 다 모여들었던 계곡물은 말라 있었다.

길우의 앞자리에 와 앉는 스님은 삼십대 초반, 길우 나이쯤 되어 보인다. 깎은 듯 맑은 얼굴엔, 자기가 가는 길에 흔들림 없는 이의 결곡함과 오만함이 배어 있다. 허여된 날이 많은 이들의 생뚱이, 스님의 푸르스름한 머리에서 빛난다. 아버지의 장례식 때 뵌 대현 스님은 많이 늙으셨고, 더 깊은 골을 찾아 들어갔다는 스님의 절에 길우는 초행길이다.

"어디냐면, 여기 시외버스 정류장에서 외산으로 들어가는 버스를 갈아타라. 한 시간 반마다 있을 게다. 신평리에서 내려달라고 해서 보면, 정류장 오른편에 조그만 개울을 끼고 차 한 대 다닐 만한 길이 있다. 그리로 이백 미터쯤 올라오다보면, 인가가 그치는 곳에 건물 두 채가 있어. 찾긴 어렵지 않을 게다. 형편이 되면 전날에 내려와서 자고 같이 올라가도 되고. 어머닌 당일날 일찍 내려오신다더라만."

고향에서 사는 큰형이 전화로 말해준, 대현 스님이 새로 들어가 세우셨다는 절 약도였다. 알았어요. 하지만 길우는 어제 내려오지 않았다. 사십구재라는 명분이 있으니만큼 하루쯤 더 빠지는 게 어려울 건 없었지만, 그게 어딘지, 큰물에 휩쓸려가는 사람을, 휩쓸릴 수밖에 없는 사람을 향해 냇둑 위에서 뻗쳐보는 손길이나 장대처럼 부질없이 여겨졌던 것이다. 배다른 형제 사이는 그랬다. 아버지라는 끈이 떨어지자 남도 아닌 형제도 아닌 서먹함 같은 게 큰형과 다른 형제들 사이를 감돌았다. 덤덤히 흘러가는 물을 오래도록 들여다볼 때, 마침내 흐르는 게 물인지 자신인지 알 수 없어질 정도로 오래 들여다본 물에서 눈을 들어 건너편 강둑의 푸른 나무며 하늘을 볼 때의 서먹한 슬픔 같은 게 형의 목소리에 어려 있었다. 그 서름함이, 형네 집에서 하루 묵는 걸 오히려 막았다.

2

정류장에서 내렸을 땐 한낮이다. 파란색으로 선팅한 매표구에서 길우는 외산으로 들어가는 차가 언제 있는지 묻는다. 버스는 오십 분 뒤에 출발한다. 큰형이 일러준 오후 네시까지 도착하기엔 넉넉하다. 아버지가 세상을 뜬 뒤, 대전에 있는 작은형네 집으로 들어간 어머니는 먼저 와 있을 것이다.

"이승살이가 힘들어 값을 치러야 저승길이 편할 텐데, 늬 아버지, 이승에서 그렇게 사는 듯 안 사는 듯 살았으니, 어쩌겠냐, 가시는 길이라도 잘 닦아드려야지. 그래야 늬들 앞길도 편할 테고."

사십구재 이야기를 어머니가 먼저 꺼낸 건 뜻밖이었다. 처녀 몸으로 큰형이 여섯 살 때 아버지에게 온 어머니는, 이 집 문간에 들어서는 날부터 고생문에 들어섰다고 입에 달고 다녔다. 햇살 쨍쨍한 밭뙈기에 엎드려 풀을 뽑고, 장날이면 버스 운전사의 눈치를 보아가며 실은 짐꾸러미를 또다시 시장통 가게 주인의 눈치를 보아가며 문간에 벌여놓고 해가 이울 때까지 앉아 있던 어머니. 눈에 보이고 손에 쥘 수 있는 것, 환금가치가 있는 것만을 믿을 만큼 각박하게 살아온 어머니인데.

명목만 농사꾼인 아버지가 거두는 밭은 뱀고랑이 될 정도로 풀이 우거졌고, 얼마 안 되는 논은 벼 반 피 반이었다. 집안일에 무심한 대신, 동네의 유일한 고학력자인 아버지는 관에 낼 서류를 꾸미거나 하는 일을 도맡았다. 남들이 어렵사리 농사일을 걱정하면 태연하게 말했다. 좀 덜 먹고 말지요.

남편이 아니라 업이다, 업. 당신 혼자 고상하면 뭐하냐, 자식새끼들 뱃구레 달라붙어도 나 몰라라 속 편하니. 어머니가 자식 앞에서 조심성 없이 말하기 시작한 건, 끝이 없을 듯 빨아들이던 밤길을 걸은 이후였다.

눈앞을 막막하게 막아서는 어둠은 어린 길우는 물론이고 아버지까지 빨아들여 지워내고도 시치미를 뗄 것처럼 견고했다. 동그랗게 번져나가는 손전등 불빛은 흐릿하고, 그 불빛이 비치는 길을 걷는 귀에 밤새들의 울음소리는 날카로웠다. 늘 말없던 아버지는 내내 말없음을 견지했고, 아버지가 맞나? 길우는 문득 의심스러워졌다. 아까 비탈에서 넘어질 뻔했을 때 잠깐 놓친 손을, 아버지로 둔갑한 귀신이 대신 잡은 거나 아닐까. 이제 아버지를 올려다볼 수도, 부를 수도 없다. 오줌보가 탱탱해졌다. 바로 그때, 가물가물 여린 불빛 몇 점이 보였다. 아버지는 맨 끝에 있는 불빛으로 다가섰다. 거기 누구 왔슈? 그르렁거리는 목소리가 불빛보다 더 흐리게 새어나오며 문이 조심스럽게 열렸다. 중로의 사내가 누워 있었다. 한 장에 일 년분의 날짜가 다 적힌 달력이 장식의 전부인 방은 두 사람이 들어서자 꽉 찼다. 흙냄새와 섞여 무언가가 삭아내리는 퀴퀴한 냄새가 났다. 길우에게 하염없이 길게 느껴지던 시간, 아버지는 그래 몸은 좀 어떠시우? 한마디 물었고 병자는 무언가 목젖에 걸린 소리로 그렇지유 뭘, 한마디 했다. 얼마나 시간이 흘렀는지, 길우가 저린 발을 푸느라 다리를 바꿀 즈음에 아버지는 부스스 일어났다. 그럼 몸조리 잘하시우. 그렇게 밤길을 되짚어 오는 길, 아버지는 길우에게 물었다. 길우야, 사람은 말이다…… 어머니 말로는 뜬구름 잡는 이야기, 초등학생인 길우로서는 냇가에서 잠깐 쥐었다 놓친 피라미처럼 미끈, 하는 감촉만 남겼을 뿐, 실체는 잡히지 않는 이야기. 그 밤길이, 빚보증 서준 집에 아버지 깜냥으론 빚을 좀 받아볼까 하고 나선 길이었다는 걸, 길우는 아주 뒷날에야 알았다. 끝내 빚 이야기는 한마디도 못 하고 일어서던 아버지.

오래 잊고 지냈던 그 밤길을 다시 떠올린 건, 미연의 배에 손을 얹고 처음 태동을 느끼던 날이었다. 볼록볼록, 깜짝 놀라 손을 떼었던 길우는, 제 손의 무게가 얹히지 않도록 조심스럽게 다시 손을 얹었다. 움직임, 확실한 움직임이 손에 잡히는 순간, 소름이 온몸을 훑고 지나갔다. 살아 있구나. 입덧하느라 밥냄새도 못 맡던 미연을 보면서도 조금씩 도도록해지는 배를 보면서도 실감나지 않던 목숨이, 움직임을 느끼는 순간 확연해졌다. 길우의 손 아래, 반듯이 누운 미연의 배 안쪽에서 아기가, 여기예요, 저 여기 있어요, 라는 듯이 꿈틀거렸다. 아비 되는 일의 무서움과 기쁨이 비로소 선연해지면서 그 밤길이 떠올랐다. 아버지가 그 밤길에 굳이 어린 막내를 데리고 간 건 어쩌면, 남에게 하기 힘든 말을 할 수밖에 없는 자신의 의지를 다잡기 위한 거였겠지만, 그래도 이 아이에겐 그런 기억을 심어주지 않으리라. 그 밤길이 있고 난 얼마 뒤, 길우네는 읍의 변두리로 더 밀려났고, 가난과 허기는 길우네 일상이 되었다.

뭘 좀 먹어둬야 하지 않을까. 정류장을 나서면서 길우는 주변을 둘러본다. 정류장 앞, 두 대의 차가 간신히 비껴나갈 길은 사람들과 승용차, 정류장으로 들어오고 나가느라 길을 가로막고 큰 몸체를 뒤트는 버스들로 어지러이 얽힌다. 길우는 밥을 포기하고 찻집 간판이 보이는 이층으로 올라간다.

"어서 오세요."

여름이면 해수욕객이 오는 곳이어선지, 천장엔 배가 부풀게 광목을 드리우고 탁자와 탁자 사이에는 그물로 느슨하게 칸을 쳐놓아, 실내는 곧 어디론가 떠나가기 위해 바람 맞고 돛을 부풀린 배 같다. 통나무를 그을린 탁자들이 늘어선 실내는 정류장 앞인데도 텅 비어 있었다. 길우는 창가 자리에 앉았다. 눈 아래, 정류장 앞길의 혼잡이, 소음이 제거된 움직임으로 드러난다.

"차 드시겠어요?"

"커피, 연하게 되죠?"

"네."

저기 떠나가는 배, 거친 바다 외로이 겨울비에 젖은 돛에 가득 찬바람을 안고서…… 찻집 분위기로 보아 영업을 시작하고 끝낼 때마다 틀어댈 듯싶은 노래가 흘러나온다. 출입문 곁의 하늘색 공중전화기가 눈에 띄어, 길우는 다시 몸을 일으킨다.

지금은 부재중입니, 녹음된 미연의 목소리가 흘러나오자 길우는 반사적으로 수화기를 내려놓는다. 돌아서서 한 발짝 내딛다가 다시 몸을 돌려 전화를 건다. 지금은 부재중입니다. 전하실 말씀을 남겨주세요. 삐이.

"……나야. 지금 한내 정류장이야. 대현 스님네 절에 가는 버스를 기다리는 중이야. 몸도 편치 않은데 어디……"

"여보세요."

느닷없이, 미연의 목소리가 튀어나온다.

"집에 있었어? 난 또 어디 간 줄 알고."

"아깐 병원에 갔었어요. 좀 자려고 전화 꺼둔 참이에요."

"그래, 괜찮대?"

"네."

"그럼 자. 뭐 좀 먹고."

"알았어요."

미연이 먼저 수화기를 내려놓는다. 뚝. 길우도 수화기를 내려놓는다. 가는 배여 가는 배여 언제 우리 다시 만날까…… 통화하는 동안 잊었던 음악이 실내에 넘치고 있다. 미연이 있는 곳과 길우가 서 있는 곳과의 거리, 미연의 마음이 떠가는 곳이 어딘지 모른다는 불안감으로, 길우는 탁자에 놓인 커피잔을 집는 대신 담배에 불을 붙인다.

아기를 포태한 어미의 느른한 포만감 같은 게 미연에게선 느껴지지 않았다. 어렸을 적, 동네에서 흔히 볼 수 있었던 고양이나 개 들은 배가 불러오면 표정이 달라지곤 했다. 새끼 밴 어미의 본능으로 외부 자극엔 한층 민감하고 앙칼지게 반응하면서도, 혼자 볕을 쬐거나 제 집에 들어앉아 있을 때면 그득한 표정이었다. 뿐이랴, 큰형을 대하는 어머니에게서 이따금 느껴지던 본능적인 경계와 길우네 삼남매를 보듬을 때의 넘치는 연민 같은 것도. 미연의 얼굴에서 그런 표정을 본 적이 없다는 불안이, 아기에 대한 길우의 관심을 과장되게 했다. 거뭇한 띠가 드러나기 시작한 배에 손을 얹고, 어이구 헤딩하나봐, 어럽쇼 엉덩이로 퉁기기도 하는데, 너스레를 떨기도 했다. 아기는 길우의 말소리를 알아듣는 듯이 움직임이 활발했다. 어떤 땐 미연의 뱃가죽을 사이에 두고 대화를 나누는 기분이 들기도 했다.

"초음파 진단중에는 대개 아기가 조용히 있거든요. 그런데 진단중에도 움직이는 걸 보면 건강하고 예민한 아기일 겁니다. 이런 애일수록 갓난아기 때 잠도 안 자고 밤낮없이 울어대는 편이지요. 그런 아기 아빠들은, 퇴근해서 집 문 앞까지 왔다가도 아기 울음소리가 새어나오면 집에 들어가기 싫어진다고 해요. 그런다고 아빠 귀가가 늦어지면, 늙어서 부인한테 구박받아요."

초음파 진단을 마친 의사의 말을 떠올리며, 설거지를 마친 미연을 벽에 기대어 비스듬히 누인 길우가 그 배에 대고 자장가를 부르려던 참이었다.

"모르겠어요. 이 어두운 세상에 아이를 내보낸다는 게 옳은 일인가 싶고, 세상의 종말이 멀지 않았는데, 그땐 아이가 세상에 막 눈을 뜰 땐데, 그 꼴을 겪게 하는 게 옳은 일인가 싶고……"

막, 미연의 배에 대고 노래하려던 길우는 입을 벌린 채 소리를 삼켰다. 멍멍했다. 고개를 들어 미연을 바라보는데, 미연의 눈길은 길우를 지나 아득한 곳에서 헤매고 있었다.

"무슨 소리야. 난데없이 종말은 웬 종말? 당신, 종로 나가면 도 배우라고 붙잡는 사람 많다더니, 나 몰래 사이비종교 입문했어?"

농담으로 흘리는 길우의 속이 서늘해졌다. 미연의 눈동자가, 제 안의 불안으로 먹물처럼 깊어졌음을 보았던 것이다. 눈 안쪽을 스치고 지나가는 먹장구름은, 그렇다, 길우에겐 안면 있는 것이었다.

그날, 길우가 집에 돌아왔을 때, 미연은 누워 있었는지 에부수수한 머리칼을 추스르며 얼먹은 얼굴로 길우를 맞았다. 길우를 보자 글썽, 눈물이 맺혔다.

"어디 아파? 왜 그래?"

"아녜요. 저녁은?"

"천천히 먹지 뭐. 당신 무슨 일이야?"

아니에요, 미연은 그러면서 길우의 가슴에 몸을 던졌다. 무서워요, 여보. 미연의 몸이 차고 딱딱했다.

"나 오늘, 지은이 알죠, 마포 오피스텔에서 사는 내 친구. 오늘 걔를 만나러 갔었어요."

길우는 알아들었다. 그날, 마포에서 가스 폭발사고가 있었던 것이다.

"생전 처음 들어보는 폭발 소리였어요. 지은이와 오피스텔 창에 붙어 밖을 내다보았더니 길에 있던 사람들이 모두 한곳을 쳐다보는데, 그렇게 한꺼번에 많은 사람이 한곳을 쳐다본다는 게 왜 그리 무섭던지. 그쪽을 보니 검은 연기가, 그쪽이 바라보이는 통로로 나가서 보니 내가 서 있던 칠층보다 높은 불기둥이 솟구치고, 사람들을 따라 무작정 계단을 뛰어내려갔어요. 나가보니 웬 남자가 주저앉아 울면서 그러더군요. 우리 어머니, 우리 어머니가 저기 있는데…… 집채만한 불길은 유황불처럼 넘실대고……"

우황청심환을 먹고 잠든 그 밤, 미연은 허공에 팔을 내저으면서 몸을 비틀었다. 꿈이야, 꿈꾸는 거야, 여보, 깨어나. 길우는 미연의 어깨를 붙들고 사정없이 흔들었다. 눈을 뜬 미연은 벌떡 일어나더니 주위를 휘휘 둘러보았다. 땀에 젖은 머리카락 몇 오라기가 이맛전에 붙어서 얼굴을 가려, 얼굴이 조금 잘린 것처럼 섬뜩했다.

"연기가, 검은 연기가……"

"꿈이야. 낮에 너무 놀라서 그래."

길우는 미연을 보듬었다. 흐드득, 미연의 떨림이 길우에게 전해져 왔다. 잠들기 전, 텔레비전을 보면서 미연은 내뱉었다. 거짓말, 내가 본 게 백이라면 저건 이십도 안 돼요. 그때, 미연의 말투에서 배어나와 길우를 섬뜩하게 했던 싸늘하고 쓰라린 기운이 미연의 속에서 똬리를 틀었는가.

그날의 쓰라림이 배어나는 눈으로, 검은 연기가 뭉게뭉게 피어오르는 음울한 목소리로, 미연은 말했다.

"아녜요. 내 눈엔 보여요. 검은 연기처럼 종말은 다가오고 있어요. 다만 세상 사람들이 그걸 못 느낄 뿐이죠. 다리가 끊어지고 건물이 무너지고, 이런 게 공연히 그러는 것 같아요?"

삼풍백화점 붕괴사고 때, 무섭다며 텔레비전도 못 켜게 할 만큼 섬약한 미연의 얼굴에 떠오른 확고함에 길우는 더럭 겁이 났다. 미연이 정말, 자기도 모르는 사이에 사이비종교에 입문한 게 아닌가 하는 의혹이 일었다. 지금은 어디에도 나가지 않지만, 대학 시절까지만 해도 기독교 여러 유파와 왕국회관, 불교와 민족종교까지 두루 거치며 어떤 게 참인지 궁구했던 미연이니, 의혹이 터무니없는 것만도 아니었다. 몇 년 전 있었던 휴거 소동이, 집단자살한 광신도들이, 사이비종교에 빠져 가출했다는 신문기사들이 길우의 머릿속에 어지러이 떠도는데, 미연의 말소리가 그 어지러움 속으로 파고들어왔다.

"나 그동안, 구원받을 만큼 착한 일 한 적 없어요. 종말이 오면 난, 구원받지 못할 거예요. 그게 무서워요."

그 말소리의 결연함이 주는 섬뜩함, 아이 가진 여자가 생각한다는 게 겨우…… 싶은 노여움, 오죽하면 저러랴 싶은 안쓰러움…… 그렇듯 휘몰아치는 감정을 다스리느라 길우는 훅 들이삼킨 숨을 천천히, 아주 천천히 내쉰 다음 입을 열었다.

"당신, 생각해봐. 설사 당신 말대로 뉴스에 나오는 온갖 무시무시한 일들이 세상이 뒤집어지는 조짐이라고 하자. 몇 년 전, 휴거 소동 기억나지? 세상이 불지옥이 되고 사람들이 다 죽어가는데, 그 기억을 안고 살아남는다면 그게 더 지옥 아니겠어? 괜히 쓸데없는 생각으로 아이 불안하게 만들지 말고 잊어버려. 당신, 그렇게 무시무시한 생각만 해서 머리 나쁜 아이 나오면 과외비 많이 든다? 난 자신 없어."

자신 없어. 길우는 커피를 한 모금 마신다. 커피는 미지근하고, 담배필터를 거른 것처럼 쓰고 텁텁하다.

3

대현 스님의 절로 들어가는 길은 작은 개울을 끼고 있고, 그 개울가엔 습지에서 자라는 풀들이 무성하다. 어렸을 적, 길우는 갈댓잎 양끝을 접어 반으로 끼워 만든 나뭇잎 배에 개미며 풍뎅이를 태워 냇물에 떠내려보내기도 했다. 철없던 시절의 무심한 살상. 풍뎅이야 날면 그만이었겠지만, 무슨 일이 벌어지는지도 모르면서 엉겁결에 떠내려간 개미들에겐 천재지변이나 다름없는 횡액이었으리라.

"내년 여름이 고비라고. 내년 여름에 휴전선 부근이 시끄럽다는 소리가 들리면 책가방이고 뭐고 집어던지고 집으로 내려오라고."

배움이 다 쓸데없는 거니 여기서 농고나 마치라는 아버지의 뜻을 꺾고, 형도 누나도 대학에 못 갔으니 막내 너라도 대학공부는 마쳐야 한다며 우기는 어머니의 뒷바라지로 길우는 고등학교 때부터 도시에서 다녔다. 어쩌다 방학 때 와서 만나면, 스님은 늘 다짐을 두었다.

申酉兵四起신유병사기 戌亥人多死술해인다사 子丑猶未定자축유미정

寅卯事方知인묘사방지 辰巳聖人出진사성인출 午未樂堂堂오미락당당

신유년에 전쟁이 일어 술해년엔 사람이 여럿 죽어나간다. 중요한 건 진사년이다. 진사년엔 기다리던 성인이 나타나고 무오년엔 태평성 대를 이루리니…… 종이에 써가며 세상의 징후를 설하는 스님의 표 정이 하도 진지하고 엄숙해서, 길우는 네, 그럴게요, 대답하곤 했다. 스님이 끊임없이 이북이 일으킬 전쟁을 경계할 때, 길우는 스님이 이 북에서 혹독한 경험을 한 지주 집안 출신이 아닐까 어림했다. 말에 거 침이 없던 작은형은 저 스님 간첩 아냐? 그렇게 말하곤 했다. 몇 년 전, 김일성이 죽었을 때, 길우의 머릿속에 자연스럽게 스님이 떠올랐 다. 스님이 말씀하신 위기가 지난 것일까.

길우는 길을 따라 물살을 거스른다. 슬레이트 지붕을 인 요사채 한 채, 기와만 이었달 뿐, 공포도 단청도 없는 조촐한 시멘트 법당이 보 인다. 두 형과 어머니, 누나네는 먼저 와서 법당 앞쪽에 쪼그리고 앉 거나 서 있다. 여자들은 허리 중도막으로 티셔츠가 보일락 말락 한 소 복 차림이고 남자들은 검은 양복 차림이어서, 멀리서 본 그들은 까치 같다. 사십구재. 육신을 떠난 중음신은 칠 일을 주기로 새로 태어날 곳을 받는다. 그 주기가 일곱번째 되는 날, 비로소 떠나보내는 의식. 그 의식을 하러 모인 식구들의 얼굴은 서먹서먹하다. 식구들과 좀 떨 어져서 법당 모서리에 있다가 길우 오는구나, 맞아들이는 큰형의 얼 굴은 더 허전해 보인다.

"아직 시작 안 했죠? 준비하시느라 힘드셨겠어요."

"무슨, 준비야 절에서 스님이랑 보살이 다 하셨는데. 그나저나, 제

수씨가 마음 많이 상했겠다."

"괜찮아요. 웬만하면 같이 오려고 했는데……"

웬만하지 않았다. 배가 부풀어오를수록, 미연의 불안은 무럭무럭 증식했다. 그 눈에 어리는 불안이 종말을 보아서인지 뱃속에서 커나가는 아이를 보아서인지, 길우는 알 수 없었다.

첫 임신 때엔 다들 그래요. 저만 해도, 해산달까지도 내 배 안에 든 게 사람이라는 자신이 없더라구요. 그래도 임신중엔 차라리 덜해요. 아이 낳은 뒤엔 산후우울증이라는 게 있는데, 그거 화 안 내고 감당하려면 부처님 가운데 토막 되어야 할걸요? 딸만 둘이어서 '딸딸이 엄마'인 직장 동료가, 임신중인 미연의 예민함에 대해 내린 진단이었다. 그런 말로도 씻기지 않던 불안이 정체를 드러낸 건 열흘 전이었다. 잠자리에서 습관적으로 손을 뻗쳤을 때, 미연의 배가 고요했던 것이다.

"어, 얘가 왜 이러지, 당신 이상하지 않아?"

길우는 몸을 벌떡 일으키며 물었다. 미연과는 별개인 무생물처럼, 봉분처럼 솟아오른 미연의 배에선 움직임이 느껴지지 않았다. 미연은 길우의 호들갑을 알 수 없다는 듯이 바라보았다.

"피곤할 땐 그러기도 해요. 아이도 자나보죠."

다음다음 날, 달수가 너무 차서 출산과 같은 과정을 거치며 사산한 미연을 병실에 두고 나오는 저녁 어스름 무렵, 병원 앞 큰길을 건넌 길우는 미연의 입원실이 있는 삼층을 올려다보았다. 침대에 누워 있어야 할 미연이 창에서 윗몸을 내밀고 길우를 보고 있었다. 덜컥 놀랐던 길우는 조금 지나서야 착시라는 걸 알았다. 병실 방열기 위에 쌓은 물건을 사람으로 착각한 것이다. 두근거리던 가슴을 진정시키며 길우는 고개를 저었다. 아니야, 그럴 리 없어. 아기가 움직이지 않을 때 덮친, 아니 그전부터 검은 연기처럼 피어오르던 의혹. 신문 사회면의 기사들, 환경이 날로 오염되고 멸종동물이 늘어난다는 경고, UFO 출현 소동 등 세상에 벌어지는 온갖 일들에서 미연이 침몰 직전의 배에서 기미를 알아채고 달아나는 쥐처럼 종말을 예감할 때마다 일던 의혹. 미연이 세상에 아이를 내놓고 싶어하지 않는다는 의혹이었다. 아이를 전혀 반기지 않는 미연의 태도가 부정을 뜻하는지도 모른다는 치사스러운 의혹이 일기도 했다. 임산모가 충격을 받았거나 아이가 선천성 기형일 때에 흔히 있는 일이라고 의사는 말했고, 이성은 아버지의 장례를 치르는 동안 무리했을 거라고 고개를 주억거렸다. 하지만 감정은, 세상에 아이를 내놓고 싶어하지 않는 미연의 의지가 작용했을지도 모른다, 게다가 자신의 의심이 가세했을지도 모른다고, 엽기적으로 치달았다.

세상에 머문 시간이 짧은 아이들은 어른들의 엄숙한 분위기에 지질리면서도 유희를 찾아 헤맨다. 두 달 상관으로 태어난 작은형네 막내아들과 누나네 막내아들은 쌍둥이처럼 붙어다니더니, 마침내 싸움을 벌인다. 두 달 늦은 누나네 아이가 형네 아이를 때리고, 형 주제에…… 그렇게 뱉어가며 씩씩거린다. 맞은 애는 정작 멍한데, 때린 녀석은 제 앞에 야단이 떨어지리라는 예측으로 지레 눈물을 글썽거린다.

"싸우지 말고, 오늘은 조용히 해야 하는 날이니까 너무 떠들지 말고."

큰형이 아이들을 어른다.

"왜요? 왜 조용히 해야 해요?"

주먹으로 눈물을 쓱 훑어내며 누나네 아이가 쨍쨍한 목소리로 묻고, 형네 아이는 비로소 형으로서 기선을 제압한다.

"바보야, 그것도 몰라? 오늘은 할아버지가 아주 가시는 날이야."

누나네 아이는 어리둥절한다. 외할아버지는 벌써 돌아가셨는데?

"자 이제, 준비 다 됐으니 법당으로 올라들 가요."

보살이 요사채에 딸린 부엌에서 나오며 말한다. 옷 앞자락에 물기가 점점이 흩어져 있다. 보살은 가까이에 선 길우에게 수건으로 둘둘 만 걸 건넨다. 수건 옆구리로 비죽이, 치약과 칫솔, 비눗갑이 비어져 나온다. 보살은 물이 든 스테인리스 대야를 들고 나선다.

"법당으로 올려가실 거면, 제가 들고 갈게요."

길우는 수건을 보살에게 건네고 대야를 든다. 길우가 걸어가자 대야 안의 물이 출렁이며, 물속의 보이지 않는 결들이 햇살을 비쳐 물이랑을 만들어낸다.

법당 전면에 병풍이 두 개 펼쳐져 있고, 그 앞에 아버지의 사진과 위패가 모셔져 있다. 검은 테 액자에 끼워진 영정 속의 사진, 아버지의 머리를, 사선으로 두른 검은 띠가 지르고, 띠 위쪽, 액자의 정가운데 하얗게 리본으로 만든 꽃이 피어 있다. 몸만 이 세상에 있지 마음은 늘 딴 세상에 가 있는 양반이 늬 아버지다. 어머니의 말이 귓전에 울리는 듯한데, 이 세상과 다른 세상 사이 어디서 떠돌 아버지는 어머니가 긁던 바가지를 기억이나 할까. 한때 그 몸을 담았던 사진 위에 핀 꽃은 적막하고 그 앞에 펼쳐진 상은 화려하다. 길우는 보살이 시키는 대로 대야를 상 위에 놓고 보살은 그 곁에 수건을 펼쳐, 비눗갑과 칫솔 치약을 나란히 놓는다.

스님은 장삼에 걸친 가사를 매만지며, 일을 도와주러 왔다는 법사와 함께 들어선다. 어릿어릿, 앉아야 하는지 서야 하는지 몰라 법당에서 서성이던 식구들은 어미 닭 쫓는 병아리처럼 스님을 눈길로 쫓는다.

"다들 자리에 편히 앉아요. 먼저 관욕부터 하는데, 쉽게 말하면 산 사람 목욕하는 거나 마찬가지란 말요. 아, 우리도 어디 길 떠나려면 목욕하고 새옷 입잖아. 이제 좋은 나라로 가시니 목욕부터 시켜드리는 거라. 그리 알고 자리에 앉아 염불 외다가 내가 절하라고 하면 일어나 절하고. 절에 왔으니 중이 시키는 대로 해야지."

나무 극락도사 아미타불

나무 좌우보처 관음세지 양대보살

나무 접인망령 인로왕보살마하살

스님은 요령을 울리며 염불을 외고, 법사는 목탁을 친다. 길게 끄는 스님의 목소리가 사바세계 남섬부주 동양 대한민국 충청도 보령군 외산면 신평리…… 절 이름과 행효자라는 수식어를 단 큰형의 이름을 부른 다음, 염불이 이어진다. 염불 소리와 목탁 소리, 요령 소리가 어우러지며, 좁은 법당 안은 다른 무엇이 들어찰 여지도 없이 소리와 향 냄새로 그득하다. 자리에 앉은 식구들은 간간이 스님의 말씀을 좇아 절한다. 큰조카들은 어른들을 흉내내어 따라 하고, 어린 조카들은 어른들 사이를 누비다가 붙잡혀 앉혀진다.

스님은 큰 병풍 앞쪽에 모신 영정과 위패를, 울바자처럼 오롯하게 둘러친 작은 병풍 뒤쪽으로 모셔가며 그 자리에서 두 번 절하라고 이르고, 식구들은 일어나 두 번 절한다. 재불자 금일 천도 김해유인 김현도…… 보살은 향로 앞의 정병에 정수를 조금씩 따라놓고, 염불을 하던 스님은 위패 모셔올 동안 다시 절하시오, 라며 작은 병풍 뒤로 들어가 위패와 영정을 모셔온 다음 작은 병풍을 걷는다. 그동안, 그 병풍 뒤에서 무슨 비밀한 일이 벌어졌는지.

보살이 과일상 뒤편에 나물들을 올리면서 불공이, 불공을 마친 다음 제사가 이어진다. 어머니는 보살을 따라 상 위에 얹힌 제물들을 한 줌씩 떠낸다. 과일은 한 숟갈씩 떠내어 담고 나물도 조금, 과자도 한 개씩, 그것들을 퇴주잔에 담는다.

"이제 영정하고 위패 모시고 내 뒤를 따라 나오쇼. 한 줄로 따라 나와야 해요."

4

안행. 새들이 열을 지어 나는 것은 먼 길을 갈 때 공기의 저항에서 오는 피로를 덜기 위해서라고 한다. 그처럼, 무심해 보이는 일에도 생명을 지키려는 치밀한 계산이 깔려 있다. 평생 사는 일로부터 달아나려는 것처럼 보이던 아버지와 연 닿은 이들이 안행을 한다. 영정을 든 큰형이 스님 뒤를 쫓고, 식구들은 큰형 뒤를 쫓아 마당을 한 바퀴 돈다.

개울가의 넓적한 돌 위에는 나뭇가지가 서로 엇갈리게, 한 가지가 다른 가지에 기대어 그 힘으로 버팅긴 채 세워져 있다. 전에도 같은 용도로 쓰였는지, 암회색 돌은 그을음으로 꺼멓다. 스님이 나뭇가지 위에 위패를 얹고 불을 당긴다. 호르르, 마른 나뭇가지에 불이 붙기도

전에, 종이로 접은 영혼의 집, 위패가 먼저 불길을 피워올린다. 영정을 들고 있던 큰형이 멈칫거린다. 태워야 할지 말아야 할지 판단이 안서는 모양이다. 남의 입질에 계모라고 오르내릴 정도는 아니었지만 그래도 정은 피 따라 흐르는지, 계모 밑에서 자란 형은 어렸을 적에도 늘 애늙은이처럼 침착했는데 오늘은 유난히 갈피 잃은 모습이다.

"영정은 태우는 거 아녀. 집에 모셔도 되고 절에다 모셔도 되고."

눈치를 챈 스님이 일러주고, 어머니가 안고 있던 보퉁이를 푼다. 거기서 나오는 건 한복이다. 옥색 바지와 저고리, 팥죽색 마고자. 마고자에 달린 호박색 단추가 달랑, 빛을 되친다. 길우의 결혼 때, 미연이 해드린 예단이다.

결혼을 앞둔 길우가 미연을 데리고 와 인사드렸을 때, 아버지는 며느릿감이 모진 데가 없어 보이고 목이 길다는 것을 높이 쳤다. 엉덩이가 튼실한 걸 보니 건강하고 자식을 잘 낳겠다든지 하는 게 아니라 학처럼 긴 목을 마음에 들어하는 아버지가 그 허랑하고 정처없는 삶을 그대로 드러낸 것 같아 길우는 아렸다. 어쩌면, 아버지는 태어나는 순간 주위를 휘둘러보고, 아차 싶었을지도 모른다. 아버지가 태어나고 싶어한 곳이 아니었다고. 아버지가 다음 세상에나 당신 마음에 맞는 곳에 태어났으면.

육신은 간데없는데, 개울가 바위 옆에 앉아서 그 육신의 기억을 담은 옷을 하나씩 불길에 던져넣으며, 어머니는 기어이 끄윽끅, 터져나오려는 울음을 속으로 당기는 소리를 낸다. 차마 먼저 울지 못하던 누나가 기다렸다는 듯이 입을 틀어막고, 큰형은 고개를 돌린다. 스님이 야단친다.

"어허, 우는 거 아녀. 좋은 데 가는데 우는 소리 들리면 정이 남아 못 떠나요."

스님의 꾸지람에 울음은 안으로 어혈지고, 화르륵, 옷은 저를 살라 불길을 빨갛게 살려올린다. 어머니가 맨 아래 놓인 바지를 집어들자 그 아래, 누렇게 변한 공책이 나온다. 아, 길우는 쪼그리고 앉은 어머니를 본다. 어머니는 잠시, 손에 든 공책에 시선을 얹는다. 어머니의 머리가 저렇게 희었던가……

장례를 마치고, 길우가 어머니와 함께 아버지의 소지품을 정리하던 때였다. 길우는 스님이 오실 때마다 열리던 고리의 자물쇠를 열었다. 저기에 무슨 금은보화를 감춰둔 것도 아니고…… 어머니가 긁어대도 열쇠를 내주지 않던 고리였다. 정감록 같은 몇 권의 책과 아버지가 어찌되었든 농사꾼이었음을 말해주는 책력…… 아버지의 서고는 빈약했다. 길우가 제목을 보아가며 책들을 무심코 넘기는데 툭, 무언가가 방바닥에 떨어졌다. 누렇게 바랜, 작고 얇은 공책이었다. 언젯적 것인지, 겉장부터 질감이 거칠었다. 길우는 공책을 들춰보았다. 잡기장이려니 싶었던 그 공책의 첫 장에서 길우가 본 것은 펜으로 그린 소녀상이었다. 여백에 그려넣은 꽃잎이 분분했다. 수첩을 가로질러 일본말로 써넣은, 격언 같은 느낌을 들게 하는 글귀들, 'oh, girl! girl's spring!' 같은 영어 문구들, 몇 장의 소녀 그림 뒤엔 머리를 쪽 찐 한복 차림의 여인도 그려져 있었다. 그 맨 뒷장에, 아주 낡은 사진이 붙어 있었다. 직사각형의 사진 속에 타원이 들어 있고, 그 타원 안에서 갈래머리에 세일러복 차림의 여학생이 수줍게 카메라를 바라보았다. 사진 안쪽에 둘린 타원을 축소한 것처럼 갸름한 얼굴선, 엷게 푼 먹으로 그린 듯

가느다란 눈썹, 웃으면 파묻히지 싶게 작고 가느스름한 눈, 섬약한 인상이었다. 이상하게 낯익은 그 얼굴이 큰형을 닮았다는 걸 깨닫는 순간 까닭없이 가슴이 내려앉는데, 그게 뭐냐? 어머니가 어깨 너머에서 물었다. 길우가 덮기 전에 어머니는 이미 사진을 보고 있었다. 그 얼굴을 맞바로 보지 못해 잠시 뒤 고개를 돌렸을 때, 길우는 보았다. 어머니의 얼굴에 내리덮인 황망함 아니 황량함을.

"그게 어디서 나왔냐?"

"이 고리 속에서요. 어디 책갈피에 묻혀 있었던가봐요."

어머니가 슬그머니 벽에 몸을 기댔다.

"큰형 어머니인가보죠? 큰형 주면 되겠네요."

"아니다. 나 다고."

"어머니가 무얼 하시게요? 사진도 있던데."

"똑같은 사진을 한 장 그애가 가지고 있느니라. 내가 본 적 있다. 늬 큰어머니가 주었다더라."

두면 뭐하시겠어요? 아버지가 쓰신 것도 아닌데. 그러면서도 길우는 어머니가 내민 손을 외면하지 못했다. 그걸 받은 어머니는 펼쳐보지도 않았다. 그냥 하염없이 어루만지며, 어머니는 공수받은 무당처럼 모호한 어조로 주절주절 말했다.

"늬 아버지가 그런 양반이었다. 집안 있고 배운 사람이라는 말에 시집이라고 와보니 다 큰 아이는 낯가리고. 죽은 이와 금실이 얼마나 좋았는지 혼자 살겠다고 그때까지 그렇게 살았다더라. 그런 걸 늬 할아버지가 억지로 시킨 걸 모르고…… 낯익힐 만하니까 전쟁이 터지더니, 한자리 있던 이들 다들 죽었는데 혼자 살았다며 경더리되어

들어선 날부터 세상 어디에도 맘 붙이지 못한 사람이 늬 아버지다. 늬 아버진 허깨비였느니라. 늬들 보기엔 아버지가 나하고 살기는 산 것 같더냐?"

어머니의 몸이 앞뒤로 조금씩, 당신 말에 가락 타듯 흔들리는 동안에, 어머니의 얼굴은 점점 쪼그라들었다. 그 얼굴. 어느 날, 학교에서 오는 길에 마침 장날이라서 어머니가 나와 있을 시장통에 간 길우는 보고 말았다. 문방구며 잡화를 파는 가게 앞에 자리잡은 어머니를 가로막고 잡화상 주인은 어머니가 벌여놓은 아욱이며 흙 묻은 당근을 발로 툭툭 걷어차며 말하고 있었다. 제길, 아무리 장사해도 사람 드나들 길은 터주고 해야지. 그때 황급히 일어서면서 흩어진 야채를 안으로 다그던 어머니의 얼굴에 나타난 황망함과 비굴함. 그렇게 한평생 살아와 쪼그라든 얼굴.

오늘, 어머니는 아버지를 불길 속으로 집어넣어 떠나보낸다. 어머니에게 아버지는 무엇이었을까. 아니, 아버지에게 어머니는 무엇이었을까. 나는 미연에 대해 무얼 아는가.

장모가 들려주는 어린 날의 일화, 미연의 사진이 보여주는 성장기의 모습들, 채식을 즐기는 식성, 노래방보다는 반주 없이 부르는 노래를 더 좋아한다는 것, 물을 유난히 아낀다는 것. 이런 것 말고, 손 내밀어 어루만질 수 없는 미연의 불안이나 끊임없이 시달리는 미연의 악몽에 대해 무얼 아는가.

여자들은 상복을 벗어 불 위에 던지고, 남자들은 상장을 뜯어던진다. 상복을 벗은 누나는 머리에 꽂았던 리본을 뽑아 던진다. 화르륵, 타오르던 불길에 밀려 두둥실 떠오르다 불길 속으로 잦아드는 리본은 하얀 나비 같다. 스님은 옷이 잘 타도록 나뭇가지로 불길을 뒤척인다.
무슨 말씀을 하시는가, 스님의 입술이 달막인다. 한 목숨의 자취를 지
워버리는 불길이 잿불로 사위는 걸 지켜보는 사람들을, 스님은 미련
을 싹둑 잘라내듯이 본다.

"이제 좋은 데 가서 좋은 옷 입고 편히 지낼 거니, 마음 놓고들 가
서 공양이나 들어요."

산 사람은 살아야 하는 법이다, 라고, 스님이 병아리떼 같은 식구들
을 몰아댔다.

5

요사채의 마루에 걸터앉았거나 마당에서 서성이며 상이 차려지기를
기다리는 식구들 사이로 허탈한 기운이 감돈다. 망자와 남은 이를 잇
던 끈이 끊어진, 손끝에서 빠져나가 무한허공으로 사라지는 수소풍선
을 보는 듯한 허망함. 큰형은 작은형에게 장사가 잘되는가 묻고, 작은
형은 그저 그만하다고, 형님네 고추농사는 어떤가 묻는다.

"상 차려지는 동안 바깥식구들은 이리로 좀 올라오지. 내 할 말도
있고 하니."

가사 장삼을 벗고 허름한 승복 차림으로 돌아간 스님이 불러들이는
대로, 길우와 두 형, 매형은 법당에 붙은 방으로 들어간다. 두 평 남짓
한 방은 어둑신하다. 한편엔 캐비닛이 있고 벽면의 나지막한 책장엔
책들이 꽂혀 있다.

"어여, 앉으쇼. 어여."

다그치다시피 사람들을 앉히자마자 스님은 호주머니에서 볼펜을 꺼낸다. 책갈피 사이에 어지러이 끼인 봉투, 중동이 접힌 걸로 보아 시주봉투였을 봉투를 꺼낸 스님은 접힌 부분을 펴서 방바닥에 펴놓으며 다짐을 두었다.

"내 오늘 여러분들이 아버지 좋은 데 보내드렸으니 좋은 거 가르쳐줄게. 잘 듣고 명심해요. 이거 명심하지 않으면 다 죽어!"

스님의 목소리는 좁은 방 안에서 쩌렁쩌렁 울린다. 행여 한눈팔까봐 사람들의 눈을 빙 둘러 들여다본 다음, 스님은 엎드려 봉투 위에 글씨를 쓴다. 팔국시八國詩라는 제목 아래, 일곱 자가 한 생을 이룬 시구가 쓰여진다. 스님이 볼펜 쥔 손에 힘을 주어 꾹꾹 눌러박을 때마다, 손등에서 도드라지는 힘줄은 산맥 같고, 검고 거친 스님의 살결은 골짜기 같다. 여전하시구나. 서늘한 웃음기가 길우의 속을 훑었다. 아직도 변하지 않으셨구나 하는 반가운 웃음기, 그토록 오랜 세월을 여일하게 지켜온 믿음을 보는 서늘한 떨림.

"이것 봐. 여기 조우몽몽만수춘朝雨蒙蒙万樹春. 조는 우리나라, 곧 조선이란 말여. 아침에 비가 오니 온갖 나무가 봄을 만난 것 같다. 이게 우리 조선의 앞날을 말하는 거여. 앞으로 우리 조선이 세계의 중심이 될 날이 온단 말여. 그다음 중국은, 지금은 저렇게 못살고 있지만 아직도 정신은 똑바로 박힌 나라라고 여기 청신기립쾌정신淸晨起立快精神, 쓰여 있잖아. 일본동출서산몰日本東出西山沒. 일본은 동쪽에서 뜬 해가 서산으로 지는 것처럼, 곧 무너질 거야. 노서아, 불란서, 독일, 영국, 미국, 지금은 저렇게 큰 나라 같지만 앞으로 다 소용없다, 여기 이렇게 나와 있지 않소?"

스님은 방 안의 사람을 빙 둘러본 다음, 여백에 커다랗게 쓴다. 正心. 그러니 이렇게 살라고. 식구들이 그걸 보는 사이에 낡은 캐비닛의 번호를 맞춰 열고 그 안에서 세월과 손때에 누렇게 결은 책을 꺼낸다. 책장을 뒤적거려 펼치더니 길우에게 건넨다.

"여기 여기서부터 여기까지, 소리내어 읽어보쇼."

책의 가장자리가 더 많이 변해서, 글자가 쓰여진 부분은 오히려 빛나 보일 정도로 낡은 책이다. 스님이 가리킨 부분은 회심곡 가운데 한 대목이다. 이놈들아들어보라 선심하랴발원하고 인세간에나아가서 임금님께극간하여·나라에충성하며 부모님께효도하여 가법세웠으며 배고픈이밥을주어 아사구제하였는가 헐벗은이웃을주어 구란공덕하였는가 좋은곳에집을지어 행인공덕하였는가 깊은물에다리놓아 월천공덕하였는가……

스님이 간간이 토를 다는 사이, 길우는 책 앞을 들춰본다. 차례가 쓰인 맨 앞장, 번진 채 마른 잉크로 보아 오래전에 써넣은 듯한 글씨가 있다.

오늘에 살리라

내일에 의지하지 말라

그날그날이 최선의 날이다

언제 쓰신 것일까. 젊음의 푸른 기운이, 치기 어린 각오와 생을 다 잡으려는 의지가 뚝뚝 듣는 글씨에 길우는 오래 눈을 준다.

"……그러니, 그날이 올 때까지 자기 도리 다 하고 살면, 세상이 바뀌느라 뒤엎어졌을 때에도 겁낼 거 없으니, 내 말 꼭들 명심해요."

스님은 못박고 나서 미륵불 안에 비결서를 감춰두듯 조심스럽게 캐비닛 안에 책을 넣는다. 캐비닛 안에 쌓인 책을 보는 길우의 눈앞에, 느닷없이 누런 점토판이 어른거린다. 확실히 세계의 종말은 다가오고 있다고, 사천 년 전에 메소포타미아인들이 새긴 점토판. 그토록 오래 이어져온 위기감. 스님은 번호판을 돌려 캐비닛을 잠그고 돌아선다. 무슨 일인가 싶어 무릎까지 꿇고 앉아 듣던 매형은 황당한 표정을 얼른 지운다. 스님을 익히 아는 두 형은 심상하다.

"공양들 드세요."

문밖에서 보살이 말한다. 열변을 토한 스님은 허탈한 듯 손사래를 친다. 자기를 먹여살리기 위한 공양. 일어서는 누군가의 뼈마디에서 우두둑, 소리가 난다.

"스님도 드셔야죠."

길우는 글씨가 쓰인 봉투를 주섬주섬 챙기는 스님을 일으킨다.

어둑한 방 안에 있다 법당을 나서니 밖은 청명하다. 요사채 쪽으로 다가가려는 길우를, 스님이 마당 쪽으로 이끈다.

"여기, 잠깐 이리 와봐. 내 길우한테 보여줄 게 있으니."

스님은 길우를 마당 끝자락으로 데려가 거기에 선다. 발치의 둔덕에 잡풀들이 우거졌다. 스님은 팔을 죽 뻗어 마을과 벌판 뒤편에 있는 맞은편 산자락을 가리킨다.

"저기 저 앞에서 여기까지 죽 둘러 배 모양이라. 저 앞의 산은 뱃머리고, 여기 이 절 뒤편의 죽 둘러싸인 곳은 선미라. 이 절은 용골 위에 앉았고. 그래서 여기가 난리를 피할 수 있는 곳이라고. 내 절 뒤편에 집도 두 채 사놓았으니, 난리났단 소리가 나면 길우도 안식구랑 어머니, 형님네들 모시고 두말없이 이곳으로 내려오라고."

"네, 그럴게요."

문득 길우의 속이 울먹해진다. 길우가 어린 날로부터 보아온 여일함. 늘 무너지기만 하는 기대를 안고 늘 말세였던 세상을 건너온 양반. 뱃머리를 가리키느라 쳐든 스님의 날깃날깃한 소맷부리가 길우의 가슴을 긁는다. 흐려지려는 눈을 홉뜨고, 길우는 스님이 가리키는 저 앞을 바라본다.

과연 저만큼 앞은, 왼편에서 내려온 산자락과 오른편에서 흘러내린 산자락이 이어지는 접점이어서 뾰족하다. 스님의 눈엔 이제 난세인 이 세상을 버리고 다른 세상을 향해 막 떠나기 위해 들린 배의 앞부분으로 보이리라. 설혹 저 앞이 뭉툭하면 어쩌랴. 혹세무민인들 어쩌랴. 스님은 진정으로 그리 믿고 계시고, 몽매를 향해 나아가는 중생을 깨우치려는 마음은 저토록 간절한데. 언제나 세상은 난세였고 지치지 않는 열정으로 스님은 이 난세를 설하고 계신 것이다. 스님이 돌아가시기 전까지 세상이 뒤집어지지 않는다면 그 허망을 어쩌랴. 오래전부터 스님을 보아온 길우를 스치는 의구심을, 길우는 애써 거둔다. 아니다. 스님은 내 떠난 뒤에라도 세상은 큰물로 정화될 테고, 그때 사람들이 타고 갈 배 한 척은 매두었다고 위안을 삼으리라.

길우는 문득 미연에게 스님의 이야기를 하고 싶어진다. 스님이 기다리는 새 세상과 그토록 오랜 세월을 거듭 무너지면서도 다시 쌓아올리는 믿음을. 무엇보다도, 아버지가 결코 읽어내지 못한 채 떠난, 스님이 책 앞에 써둔 글귀를 미연에게 보여주고 싶다.

출항을 기다리며 배터에 매인 배, 아니 이미 몸을 싣고 있는 배, 스

216

님과 길우가 딛고 선 땅이 출렁인다. 아스라한 저 앞에서 푸른 물결이
감실거리고, 뱃전에 부딪치는 물보라에 길우의 눈앞이 어룽거린다.

젖은
골짜
기

산에 가시나보죠? 아, 전 또 등산하러 가시는 줄 알았지요.

그럼 어디 여행중이신가보죠? 가야산 근처요? 성주, 고령, 합천, 어느 쪽으로 가십니까? 예, 제 고향이 고령입니다. 가야산 자락이지요. 아버지 산소에 가는 길입니다. 한식 때는 사람들로 붐비고 하니 벌초도 미리 할 겸 나섰어요. 제 직장이 미8군이라서요, 토요일에도 쉬거든요. 고령요? 네, 좋은 곳이에요. 산들이 죽 둘러싸고 있지요. 그래뵈도 옛날 도읍지 아닙니까. 네, 대가야의 수도였지요. 볼 만한 게 꽤 있어요. 읍내 주산 능선엔 아직도 능들이 남아 있고 시내에서 한 십리쯤 떨어진 곳에 알터라고, 암벽에 그린 그림이 있는데 청동기시대 거라던가…… 우륵 선생 비도 있고요.

그런데…… 말씨 들어보니 여기 분이 아니신가본데, 가야엔 무슨 일로? 혹시 도자기 연구를 하시나요? 거기 도자기 공장이 많잖아요. 잘 알지요. 중학교 땐 걸어서 해인사까지 소풍을 가곤 했는데요. 자동

차 길로는 멀지만 골짜기 지름길로 가면 절까지 삼십오 리밖에 안 돼요. 그럼요, 걸어갔지요. 여럿이 한꺼번에 움직이니까 앞사람 뒤만 보고 쫓다보면 먼 길이라도 걷게 되지요.

전 처음엔 등산하러 가시는 분인 줄 알았어요. 배낭을 지셨길래요. 제가 산을 좋아하거든요. 지리산 종주만 해도 일곱 번쯤 했으니까요. 삼 년쯤 전부터 산엘 못 갔더니 이렇게 배가 다 나오는군요. 한 달에 한 번 정도 관악산에 오르는 게 고작이었으니까요. 네, 그렇게 바쁘게 살았어요.

저런, 아니 아니, 고개 돌리지 마세요. 멀쩡한 화장실이 저기 있던데…… 역에서 자다 나온 사람 같지요? 그래도 용케들 겨울 넘기고 저렇게 살아가고들 있군요. 모르죠, 우리가 모르는 새 몇 사람쯤은 지상에서 사라졌을지도. 아무도 기억하지 않는 죽음…… 그전엔 그런 걸 생각하면 오싹했는데, 한동안은 그게 꼭 나쁜 것만은 아니라는 생각도 들더군요.

뭐 안 좋은 일이 있었다기보다는…… 직장을 옮긴 지 삼 주일 되었어요. 제가 원한 직종도 아니고. 일단 들어가고 나면 언제든 마음에 드는 자리가 나지 않을까 해서 들어갔는데, 마음이 영 그렇더군요. 퇴근해서 집에 들어가려고 영등포역까지 왔는데, 직장은 평택이고 집은 개봉동이거든요. 네, 고되긴 해요. 차차 익숙해지겠죠. 영등포역에서 도무지 집으로 들어가고 싶지 않은 거예요. 욱하는 마음에 무작정 밤열차를 탔는데, 밤열차 그거, 탈 거 아니더군요. 좌석도 세 자리가 붙어 있는데 하필 가운뎃자리고, 옆자리 사람이 하도 코를 요란하게 골아서 잠도 못 자고. 이럴 줄 알았으면 똥차긴 하지만 제 차를 끌고 새

벽에 나설걸 그랬다 싶어요.

사실은 이렇게 낯선 분에게 말을 거는 것도 처음입니다. 차에서 내리니까 어디 들어가 잠들기엔 애매한 시간이고…… 이 시간이 그렇게 막막할 수가 없었어요. 게다가 저렇게 안개까지 끼니 더 그렇더군요. ……혹시 제게서 술냄새가 나지 않나요? 그렇다면 다행입니다. 하도 할 일이 없어서 이 근처를 다 돌았거든요. 저쪽 계단으로 내려갔더니 이 시간에도 포장마차가 불야성을 이루고 있더라고요. 거기서 오뎅국물 좀 마시고, 어떤 사람이 소주 반병 달라고 하기에 남은 걸 달라고 해서 마셨어요. 새벽부터 혼자 소주 마신 일도 처음입니다.

이쪽으로 나오셔서 얼마나 다행인지 모르겠습니다. 용기를 내어 말을 걸면서도 괜히 무안당하는 거나 아닌가 싶기도 했어요. 그래요, 세상이 워낙 험하니까 당연하긴 해요. ……그렇게 말씀해주시니 고맙습니다. 그럼요, 여긴 남자인 제게도 음산하게 느껴지는데요.

아까 대합실에서 책을 읽으시는 것 같던데, 무슨 책을 그리 열심히 보셨나요? 아, 그 책요? 가야 가는 버스는 일곱시나 되어야 있을걸요? 첫차가 여섯시 반이라구요? 가만있자…… 그래도 아직 많이 남아 있군요.

시각표, 그 책은 저도 한 권 가지고 있습니다. 산에 갈 때 이용하곤 했지요. 거기 보면 참 아름다운 이름도 많지요? 혹시 이런 곳 가보셨어요? 고사리, 자미원, 여량, 청령, 정동진…… 이름만 들어도 왠지 마음이 설레지 않습니까? 사실은 저도 어디에 붙어 있는지도 모르는 곳이 더 많아요. 그냥…… 언젠가는 가보고 싶은 마음의 고향이라고나 할까요. 전에는 아름다운 곳을 보면 언제 다시 와야지 싶었는데,

이제 늙으면 이곳에 와서 죽고 싶다는 생각이 먼저 들더군요, 허허.

예? 이거 부끄럽지만, 한땐 글을 쓰려 했습니다. 고등학교 땐, 신라 백일장이라고 영남권에서는 알아주는 백일장인데, 거기서 입선을 하기도 했지요. 글쎄요, 잘 기억나진 않지만 그때 한창 마음에 두었던 여학생을 꽃에 비유한 시였을 겁니다. 에이 무슨, 저 같은 사람 차지가 되기엔 너무 아름다웠어요. 웃으면 주변이 다 환해졌으니까요. 가볍게 튀어오르는 웃음소리만 들으면 온몸에 거품이 끓어오르는 기분이었어요. 어땠냐면…… 얼굴이 갸름하고 눈이 작았어요. 가느스름한 눈이 웃으면 파묻혀 보이지도 않았는데…… 혹시 조팝나무꽃 아십니까? 네, 봄에 산어귀에 피는. 그래요, 꿈결 같지요. 꼭 그 조팝나무꽃 같았어요. 실바람에도 흩어질 것처럼 아슬하지요. 은희, 라는 이름에 그토록 어울리는 여자를 다시 본 적이 없습니다.

네, 알지요. 이 지역에서 알아주는 집안 아들과 결혼해서 아이를 다섯이나 낳고 산다더군요. 요즘 같은 때 아이 다섯 키우는 게 보통 힘으로 되나요. 그만큼 경제력이 있으니 다섯씩이나 낳을 수 있었겠죠. 잘된 일이지요. ……글쎄요, 한 번쯤 먼발치에서라도 보고 싶은 마음이야 없지 않지만, 제 꼴이 워낙 초라해서요. 아니, 아닙니다. 말씀은 고맙습니다만, 현실은 인정해야죠.

사실은 저도 요즘 말하는 명예퇴직자입니다. 의류회사였어요. 규모는 작았지만 백화점에 직영매장도 가지고 있고, 바느질이 꼼꼼하다고 업계에서는 알아줬었죠. 아침 여섯시에 집을 나서서 열두시가 다 되어 들어가는 생활을 십수 년 했습니다. 네, 한 번도 안 옮겼어요. 성실한 게 아니라 재주가 없는 거겠죠. 월급봉투 받다보니 시간이 그렇게

지나가데요. 상무까지 올랐습니다. 자리란 게 뭔지, 상무가 되고 나서
는 산에도 못 갔어요.

석 달 전에요. 상무 단 지 삼 년 만에요.

불황도 불황이었고…… 물론 그 때문이었겠죠, 여기저기 나자빠지
는 걸 보니 오너도 겁이 났을 테고. 그래선지 대충대충 넘어가자주의
로 바뀌더군요. 그동안 품질 하나로 버텨왔는데. 그냥 넘어가지지 않
더군요. 마찰이 생길 수밖에요. 게다가 여대 의류직물학과를 갓 나온
오너의 딸이 트집을 잡기 시작하는데, 못 견디겠더군요. 그동안 보낸
세월이 무언가 싶기도 하고. 육 개월 정도 부대끼는데 머리가 다 셌습
니다.

잠깐 실례하겠습니다. ……요즘 성냥은 이 모양입니다. 성냥골에
금분 은분을 칠해 치장하지만 정작 그으면 힘없이 미끄러지기 일쑤
입니다. 성냥이 할 일은 불 피우는 거 아닙니까? 죄송합니다. 이런 걸
보면 그냥 넘어가지질 않아서요. ……안 피우던 담배도 그때 피우기
시작했어요. 하루에 두 갑씩 피우게 되더군요. 지금은 그래도 조금 줄
었습니다.

아니요. 저도 그렇게 마음 약한 사람은 아닙니다. 조직에 몸담고 있
다보면 본의 아니게 사람이 질겨지지요. 내키지 않는 일도 하게 되고.
능률을 앞세우느라 남의 가슴에 못박는 일도 더러 있었겠지요. 중간
관리자라는 게, 그렇지요, 오너 쪽에선 제대로 밀고 나가지 못한다고
욕먹고, 부하직원들에겐 잘해봐야 본전치기기 십상이고. 심지어는 어
용이라는 소리나 듣게 되고.

……네, 그런 적도 있어요. 제 어떤 면이 그렇게 비쳤는지 모르지

만, 저로선 몸담고 있는 곳에 대한 최소한의 성실성이라고 여겼던 것들을 그 사람들은 그렇게 말하더군요. 그런데 거기에다 어떤 사람이 충성이라고 이름붙이고 나면 그 나머지는 모두 충성이라는 필터를 통해서만 보게 되는 거죠. 말이…… 무섭지요.

중학교 땐가, 저희 반에 '꿈'이라는 친구가 있었어요. 저도 과히 큰 편은 못 되지만 그 친구, 저보다 더 작고 말랐어요. 자랄 때 못 먹어서 그럴 겁니다. 어느 날인가 장래희망을 이야기하는 자리에서 그 친구가 자기 처지완 너무도 어울리지 않는 엉뚱한 포부를 말했어요. 그래서 얻은 별명인데, 한번 별명이 붙으니까 그 사람의 다른 특성이나 그 밖의 다른 진실은 다 그 안에 빨려들어 없어지고 별명만 뎅그마니 남게 되더군요. 저만 해도, 그때 그 친구가 이야기한 장래희망은 기억 못 하면서 별명만 기억하니까요. 사람에게 이름붙인다는 거, 그렇게 무서운 겁니다. 한번 붙은 이름은, 이를테면, 블랙홀 같은 거지요.

아무튼 그렇게 해서 제가 어용이 되었더군요. 그래도 어떡합니까. 저처럼 아무것도 없는 집에서 아무 재주도 없이 태어난 사람이 그나마 살아갈 길은, 있는 자리에서 열심히 하는 것뿐이었는데요.

그래요, 장남입니다. 동생들이야 저 살기 바빠서 산소 같은 데 신경쓰기 어렵죠. 실례되는 질문인 줄 알지만 형제분이 어떻게 되세요? 네, 부모님께서 고생 많으셨겠어요.

맏이라는 거, 그것도 가난한 집 맏이라는 거, 원죄 같은 겁니다. 혼자 있어도 왠지 발치에 묵지근한 추를 달고 있는 듯한 기분. 걸음을 내디딜 때마다 발목에서 잡아끄는 추를 의식하면서, 재게 걷는 남들을 쫓아가는 겁니다. 마음은 남들과 나란히, 아니죠, 출발선에서부터 뒤로 물려진 것 같으니까 오히려 급해서 앞지르는데, 발은 한정없이 무거워 제자리에서 동동거린다 말입니다. 예, 남동생 둘 여동생 둘인 데, 남동생들은 다 학교 마쳤습니다. 집사람이 고생했지요. 그래도 가르쳐놓으니 다들 제 앞가림은 하고 삽니다. 웬걸요, 다들 지 복으로 공부한 거라고 생각하지, 그런 생각할 줄 알면 어디 동생이겠어요, 형이지.

부친은…… 제가 대학 마치던 해 돌아가셨습니다. 네, 조금 이른 편이었지요. 더 사실 수도 있었는데.

아니요, 그리 다정한 부자지간은 못 되었어요. 저기, 저 선로 보세요. 저렇게 나란히 이어지다가 서로 닿는 순간 엇갈리잖아요? 아버지랑 저도 저랬어요. 아주 가끔, 마음이 닿는 듯하다가도 끝내 이해하지 못하고 멀뚱멀뚱 바라보곤 하는 그런 사이였어요.

말씀도 통 없으신데다가…… 대신 술을 즐기셨지요. 즐겼다는 말로는 부족하고 거의 알코올중독에 가까웠어요. 조그만 밭뙈기 겨우 부치고 사는 양반이 비 오는 날이면 아침부터 술을 드셨지요. 장마철에 집 안에 있노라면 죽죽 긋는 비에서도 술냄새가 맡아질 정도였어요. 웬 술을 그리 드셔야 했는지…… 끝내 못 여쭤봤어요. 언제던가, 학교에서 막 돌아오는데, 비가 오니까 이틀째 밭에 못 나가고 술을 마시던 아버지가 힐끗 고개를 들어 저를 바라보시는데, 그 눈, 그 눈을 잊을 수 없어요. 글쎄, 뭐라고 표현해야 할까요. 겨우내 묵혔던 밭을 갈아서 파헤치면 뭉클, 빛깔 짙은 흙이 나오지요. 그걸 볼 때의 철렁함 같은 것. 어린 마음에도 문득 깨달았어요. 나는 아버지에게 혹이구나, 아버지는 나를 혹으로 여기고 있구나.

이제 생각하면 제 아버진, 역마살이 낀 사람이 아니었나 싶어요. 특별히 배운 양반도 아니었고 풍류를 즐기는 양반도 아니었는데 왜 그리 발을 못 붙이셨는지. 술친구 한두 명 빼고는 친구도 없이 지내셨어요. 그래요, 참 외롭게 산 양반이었지요. 아뇨, 농사지어야 하니까 늘 집에 계셨지요. 그런데도 홍건히 취해서 툇마루 기둥에 기대앉은 아버질 보면, 어디론가 하염없이 떠나가는 사람으로 보였으니까요. 그럴 때 막연히 허공을 보던 아버지의 눈, 제가 잠적하고 싶다고, 난생처음 생심을 내던 때 그 눈빛이 떠오른 걸 보면요.

……네, 우습지만 살다보니 그런 마음을 먹을 때도 생기더군요.

새 직원이 한 명 들어올 때마다, 나더러 그만두라는 소리인가, 고민하던 때였어요. 누가 뒤에서 잡아끄는 것처럼 출근길이 무거웠어요. 사람이란 게 무언지, 그땐 아침마다 기도를 드리게 되더군요. 난생처음이었지요. 집이 언덕 위에 있어서 출근 때면 언덕을 내려오는데, 언덕 아래 집들을 보면서, 그 안에서 고물거릴 사람들이 왜 그리 안쓰럽고 정답던지. 저절로 기도하는 마음이 생기더군요. 오늘 하루 제가 하는 일이, 제 판단이 정대하도록 해주십사고요. 왜 하필 정대라는 거창한 말이 떠올랐는지…… 우스운 이야기 하나 해드릴까요? 그때 우리 회사에 임정대라는 직원이 있었거든요. 출근길에 그 친구와 마주치면 그 와중에도 피식, 웃음이 나오더라구요. 그 친구, 아침마다 자기 이름을 부르며 기도하는 줄 꿈에도 몰랐겠지요.

그럼요. 기도하고 나면 무언가, 가슴속에 든든한 기둥 하나 들어선 듯했어요. 누가 까딱만 해도 금방 바스라질 모래기둥 같은 거였지만요. 그렇게 바스라져내릴 때면, 그만 그 자리에서 존재도 없이 사라지고 싶어지데요.

……전에 거래처에서 알던 사람인데, 어느 날 소리소문도 없이 그만두었어요. 나중에 듣자 하니 출장차 몇 번 갔던 LA에 눌러앉아서 거지 노릇을 하고 있다더군요. 학벌도 쨍쨍하고 그만큼 능력도 있던 사람이었는데, 우연히 보았다는 사람 말로는 그렇게 평온해 보일 수가 없었다더라고요. 술자리에서 그 소리를 듣는데 귀가 열리는 느낌이더군요. 어디 아무도 모르는 낯선 곳에 가서, 그렇게 살 수도 있구나…… 뭐랄까, 제가 옮겨야만 한다고 믿어서 낑낑거리며 짐을 지고 다녔는데, 그걸 슬쩍, 지나가는 수레에 얹어놓을 수도 있다는 걸 깨달은 거죠.

집사람이나 아이들이 들으면 서운해하겠지만, 집에서 나만 기다리며 목매는 식구들이 있다는 거, 어떤 때 생각하면 등골이 서늘해집니다. 순종하고 살림 잘하는 아내와 살고 싶어서 그런 사람하고 결혼했는데, 이즈막엔 나가서 돈 버는 부인 둔 친구들이 부러워요, 솔직히.

집사람요? 글쎄요, 무던한 편이죠. 남에게 폐 안 끼치고 살려고 하고. 이거, 워낙 바삐 몰아치다보니 집사람에 대해 생각해본 적은 그리 많지 않군요. 그냥, 느티나무 같다고나 할까요. 먼지 뒤집어쓰고 돌아다니다가 언제든 와서 그 그늘에서 발 뻗고 쉴 수 있는 느티나무. 네? 느티나무의 고독이라뇨? 사람이 머물다 떠난 뒤의 느티나무? 그건…… 솔직히 생각해본 적 없는 것 같군요. 그나마 집사람에 대해 생각이란 걸 한 것도, 회사 그만둘 무렵이었죠. 만일 내가 사라진다면 이 사람이 어떻게 살까 하고요. 아이러니한 일이죠. 사라질 걸 염두에 두자 비로소 곁에 있던 사람에 대해 생각한다는 거. 어쩌다 집사람의 머리에서 흰 머리카락이 눈에 띄면 미안하고 고마운 마음이 들긴 했지만요.

 ……둘입니다. 큰애는 고3이고, 작은애가 고1이죠. 그래요, 한창 돈 들어갈 때입니다. 네, 잘하는 편이에요. 작은애는 전국에서 뽑는 기숙학교에 들어갔는데 모의고사 점수가 삼백이십 점대예요. 에이, 그래도 결과를 봐야 알지요. 중학교 때도 전교에서 일이등을 하긴 했지만요. 그애 앞으로 들어가는 돈이 한 달에 한 팔십만원쯤 됩니다. 그래도 기숙학교라서 과외비는 안 드니 다행이다 싶어요. 큰애는…… 글쎄요, 제 자식이지만 잘 모르겠어요. 격세유전이라는 거, 곰곰이 생각하면 유전형질의 문제가 아닌 것 같기도 해요. 어쩌면 윗세대 사는 걸 보고, 달리 살아보려는 마음이 작용하고, 거기에 대한 그 다음세대의 마음이 또 작용해서, 격세해 닮는 거나 아닌지. 어떤 때, 큰애가 절 보는 눈에서 아버지의 눈을 느끼게 되더군요. 모르죠, 그애 쪽에서도 그렇게 느낄지. 공부를 아주 못하는 것도 아닌데 대학엔 안 가겠다더군요. 제 말로는 그림을 그리겠다는데, 그림이라는 것도 학교에서 제대로 배워야지, 그러고도 배 굶기 십상일 텐데…… 그래요? 하긴 요즘엔 그런 쪽으로도 많이 나간다고 큰애도 저를 안심시키긴 하더만요. 따지고 보면, 천년만년 버틸 것 같아 보이던 이들이 하루아침에 나가떨어지는 요즘 같은 세상을 보면, 저 하고 싶은 거 하는 거, 그게 행복이다 싶을 때도 있어요. 우리 세대나 아등바등, 남들 사는 것처럼 살아야 하는 줄 알고 곁눈질하며 똑같은 모양새로 살려 했지, 요즘은 거 뭐라나, 개성이라나대로 산다니까요. 그래도 남들 사는 것처럼 사는 게 제일 무난하다 싶은데, 모르죠. 작은애와 달리 속

을 좀 썩이는 편입니다. 잊을 만하면 속 시끄러울 일을 만들곤 해요.

무슨 이야기를 하다가 여기까지 왔더라…… 그래요, 직장 그만두던 무렵. 그러다 결국 그만두고 두 달 놀고 나서 다시 직장에 들어갔어요. 지금 하는 일은…… 뭐 남들 앞에 내세울 만한 일은 못 됩니다. 어쨌든 아침이면 남들처럼 출근할 수 있다는 게 다행스러워요. 전철 속에서 부대끼는 것도 전보다는 괴롭지 않고요.

아까 열차에서 내렸을 때, 개찰구에서 나와 잠깐 앉으려고 벤치로 갔어요. 밤열차 그거, 아까도 말씀드렸지만 그렇게 피곤할 수가 없더군요. 그래서 좀 앉으려고 비교적 멀쑥해 보이는 남자 옆에 빈자리가 많기에 거기로 갔지요. 처음엔 그냥 열차 타고 온 사람인 줄 알았어요. 그런데 내가 다가가니까, 그 남자, 갑자기 발을 쳐들어 아, 발 아프다, 하더니 옆자리에 척 올려놓더군요. 나를 빤히 보면서요. 할 수 없이 다른 자리에 앉았어요. 우리 같은 사람이 생각하기엔, 혼자몸이니 사람이 그리워지지 않을까 싶은데. 한편으로는 이해가 되기도 해요. 밀림, 의 법칙이겠지요. 각자의 영역 안으로 들이지 않으려는 거. 남이 들어서려 하면 목숨 걸고 싸우는거. 저만큼씩 떨어져 앉은 채 한기를 감당하는 거.

춥지 않으세요? 커피 한잔 뽑아드릴까요? 아니, 아닙니다. 자판기 커피지만 제가 대접하고 싶어서요. ……이거 뜨겁지가 않군요. 많이 추우시면 안으로 들어갈까요? 그러시다면, 저도 괜찮습니다.

저기 들어오는 기차를 보세요. 정확히 기억나진 않지만 「우리를 슬프게 하는 것들」이라는 수필에 저런 대목이 있지 않았던가요. 네, 그런 내용인 것 같군요. 가끔, 오래전에 읽었던 글귀가 불쑥 떠오를 때가 있어요. 그런 글을 마지막으로 읽은 게 언제인지조차 기억나지 않지만요. 진공, 속에 던져졌다가 겨우 빠져나온 기분이에요.

……이상하지요. 제가 물러나 들어앉은 집안, 그것도 세상일 텐데 왜 그리 세상 금 밖으로 나앉았다는 느낌이 들던지. 어떤 날은 그냥 집 밖으로 뛰쳐나가서, 알지 못하는 누구라도 붙잡고 묻고 싶었어요. 내가 다시 세상으로 나갈 수 있을까 하고요. 웃기는 이야기지요. 그냥 듣고 한 귀로 흘리세요. 그래도…… 이렇게 이야기할 분을 만났다는 게 얼마나 다행인지 모르겠습니다. 막상 그만두고 나니, 머리가 세도록 부대끼던 것들도 그리 나쁜 것만은 아니었다는 생각이 일더라고요. 그게 더 무섭지요. 그나마 작은 집 한 채라도 장만해놓았고, 퇴직금으로도 한동안은 버틸 수 있었는데 왜 그리 막막하던지…… 안개가 빈틈없이 둘러싼 골짜기에 갇힌 것 같았어요. 그 안에서 무슨 일이 벌어져도 덮어버리고 시치미떼는 안개요. 그럴 땐 물방울에 지나지 않는 안개의 무게도 만만치 않아요.

여자분이라서 그런 경험은 없으셨겠군요. 군대 시절, 예, 전방에서 지냈습니다. 낯선 데로 파견나간 적이 있지요. 저녁 무렵에 낯선 곳에 떨궈졌는데, 누가 마중나와 있으려니 했는데 아무도 없어요. 그래 막연히 길을 잡아 걸어가죠. 저 산모퉁이만 지나면 뭐가 보이려니, 그러면서 한 산모퉁이를 지나도 아무것도 안 보이고, 여전히 막막한 첩첩산중이 자꾸만 물러날 때, 그 풍경 속으로 빨려드는 것 같을 때, 그럴 때의 무서움 같은 거요.

아니요, 이런 이야기 못 합니다. 회사일 집 안까지 끌고 들어와 이야기하는 것, 저희 같은 사람에겐 잘 안 되는 일이더군요. 요즘 젊은 사람 보면 미주알고주알 이야기하고, 그래서 서로 이해가 넓어지는 부분도 있다고 하더만요. 집사람도 어떤 땐 서운해하는 것 같은데, 이야기해봤자 답답하기만 하지 뾰죽한 수도 없을 텐데 뭐하러 하나 싶고.

그래도 회사 그만두는 문제는 아무래도 알려야 할 것 같아서 미리 말했는데, 괜히 말했다 싶더군요. 어느 날인가, 집 근처 거래처에 왔다가 집에 잠깐 들렀는데, 집사람이 문을 열어주면서 당황한 표정이더라구요. 소파에 앉는데 뭐가 발바닥을 찌르더군요. 보니까 구슬이에요. 소파 밑에 구슬을 가득 담은 바구니가 있더군요. 감춘다고 감췄겠지요. 왜 여자애들 머리 묶는 구슬방울 있잖아요. 제 집사람, 안압이 높거든요. 눈도 약한 사람이 나 몰래 낚싯줄에 그걸 꿰고 있었더라구요. 그게 얼마나 된다고…… 네, 그랬겠지요. 불안해서 그랬겠지요. 한창 돈 들어갈 때인데다 제 융통성 없는 성격을 아니까. 지금도 제가 미8군에 다닌다는 것만 알지, 거기서 무얼 하는지는 모릅니다. ……허드렛일을 맡아 합니다. 잡역부죠. 사실은 이 일을 계속해야 하나 말아야 하나 싶군요. 어제 퇴근할 땐 그만두겠다라고 마음먹고 나섰는데, 막상 그만두자니 악몽 같던 실업기간이 생각나고…… 멀쩡했던 친구들이 턱턱 쓰러졌다는 소리를 들으면 그나마 일손이라도 붙들고 있어야 할 것 같고, 마음이 영 그러네요. 네, 이 나이쯤 되니까 순서도 예고도 없이 데려가더군요. 그때마다 머리카락이 쭈뼛 서는 느낌입니다. 노인들이 흉한 일 안 보고 싶어하는 마음, 벌써 이해가 되니까요. 언제 내 차례가 닥칠지 모른다 싶어서겠지요.

네, 얼마 전에 친구가 죽었어요. 고향 친구지요. 아까 말씀드린 '꿈', 그 친구요. 그 친구, 지지리도 가난한 집에서 태어나 고생하더니 숨돌릴 만하니까 가버리는군요. 중학교 때 그 친구 꿈이 뭐였는지 아십니까? 아니요. 장래희망 말구요. 그 친구 꿈은…… 자가용 타고 고향에 오는 거였어요. 지금 생각하면 우스운 꿈이죠. 지금이야 시골길도 차로 막히니까요. 하지만 그땐 마을에 자가용이 들어오는 것도 일이었으니까요. 그런 마을길로 자가용이 들어옵니다. 마을 사람들은 누구네 집에 오는 찬가, 목을 빼고 본단 말입니다. 그럴 때, 차가 천천히 멎고, 거기서 그 친구가 내립니다. 사람들은 눈이 휘둥그레지지요. 아니, 아무개네 아들 아닌가…… 거기까지가 그 친구 꿈이었어요. 그 말을 할 때 그 친구 표정이 눈에 선하군요. 남자치고는 눈이 큰 편이었어요. 소처럼 선량해 보였어요.

……네, 몇 해 전인가 사긴 했는데, 그땐 이미 늦어버렸죠. 자가용이 흔해진 뒤였거든요. 결국 그놈의 차 때문에……

……교통사고였어요. 음주운전이었죠. 사고가 나던 날 저와 통화했어요. 미국에서 살다 온 중학교 동창생을 며칠 전에 만났다더군요. 예, 제 동창이기도 해요. 죽은 그 친구 아버지가, 그 동창의 집에서 머슴을 살았어요. 부농이었죠. 나중엔 그 땅 팔아 부동산 부자가 되었고. 왜 어렸을 적부터 양지만 딛고 자라게 된 사람이 있더군요. 사람마다 살아가다보면 거센 계곡물이 흐르는 골짜기를 만날 때가 있잖아요. 다들 바짓자락을 둥둥 걷어올리고 휩쓸리지 않으려 애써 가누며 건너는 그런 골짜기요. 그런데 그 동창이 건너려 하면 누군가가 자기 등을 들이대어 발을 적시지 않고 급류를 건너게 해준다 말입니다. 우리가 보기엔 그런 사람이었어요. 부모 유산 받아서 건물 짓고 놀고 먹더니, 사업한다고 미국에 가서 말아먹고 들어왔던가봐요. 며칠 전

에 그 친구를 찾아왔기에 같이 저녁을 먹었는데, 그날 낮에 전화가 왔다더라구요. 강남의 사우나인데 손님 접대하다보니 돈이 모자라다고, 오십만원만 해다 달라더래요. 아뇨, 거절했대요. 잘했다고 그랬어요. 그냥, 말이 그렇게 나와지더군요. 그날, 통화 끝에 술이라도 한잔하자는데 제가 피곤해서 다음으로 미루었거든요. 혼자 술 마시고 집에 들어가던 길이었대요. 그날, 저와 술을 마셨으면, 어쩌면……

그래요, 그럴 수도 있겠지요. 사람마다 타고난 명이며 운이라는 게 있다고 하긴 하더군요. 기억도 못 하는 전생이 그걸 좌우한다지요? 그래도 사람의 노력으로 조금 비껴갈 수 있는 부분은 있었을 텐데, 하는 아쉬움 같은 거지요. 그 친구 가고 나서 다른 친구가 웃지도 않고 말하더군요. 우리도 언제 어떻게 될지 모르니, 다 같이 공증인 세워서 유언장 써두자고요. 시간이 남아돌 때라서 한번 따져보았죠. 가진 재산이 얼마나 되나, 그동안 무얼 하고 살았나, 톡톡 털어보았더니…… 허망하더군요. 유언장이라고 작성할 것도 없고. 그동안 그렇게 아등바등 산 끝이 고작 이건가 싶기도 하고. 겨우 집 한 칸과 얼마 안 든 저금통장. 이걸 털어내고 나면, 아까 그 사람들과 다를 바가 없더라고요.

그래요, 꼭 그런 것만은 아니겠지요. 사실은 저 사람들이 부러울 때도 있습니다. 저렇게 작은 보퉁이 하나만으로 이 생을 견딘다는 것, 생각하면 어떤 거룩함마저 느껴지기도 합니다. 어렸을 적, 장터에 나가면 늘 있던 미친년, 죄송합니다, 미친 사람들처럼요. 보퉁이 하나뿐 나머지는 있는 그대로 노출된 삶. 지붕도 담도 없이 몸에 걸친 옷만으로 한기를 감당하는 삶……

아까 대합실에서 곁에 앉아 있던 할머니, 보셨죠, 잠든 거? 머리에

쓴 수건이 얼굴을 가려 잘 모르겠지만 칠순도 넘은 것 같더군요. 빈자리도 많은데 왜 눕지도 않고 앉아서 잠들었는지. 잠결에 고개가 옆으로 기울면 퍼뜩 추스르고. 그러다 나쁜 꿈을 꾸는지 고개를 세차게 내두르는데, 때 전 코고무신하며 보나마나 뚱뚱 부었을 다리하며…… 왜 눕지도 못하고 잠들었는지.

이십대엔 저런 사람들이 눈에 안 들어왔지요. 서른 중반을 넘어서니까 저런 사람들이 눈에 띄기 시작하데요. 왜 겨울에 남산 같은 데에서 병든 병아리처럼 오그리고 앉은 노인들, 몇 번이고 피우다 끈 담배꽁초에 덜덜 떨리는 손으로 불을 붙이는 노인들, 내 앞날이 그렇게 될까봐 겁났나봐요. 참 열심히 일했지요. 왜 눈을 가린 채, 옆에서 언제 어디로 떨어질지 모르는 채찍이 허공을 가르는 소리를 들으며 달리는 기분…… 자칫 속도를 늦췄다가는 바닥 모를 어둠 속으로 나동그라질 것 같은 기분.

……춥지 않으세요? 이제 곧 날이 밝아오긴 할 텐데. 안개가 낀 걸 보니 날이 제법 풀렸나봅니다. ……그래요, 가셔도 될 시간이군요. 가시다보면 날이 밝아올 겁니다. 저도 내려가야겠습니다. 산에 일찍 가봤자 할 일도 없고 하니 가다가 사우나나 하고 천천히 떠나야죠. 아까 돌아다닐 때 보아두었습니다. 불도 켜져 있고 사람도 있던데 여섯시부터라고 그때 오라더군요. 정류장은 저쪽입니다. 멀지 않아요. 차 타시는 거 보고 가죠. 아닙니다. 제가 그러고 싶어서요.

고령에 들를 일 있으시면, 읍내 뒤에 주산이라고 있는데, 거기 고분들 한번 구경해보세요. 능선 따라 죽 고분들이 늘어서 있어요. 거기, 순장묘가 있어요. 왕이 죽으면 따라 죽어야 했던 생목숨들…… 생각하면 기가 막힐 노릇이죠. 그 사람들, 왕이 앓아누우면 어떤 기분이었을까요. 그들 중의 누군가가 산 채로 파묻혀야 하는데, 왕은 시시각각 죽어간다 말입니다. 그럴 때에요. 덩달아 묻힌 그 사람들도 귀한 목걸이 같은 걸 하고 있었다더군요. 살아생전에 못 해봤을 귀금속을, 목숨의 대가로 걸고 묻힌 사람들. 회사 그만두었을 때, 잠깐 내려왔다 들른 적이 있어요. 그때, 그런 생각이 들더군요. 우리가 세상에서 하나씩 쌓아가는 것들, 직책이며 높아지는 봉급이며, 이런 것들이 순장하는 시종들에게 걸어주는 화려한 목걸이 같은 거나 아니었나 하고요. ……그런데, 정말 저승에서 그 사람들이 왕의 시중을 다시 들었을까요? 살아생전 시중만 들다가 죽고 나서까지 시중을 들어야 한다면 너무 불공평한 거 아닌가요? 거기 서니까 그런 생각이 들더군요.

아뇨, 고령 읍내는 아니고, 고령에서 백운동 들어가는 산자락이에요. 비석 하나 없는 초라한 무덤이지만 볕바르고 아늑한 곳이에요. 안개가 잦게 끼긴 하지만요. 그래도 가야 쪽보다는 낫다더군요. 거긴 합천댐이 생긴 뒤로 안개가 자욱하다지요? 안개 낀 산 풍경, 보셨나요? 능선이고 산비탈 밭자락이고 다 뒤덮으며 다 쓸어내리는 안개요. 자주 내려오진 않지만 어쩌다 안개 낀 날 거기에 가면, 생각이 많아지더군요. 골짜기며 숲에서 피어오른 안개가 능선을 넘어서면, 바로 구름이 되어 몰려가더군요. 어쩌면 제 아버지에게 딱 알맞은 자리라는 생각도 들어요. 바람 한 자락 불면 흩어질 안개처럼, 그렇게 살려 했던 분이거든요, 제 아버지. 그래요, 어머니가 고생하셨죠.

어떤 사람들은 그런다지요, 이 생이 이 생으로 끝나는 게 아니라 돌고도는 고리의 하나에 지나지 않는다는 걸 생각하면 위안이 된다고.

전에는 그런 말을 들으면 무책임한 현실도피거나 우리를 틀어쥐고 있는 손이 강요하는 목소리로만 여겼는데, 그렇게만 생각할 일도 아니더군요. ……그래요, 그런 식으로라도 지난날들을 용서하며 살아내야 하는 거, 그게 사는 거겠지요. 안 그러면 지난날의 잘못이, 못다 한 일들이 우우 되살아나서 거기에 발목잡혀 한 발짝도 못 나가겠지요. 어찌 맨정신으로 살아나가겠어요.

아, 길 건너지 마시고 이쪽으로요. 택시 타시게요? 지금 시간엔 길 안 막히니 버스 타셔도 될 것 같은데요. 정류장이 저기예요. 고맙긴요, 이렇게 이야기할 수 있어서 얼마나 다행인지…… 제가 고맙지요.

왜 산길을 걷다가 마주 오는 사람에게 길을 물으면 사람들이 그러지 않습니까? 조금만 더 가면 돼요. 하지만 정작 걸어보면 그 조금이 한 시간도 되고 한나절도 되지요. 젊었을 땐 그런 식으로 가르쳐주는 게 답답했는데, 나이를 좀더 먹으니까 그게 참 지혜로운 말 같군요. 멀든 가깝든 그곳을 물은 사람에겐 그곳이 목적지일 테니, 조금만조금만 하면서 걷는 게 차라리, 까마득하다고 지레 가위눌려 옴쭉달싹 못하는 것보다는 낫지 않겠습니까? 허허, 지금 잠깐 든 생각입니다. 어차피 걸어야 할 길이라면 희망을 가지고 걸으라는 마음이었겠죠. 길 바깥으로 뛰어내릴 용기도 없으면 그저, 그 길이 끝나면 무언가 다른 풍경이 나오려니 하면서 걸을 수밖에요. 그래도 끝내 다른 무엇이 없으면…… 그저 그랬나보다, 그러고 마는 거지요.

아, 저기 저 버스에 서부정류장이라고 쓰여 있네요. 네, 그럼 안녕히.

우리들의 떨켜

1. 이사

터덜거리며, 우리가 탄 트럭이 마을로 향하는 비탈길을 오르기 시작했을 때, 우리를 맨 먼저 맞아준 것은 하얀 안내판이었다. 비탈길을 오르기 위해 트럭이 속력을 줄였을 때 우리의 시선을 잡아당긴 그 안내판은, 제대로 속살을 가리지도 못한 이삿짐 위에 역시 짐짝처럼 얹힌 우리 일가를 홀로 환영하며, 마침 강렬해진 초여름의 햇살까지 제 몸에 불러들여 얼핏 보아도 오종종함이 드러나는 산동네 어귀에서 혼자 빛나고 있었다.

장로교회, 성결교회, 침례교회, 감리교회……

각 교파는 또 각기 두세 개의 건물로 분산되어 있었다. 이를테면 침례교 달현교회, 침례교 성심교회…… 이런 식으로 하나씩 이름을 받은 교회들이 간판 격인 그 안내판의 버팀목엔, 열 개도 넘어 보이는 이름들이 비슷비슷한 얼굴로 붙어 있었다.

대체 저 얕은 집들 중의 어느 곳에 교회들이 박힌 것일까. 우리가 오르는 언덕 위에서, 집들은 그저 그만그만하게, 더러운 몸체를 여지없이 드러낸 채, 그 더러움끼리 엉겨 진득한 기름때라도 빚는 듯한 표정으로 엎드려 있어서 구원과 구원을 몰고 올 빛이 머물 만한 집은 아무래도 눈에 잡히지 않았다.

그러나 돋보기처럼 온 세상의 빛이란 빛은 남김없이 모으고 장승처럼 빛나며 선 안내판은 지금까지의 방기상태에서 우리를 잠시나마 건져내주었다.

전에 살던 집을 떠나 새 정착지인 이 동네에 도착하기까지, 이사의 들뜬 기분을 조금이라도 가졌던 사람은 아무도 없었다. 초여름이었고 트럭의 짐칸에 얹힌 이삿짐 사이에 낀 우리의 얼굴엔 거리를 지나는 동안 앉은 먼지가 땀과 켜를 이루고 있어서 손등으로 문지르면 번실거리는 기름기와 먼지가 까맣게 묻어나곤 했다. 먼지바람은 그대로 가슴에 침전되었고 거리 자체가 지닌 활기, 오가는 사람들의 민첩함에 주눅들어 차가 달리는 동안 우리는 한마디의 말도 함께할 수 없었다.

신호에 걸린 트럭이 버스와 나란히 서자 버스 안에 갇혔던 무료한 눈들이 약속이나 한 것처럼 우리에게 몰렸다. 짧은 순간, 그들의 각질화한 무료함이 씻겼다. 그들의 적나라한 호기심에 아랫방에선 의젓하게 보이던 가구들이 까닭없이 초라해졌다. 문이 닫힌 장롱도 속이 비어 있음을 풍겼고 찬장 문에 붙은 들국화 스티커는 원색으로 도드라져 누추함을 더 강조하고 있었다. 그리고 옆구리에 찔러넣은 베개의 윤곽이 너무도 선명하게 드러나는 이불보따리. 핥듯이 내려다보던 시선을 그대로 옮겨서 그들은 똑같은 눈초리로 우리 가족을 살폈다. 푸른 등이 켜져도 복잡한 거리에서 속력을 낼 수 없는 차들은 대개 나란히 달렸고 그때마다 탐색의 눈초리는 어김없어서 얼굴에 앉은 먼지의 무게를 느끼게 했다. 그 무게는 차가 달리며 와 닿은 먼지로 버석거리는 우리의 가슴을 눌렀다. 그건 아마 길 안내를 위해 운전수 옆자리에 앉은 아버지도 마찬가지일 것이다. 그리고 어디쯤인가에서 버스를 타고 올 누나에게도.

누나는, 찬장이며 이불보따리가 얹힌 짐칸에 오르기보다는 차라리 차를 타고도 사십 분이 넘게 걸리는 거리를 걷기를 택했다. 짐을 다 싣고 동생과 내가 무릎을 버팀 삼아 자꾸 위축되는 가슴의 조여듦을 막으려는 자세로 앉아 무연히 내려다보는, 조금 전까지는 우리가 살던 집 앞에 서서 아버지의 맥 풀린 재촉을 묵살하고 발끝만 보다가 고개를 들었을 때, 누나의 얄팍한 입술은 잉크빛으로 변해 있었다. 그 잉크빛이 붉은색으로 되돌아오면서 아랫입술에 검붉은 이빨 자국이 뚜렷해졌다. 그러고 보니 짐을 나르며 누나의 목소리를 들은 적이 없었던 것 같다. 그동안 계속 입술을 깨물고 있었던 것일까. 갑자기 누나의 얇은 입술에 푸르게 번지는 독을 느끼고 나는 몸서리쳤다.

운전석 옆자리를 양보한 아버지 앞에서도 풀리지 않던 누나의 윗니는 어머니에게서 동전 두 개를 받아들었을 때에야 비로소 적의를 거두었다. 죄송해요, 엄마. 하지만…… 말끝을 흐리는 누나의 눈에 일순 마른번개가 스쳤다.

하지만…… 누나가 삼킨 말은 다문 입을 제멋대로 빠져나와 가족들의 귓전에서 맴돌았다. 그러잖아도 흐려 있던 아버지의 얼굴이 뜨끔거리는 고통으로 일그러졌다. 빨리 가셔야죠. 어머니가 황황히 아버지를 끌어올렸다. 트럭은 누나를 남기고 떠났다. 오롯이 고개를 숙이고 서서, 누나는 무얼 생각했을까.

트럭의 짐칸이 아닌 버스를 탔다고 해서 마음이 가벼워지는 것은 아닐 터였다. 동네 어귀에서 누나를 맞을 안내판들도 누나에게는 아무런 위안이 되지 못하리라. 누나의 가슴에 박힌 톱니바퀴는 슬픔으로 녹이 슬어 돌아가지도 않으면서, 정지된 상태가 주는 더한 중압감으로 누나를 짓눌렀다.

이사가 결정되었을때, 아니 쫓겨나게 되었다는 걸 기정사실로 받아들일 수밖에 없다는 걸 모두 깨닫게 되었을 때, 우리 앞에 다가온 사태에 대해 누나가 맨 처음 보인 반응은 격렬한 반감이었고, 그것은 부모에 대한 연민으로 뭉클해 있던 나를 어리둥절하게 했다.

나름대로 머리가 커져서, 이제는 제법 이유를 따지곤 하는 자식들을 어머니는 설명으로 납득시키려 했다. 그건 우리의 더듬이에 감지되던 근래의 집안 분위기를 좀더 구체화한 것일 따름이었다. 아버지가 택한 행동의 정당성, 거기에 책임을 져야 한다는 것을. 잘못은 아버지가 아니라 아버지를 속인 세상 쪽에 있었다. 가장의 권위를 손상하지 않으려는 배려가 그대로 노출돼 있어서 더 쓸쓸하고 간곡한 어머니의 말씀이 계속되는 동안 아버지는 어머니의 뒷전으로 나앉아서 연기만 피워올리고 있었다. 실추된 가장의 부끄러움을 감추는 연기의 한끝에 감겨 쓸쓸하고 감미로운 슬픔에 천천히 잠몰되면서 누나를 보았을 때, 연질의 슬픔은 급격히 굳어버렸다. 누나의 입술이 이상하게 비틀린 것이다. 그 비웃음, 겨울날 거둬들이는 덜 마른 빨래의 예리한 감촉을 고스란히 담은 웃음으로 누나는 아버지의 연기를 헤집었다.

어떻게…… 우리는 코앞에 닥친 재난을 현실로 받아들이려는 의연한 표정으로 나약한 부모를 안심시켜야 했다. 동생도 나도. 비록 정연한 논리로 떠오른 것은 아니었지만 직감적으로 우리가 떠맡아야 할 역을 인식하고 거기에 자신을 맞추고 있었다. 하물며 누나에게 그런 생각이 떠오르지 않았을 것인가. 그렇다면…… 알면서도 묵살하는 누나의 의중을 알 수 없었다. 누나가 금세라도 아버지를 찌를 것만 같은 위기감이 나를 숨죽이게 했다. 묘하게 꼬인 시선으로 집요하게 아버지를 좇던 누나가 숨통을 텄다.

"그러니까, 아버지가 남 좋은 일 하신 때문에 우리가 거지꼴이 된 거군요?"

어머니에겐 뜻밖의 반격이었을 것이다. 지금까지 어머니는 사실의 급박함과 비참함을 보다 완화시켜 전달하는 일에 열중한 나머지 누나가 보이는 모멸감과 배신의 기미를 미처 깨닫지 못했음이 틀림없다. 일순, 어머니는 생각하는 능력을 상실한 것처럼 보였다. 나는 어머니가 말을 더듬을 것이라고 생각했다.

그러나, 어머니가 살아온 세월은 그리 무시할 게 못 되었다. 느닷없는 기습으로 인한 최초의 혼몽상태에서 어머니는 쉽게 회복됐고 잠깐, 버릇없는 큰딸을 혼내야 할지 타일러야 할지를 가늠하다가 후자를 택했다.

"그래도 엄마 말을 못 알아듣니? 아버지는 그저 호의를 베푸신 게 아니라니까. 단지 갚음을 한 것뿐이야. 결과가 나쁜 건 공교로운 일이고. 이렇게 여의치 않은 결과를 빚게 된 건 아버지의 책임이 아니라는 걸 너희도 알고 있잖니. 그렇다고 안동 아저씨를 원망할 것도 없어. 우릴 궁지에 빠뜨리는 건 그분의 본심이 아니었을 테니까."

말을 이으며, 어머니는 자신의 말에 대한 최초의 확신에서 점차 흔들렸다. 어머니도 미움과 관용 사이에 끼여 어찌할 바를 모르고 있었다.

스스로 확신할 수 없는 믿음을 다른 사람에게 주입시키려 한다는 건 괴로운 일이었다. 누나의 얼굴에 돋은 적개심은 조금도 흔들림이 없었고 어머니의 표정엔 불안이 더해졌다. 그만해! 누나에게 소리치고 싶었다. 왜 누나는 고분고분해지지 못하는가. 아버지의 부끄러움에 가지 하나를 덧붙이지 못해 안달하는가. 이런 외침들이 부글부글 끓으며 뭉쳤다.

그 미움이 아버지를 향한 것이었는지도 모른다는 생각이 든 것은 달현동, 산동네에 발을 디뎠을 때부터였다. 골목 어귀에 트럭을 세워놓고 우리는 골목 깊숙한 곳에 처박힌 집으로 짐을 날랐다. 세숫대야를 들고 그 집에 첫발을 디디며, 나는 터지는 한숨을 삼켰다. 누나가 새 집에 관해 말하려 하지 않았던 것을 나는 기억했다. 뭐 별로 신통한 모습은 아닐 거라고 짐작했었지만 집 꼴은 상상을 넘어서고 있었다. 그렇다. 첫발을 디디며 삼킨 한숨은 자괴의 한숨이었다. 지금까지 살았던 집들에 비하면 그것은 집이랄 것도 없었다. 옹색한 수돗가가 그대로 마당의 전부를 차지하고 있었으며 좁은 골목에 면한 벽은 방과 길을 가르는 구실도 겸했다. 그보다 더 기막힌 사실은 그런 집이나마 완전하게 우리에게 귀속된 것이 아니라는 사실이었다. 우리에게 허여된 것은 어두운 방 두 칸뿐이었다. 왜 어머니는 미리 말해주지 않았던 걸까. 무엇 때문에? 그럴 마음은 없었는데도 원망이 생겨났다.

246

그러나 나는 확실한 대상을 잡지 못하고 있었다. 우리 일가를 볕 드는 뜨락에서 끄집어내 이 어둑신한 골목에 처박은 근본적인 책임은 다른 사람이 져야 할 것이다. 안동 아저씨, 떠올리는 것만으로도 숨이 턱에 닿는 이름이었다.

그가 우리 집에 처음으로 나타난 것은 전신의 세포가 다 열릴 듯이 따스한 오후였다. 어깨에 가방을 멘 아이들이 너무 짧아서 제 모습이 아닌 것 같은 그림자와 발을 맞추며 집으로 가는 토요일 오후의 기이한 정적을 밟으며 그는 초인종을 눌렀었다. 여보, 어서 나와보세요. 어머니의 부름에 대문을 향한 아버지. 이게 얼마 만인가, 자네. 절 알아보시겠습니까? 알아보고말고. 어서 들어오게. 서두르는 아버지. 이렇게 소란스럽게 안온한 평화를 깨뜨리며 그는 발을 들이밀었다. 기억 속에서 되살릴 수 없는 얼굴이었는데도 부모님과는 아주 친숙한 사이처럼 보여, 그들이 서로 반가운 까닭을 알지 못하는 우리들은 약간 따돌려진 듯한 기분이었다. 그러나 그가 잠깐 사이에 우리를 들뜬 분위기 속에 끌어들임으로써 소원함은 쉽게 풀렸다.

"얘가 벌써 이래 됐습니까. 내 참, 세월이 빠르다 케도 이래 빠를 줄 몰랐심더."

그는 곧 아버지의 기억 속에 잠들어 있던 인물들을 깨워 우리와 마주 앉게 했다. 전설 속의 인물처럼, 아버지의 회고 속에서 자주 미화되던, 무의무탁한 아버지의 뒤를 돌보았던 사람들이 바로 그의 부모였다. 그는 이미 돌아가신 지 오래인 아버지의 은인을 달변으로 회생시켜 아버지 앞에 모셨고, 아버지가 망인들에 대한 슬픔을 수습하기까지는 시간이 걸렸다.

"그래, 자넨 요즘 어떻게 지내나?"

"마, 지야 이럭저럭 먹고 안 삽니까. 부모님이야 살아생전 남 돕는 일에 몸을 바쳤지만 저야 그럴 수 없고예. 그저 지 한 몸 살 만합니다. 이제 중장비를 몇 대 살 예정입니다. 그걸로 공사판을 돌면 먹고사는 거야 걱정되겠습니까?"

"자네가 벌써 그 정도로 자리를 잡았다니 반갑고 부끄럽네. 살아 계실 때도 몇 번 찾아뵙지도 못하고……"

"다 살기 바쁘니까 그래 되는 거 아입니까. 마음 두지 마이소."

그러나 아버지는 참괴의 표정이었고 그런 아버지를 살피던 그는 본론을 꺼내고 있었다.

"그런데요, 형님. 제 부탁 하나 들어주시소."

아버지는 얼핏 사색에서 깨었다.

"무슨 부탁인데? 내 자네 부탁이라면……"

"이번에 중장비를 몇 대 살 거라고 말씀 안 드렸습니까. 헌데 제 처지로 그걸 다 감당할 수 있어야지예. 그래 드리는 말씀인데……"

그래도 어머니는 역시 여자였다. 은혜는 은혜지만…… 사내 몰래 아버지에게 경계의 눈초리를 보냈다. 아버지는 어머니를 묵살하려는 듯 무표정했다.

"지도 체면이 있지예. 이래 오랜만에 와서 돈 돌려달라는 말씀은 못 합니더."

"그거야 상관이 있겠나만……"

어머니는 잠깐 마음을 놓았다.

"돈은 제가 알아보았는데예, 누가 저 같은 사람을 사람만 믿고 돈

주겠습니까. 보증인이 있어야 한다는데 주위에 변변하게 살고 있는 사람도 없고."

그렇겠지. 아버지는 고개를 끄덕거렸다. 자네라고 의지할 데 있겠나. 아버지는 감상적이었다. 아마 혈혈단신이던 당신의 지난날을 더듬는 모양이었다. 아버지의 감상을 감연히 가로막지 못하는 어머니는 그저 불안한 모양이었다. 재정보증을 서는 일이 내포하는 위험부담을 헤아리는 어머니의 기색은 평온치 못했다.

그러나 아버지는 의리의 사나이, 어머니의 집요한 시선을 의식적으로 무시하고 결정해버렸다. 하지만, 어머니가 결정해야 했더라도 결과는 마찬가지였을 것이다. 고등학교 교사의 아내로 살아오며 아버지를 통해 세상을 내다본 어머니는, 해로한 부부의 인상이 닮은꼴이듯 은연중에 아버지를 닮아 있었다. 두드러지지 않고 안존하게. 이따금 분란을 일으켜 섬약한 아버지를 괴롭히는 누나만 아니라면 대체로 우리의 보호막은 평온했다.

첫 방문 이후 잦게 드나들던 사내가 갑자기 발길을 끊자 평온은 여지없이 무너졌다. 침울한 어머니. 아버지가 피워올리던 숱한 담배연기들. 그 연기들을 모았더라면 지금쯤 이 산동네를 안개처럼 싸안아 감출 수도 있으리라. 그런 어느 날 이삿짐을 꾸림으로써 막연하게 압도하던 분위기의 실상과 마주하게 된 것이다.

왜 우리 집이 아니라는 걸 말해주지 않았을까. 나는 트럭 옆에 내려진 부끄러운 세간과 장롱을 내리기 위해 트럭 위에 올라선 아버지의, 초라한 장롱보다 더 작은 몸집을 생소한 눈으로 올려보았다. 셔츠가 벌써 땀에 젖어 속옷의 윤곽을 뚜렷하게 드러내면서 왜소한 체격을 그대로 노출시켰다. 아버지에겐 좀더 풍성한 셔츠가 필요했다.

짐을 나르는 동안 호기심으로 기웃거리던 마을 사람들은 아무도 우리를 도우려 나서지 않았다. 그들은 모래먼지에 시달리고 나서 대면한 동네 풍경과 신기할 만큼 비슷한 인상을 지니고 있었다. 진득하게 달라붙는 눈초리와 어디에서 싸움이라도 벌어지지 않나 번뜩이는 살의. 어떤 비누거품으로도 쉽게 씻기지 않을 생활의 먼지들이 쌓여 각질화한 표정들. 트럭 위에서 산언덕에 엉긴 동네를 보았을 때의 답답함이었다. 무관심도 관심도 아닌 악의로 번쩍이는. 악의는 방에도 만연해 있었다.

골목에 면한 벽은 습기가 차서 까맣게 곰팡이가 돋았다. 다른 쪽 벽도 배어나오는 습기 때문에 사방연속무늬의 벽지는 군데군데 쥐오줌 자국모양 누리끼리한 얼룩이 졌다. 찢어내야지. 벽지를 뜯고 싶은 충동이 온몸을 들쑤셨다. 어쩌면 이 마을에 떠다니고 있을, 그리하여 위축감으로 가슴 두근거리게 하는 악의에 벌써 전염된 것인지도 모른다. 그러나 매개체는 그뒤에 접근해왔다.

살림을 정리한 후에야 도착한 누나와 늦은 점심으로 국수그릇들을 비워내고, 이제는 피곤함도 곤궁함에 대한 체념도 없이 오직 허기진 뒤의 포만감에 몸을 기대고 있을 때, 열린 문으로 육중한 체구의 여인이 들어왔다.

그 여자의 거침없는 기세에 눌려 우리는 그 여자가 주인아줌마라고 믿어버렸다. 자신보다 우월한 사람들에 대한 본능적인 경계심으로 살피는 새에 그 여자는 벌써 툇마루에 떡판 같은 엉덩이를 걸치고 있었다. 개기름이 흐르는 얼굴에 군살이 너덜거렸고 팔은 차라리 기둥에 가까웠다. 어딘지 모르게 물렁뼈로만 이루어진 것 같은, 지방층으로 뒤덮인 사람으로 보였다. 그 여자가 앉은 쪽에서 훅훅 열기가 끼쳤다.

주인이 아닌, 따라서 최초의 방문객인 그 여자가 너무 고압적이고 당당했으므로, 알고 보니 그럴 필요가 없었는데도 어머니는 무조건 공손해졌다.

"더울 때 이사하시느라 얼마나 고생스러우셨을까. 좀 도와드린다는 걸 그만. 바깥어른? 얘가 막내예요? 똘망똘망하게도 생겼네."

처음 보는 사람들에 대한 면구스러움도, 스스럼지 않은 태도도 아닌 어중간함과 과장된 친밀감을 보이며 무거운 팔을 뜻밖에도 날렵하게 들더니 그 여자는 동생의 머리를 쓰다듬으려 했다. 뻗은 팔 밑으로, 파인 어깨선을 통해 거뭇거뭇한 것이 보였다.

동생은 장애물에 걸린 개미처럼 잽싸게 뒤로 물러났다. 갑각류의 덮개처럼 단단한 방어본능이 그 여자를 놀라게 했다. 허공을 쓰다듬은 손을 내리며 당돌한 녀석, 속으로 눈까풀을 떨었다. 그러나 그녀는 곧 스스로 기분을 회복했다.

"녀석도…… 귀여워서 그랬더니."

"죄송합니다. 애들이 좀 낯을 가려요. 그런데 이 동네에 오래 사셨어요?"

"그럼요. 여기서 산 지가…… 가만있자."

햇수를 꼽으려는 듯한 그 여자를 어머니가 황급하게 말렸다.

"아니요. 그렇게 애써 생각하실 건 없구요."

햇수를 꼽는 대신 그 여자는 자신이 살던 마을을 휩쓸었던 물난리와 그로 인한 집단이주, 별로 듣고 싶지 않은 자신의 내력을 읊은 후에야 일어설 조짐을 보였다.

"결국 터줏대감이죠. 지금은 큰길가에 가게를 내고 있어요. 자주 오세요. 내 특별히 싸게 드릴게."

선뜻 일어선 그 여자는 문설주를 짚고 방 안을 휘이 둘러보았다. 그런 다음 불편한 일이 있으면 언제든지 도와주겠노라는 석연찮은 친절을 담은 웃음으로 얼굴을 개칠하고 나서 우리 일가를 풀어주었다. 어머니는 대문 밖까지 따라나가 예를 차렸다.

전령처럼 그 여자가 다녀간 뒤, 비로소 동네를 감싼 분위기가 잡혔다. 동네에 떠도는 악의는 그 자체로 순진하게 노출되지 않고 거기에 호감이라는 당의까지 입고 있었다. 깨닫지 못하는 새에 물들게 하기 위하여. 곧 이 동네의 음흉함에 젖을 것이라는 예감이 몸을 떨게 했다. 갑자기 곰팡이 냄새가 코를 찔렀다. 옆방에서 아버지의 기척이 들렸다. 뭉클, 무언가가 치밀었다. 아버지. 아버지와 나, 우리 가족을 연결한 실이 살에 닿았다. 아프게 아프게, 고통으로 자신의 존재를 확인시키려 하는 것처럼, 보이지 않는 올가미들이 점점 깊숙하게 살을 파고들었다.

2. 숨바꼭질

저마다 착잡한 심사로 보낸 달현동에서의 첫 밤, 어설프게 뒤척이다 늦게 잠든 우리를 깨운 소리는 올가미를 확인하게 했다. 아이구 이원수. 아침부터 에미를 볶지 못해서…… 우리를 깨운 첫소리는 아주 먼 것처럼 가느다랗게 그러나 명료하게, 잠든 우리들을 흔들었다. 이어 낮게 흐느끼는 소리, 꿈속에서처럼 실감이 오질 않았다. 서먹거리는 눈빛으로 주위를 살피는 동생. 누나는 벌써 잠이 깨어 초롱한 눈빛이었다.

"아침부터 난리들이구나."

누나는 씹어뱉듯 말하였다. 어제 왔던 그 여자뿐이 아니야. 동네 전체가 다 그래. 어둡고 냄새나고 천해.

"우리만 그렇게 되지 않으면 될 거 아냐."

"아냐. 우리도 곧 물들 수밖에 없어. 너도 그리고 나도."

저주를 담은 주문을 외듯 낮게 뇌까리고 누나는 가볍게 몸을 떨었다. 동생의 눈에 낀 엷은 졸음기가 가셨다. 닮는다. 어머니가 어제의 그 여자처럼 될까? 나는 고개를 저었다. 동네 전체가 우리를 포섭하기 위해 날카롭게 손톱을 다듬는 환상이 눈앞에서 부풀었다.

그러나, 한씨 아저씨는 뭉툭한 손톱을 지니고 우리를 찾았다.

"아닙니다. 저희 같은 사람들이야 뭘 압니까. 오선생님께서 깨우쳐 주셔야죠."

조금 늦게 하학한 내 귀는 옆방으로 쏠렸다. 귀에 선 음성이었다. 그 목소리의 공손함이 아버지를 쩔쩔매게 했다.

"자꾸 그런 말씀을…… 저야 보다시피 집 한 칸 없는 선생에 지나지 않습니다. 제가 한선생님보다 더 알고 있는 게 뭐가 있겠습니까? 오히려 모르는 게 더 많을 겁니다. 앞으로 많이 가르쳐주십시오."

"하아, 내 참, 선생님도…… 그러시면 안 됩니다."

사내의 공구함과 아버지의 민망스러움이 겹쳐서 또다른 면구스러움을 파생시키고 있었다. 얼굴을 붉히고 있을 아버지가 보였다. 평소에도 불안한 수줍음을 깐 아버지의 얼굴. 다행스럽게 내 상상은 거기에서 그쳤다. 겸손의 극에 도달한 두 사람에게, 이젠 더 겸손해질 여지가 없다는 생각이 든 모양이었다. 선생님의 귀중한 시간 빼앗아서 죄송스럽기 한량없다고 진심으로 죄송스러워하며 사내가 움직이는 기척이 들렸고, 천만에, 이처럼 초라한 사람을 일부러 찾으시니 감사한 마음뿐이라고 아버지의 진심이 되받았다. 지나가려던 사내는 우리 방으로 고개를 들이밀었다. 검붉은 얼굴에 보철로 온통 번쩍이는 이를 드러내며 그는 웃었다.

"학생들, 공부 열심히 하게."

동생은 그의 의고체 말투를 흉내냈다. 그는 이 동네의 어느 길목에서나 쉽게 마주칠 수 있는, 첫날 우리를 깨웠던 고함소리를 언제든지 발하여 산동네를 소란하게 할 수 있는 사람 중의 하나였다.

산동네를 짓누르는 소란은 엄밀히 말하자면 소란이라고 쉽게 단정지을 성질의 것은 못 되었다. 무얼까. 산동네를 가로지르는, 내다버린 연탄재들이 눅진하게 부서진 틈으로 비닐봉지가 삐죽하게 목을 내민 회색의 개천에서 탁한 앙금들이 물에 닿은 카바이드처럼 부글거리며 끓어올라 기포를 형성하고, 다시 그 기포들이 산동네를 떠돌며 사람들의 심사를 들쑤시는 듯한, 그런 어수선함이 충만해 있었다. 그리하여 함께 들뜨지 않고서는 견디기 어려운 분위기. 그런 속에서 살고 있는 사람들은 대부분 품팔이나 행상 등으로 명맥을 이어가고 있었다. 그렇기 때문에 일자리를 구하지 못한 사내들은 대낮에도 러닝셔츠 바람으로 골목을 어슬렁거렸고 무위를 죽이기 위해서일 싸움들이 벌어지곤 했다. 그만그만한 크기의 방구석에 누워 천장의 치졸한 꽃무늬나 헤아리기엔 노동으로 단련된 근육의 발달이 지나쳤다.

사내도 역시 그들 중의 하나일 것이다. 건장하지 않으나 다부진 몸매. 군살이 조금도 붙지 않은 체구에서 느껴지는 완강함이 그걸 느끼게 했다. 다른 게 있다면 애꿎은 아내의 머리채를 휘두르는 대신 이사 온 선생의 가족을 찾은 것뿐이리라. 그러나 그의 어조에서 풍긴 순박함은 조심스럽게 다가와서 슬그머니 우리의 감상을 건드렸다. 그가 보여준 사람 좋은 웃음이 우리 집에 머무르는 횟수가 잦을수록 아버지는 자신의 발목을 거머쥐었던 우울에서 벗어난 것처럼 보였다. 사내의 방문으로, 자기 비하로 드리워진 아버지의 그늘은 조금 엷어지고 있었다.

공사판을 찾아다니며 날품일을 한다는 그는 선생이라는 아버지의 직업, 이제는 자식인 우리들조차 아버지가 들고 다니는 퇴색한 도시락가방처럼 여기는 그런 직업에 대해 두 세대 이전의 사람들이나 품었음 직한 존경심을 지니고 있었다. 일당이 많았던 날은 '우리 선생님 드시라고' 소주병과 마른안주를 떨구고 가기도 했고 중학교에 다니는 아들의 싹수를 다스릴 처방을 주십사고 찾아들기도 했다. 어찌 보면 선의로 뭉친 사람 같기도 했고 달리 보면 그의 공손함이 의뭉스런 미끼로 여겨져 사내의 배후에 숨었을 무엇을 생각하게 만들기도 했다. 그런대로 그는 우리의 외피를 부식시키고 있었다.

그를 매체로 마을에 대한 이질감이 점차 풀어지면서 다른 집의 문을 열고 그 안을 기웃거리고 싶은 욕망이 발끝을 간지럽혔다. 가족끼리 등을 맞대고 앉아 누군가 들어서지 않을까 두려워하는 일에 싫증

나기 시작한 것이다. 누나의 경계도 호기심을 아주 죽일 수는 없었다. 하굣길, 나는 큰길을 버리고 아파트 공사가 진행중인 산비탈을 돌아오곤 했다. 마을에 대한 호기심이 빙빙 돌게 했다. 교복이 땀에 젖도록 기웃거리며 내가 찾으려 했던 것은 무엇이었을까.

마을 언저리를 맴돌다 처음으로 찾은 곳은 교회였다. 이사오던 날, 이정비처럼 서 있던 교회 안내판의 기억이 너무도 눈부셔서, 볕이 잘 들지 않는 방에서 그걸 떠올릴 때마다 하얗게 빛을 더하고 있었다. 관념 속에서 그대로 키운다면 하얗게 타오르다 증산하고 말 것이라는 위기감마저 결단을 촉구했다.

게다가 어머니의 믿음이 있었다. 이사온 이후 우리를 찾은 방문객 중엔 커다란 비닐가방을 낀 여인들이 있었다. 무종교이던 어머니는 그녀들의 달변에서 신의 입김을 느꼈다. 어머니는 약해지신 것임에 틀림없다. 그렇지 않고서야 그리 쉽게 감복할 수가 없었다. 전에라면 온유한 말로 그들의 믿음이 우리 집에 밀려오는 걸 거절했을 것이다. 어머니에겐 가정이 전부였다. 그런데…… 어머니가 택한 종교는 이단이었다. 이단을 택했다는 건 납득이 가지 않는다. 우리의 관념에 박힌 어머니는 항시 두드러지지 않는 길을 택했었다. 그런데 하필이면…… 어머니가 닿고자 하는 신이 어떤 말썽을 부리게 하는지 나는 알고 있었다. 간간 문젯거리로 대두되곤 하는 그녀들의 믿음은 수혈의 거부로 생명을 앗기까지 했다. 생각건대 종교는 한번 발을 빠뜨리면 헤어날 수 없는 늪이나 마약 같은 것인지도 모르겠다. 더 나쁜 것은 회의를 짐짓 무시하는 맹신일 것이고 그건 사교일 경우 더 심했다. 그런 위험스런 일에 어머니가 자신을 던지다니. 어머니의 믿음이 아버지에게 알려져서는 안 된다는 걸 우리는 깨달았다. 일종의 묵계였다. 믿음에 대한 누나의 경멸은 사교라는 데 이르러서는 더욱 격렬하게 반발했다. 어쩐지 어머니가 어울리지 않는 일을 하려 한다는 생각이 우릴 주춤거리게 했다. 아버지 없는 시간에 숨어들어 구원을 기구하는 그들과 함께인 어머니를 보는 일은 역겨움 비슷한 고통을 수반하기도 했다. 그러나 아직 어머니는 수줍은 신도였다. 다른 사람들처럼 전도에 나서지 않는 어머니가 고마웠다. 그건 어머니가 속한 교파의 이름이 없는 안내판을 볼 때의 떳떳치 못하던 기분 때문이었다.

해가 기울고 있었다. 낮 동안 피부를 벗길 듯이 이글거리던 태양도 주위에 햇무리를 퍼뜨리며 온화한 표정을 짓기 시작했다. 그렇지만 땅은 아직도 자신의 노기를 다스리지 못했다. 사물들이 연하고 기다랗게 늘어뜨린 그림자 속에서도, 딛고 선 땅덩어리의 열띤 입김이 느껴졌다.

예배가 있는 날이어서 어디선가 틀어대는 전자오르간의 성가가 눈썹 위의 어둠 사이로 질펀하게 깔렸다. 낮 내내 퉁겨나던 울분과 그 울분의 근원인 살아 있음에 대한 애착, 미움, 체념의 찌꺼기들이 가라앉지 못하고 어딜까 어딜까 조금씩 반짝이다 사라졌다. 어디 하천쯤에서 웅큼하게 수그리고 있다가 내일 해가 떠오르면 그에 이끌리듯 살아나 기운차게 골목을 휘저으리라. 지금은 그저 휴식을 취하는 것뿐이다. 그들의 휴식을 위해 느리게 노래가 번졌다. 누군가 큰 손가락으로 뜯으면 뜯길 것 같은 어둠 속으로.

갑자기, 조심스럽게 동작선을 줄이며 웅크리던 어둠이 일제히 깨어났다. 아니 어둠은 방해당했다. 여린 어둠 여기저기에 은신했던 여러 교회의 스피커들이 일제히 몸을 떨었다. 소리와 소리. 또 소리와 소리들이 허공에서 맞부딪치고 부서졌으며 부서진 조각들이 서로 뭉쳐 울려퍼졌다. 소리가 고조됨에 따라, 가라앉던 온갖 분진들이 튀었다. 내 주를 가까이, 하려 함은…… 주께 더 나아가기 원합니다. 범벅이 된 찬송가들 가운데서 그리 설지 않은 음을 식별했다. 그 곡에 이끌려 나는 누워 있던 숲에서 일어났다.

숲이라 해도 그건 어딘지 모르게 청정한 기운이 감도는 여느 숲과는 동떨어진 숲이었다. 마을과 바위산을 가르는 그 숲은, 숲이라고 이름하기에 겨우 부끄럽지 않을 정도의 나무들뿐이어서, 그 아래 누우면 얼굴을 가리던 한 뼘의 그늘이 금방 어깨 아래로 밀려나곤 했다.

동네로 향해 뻗은 소로는 아주 짧았다. 이제 소리들은 더 커져서 전신을 뒤흔들었다. 그 소리의 근원지를 더듬어볼 생각이었다. 막연하지만 그곳엔 무슨 방안이 있을 것 같았다. 무엇인가. 이사온 후부터 우리 가족 사이를 감도는 불투명함을 벗겨주는 어떤 것. 그리고 자신도 모르게 가라앉아 가슴속에 층을 이룬 것들을 정의해주는.

빨갛게 불 밝힌 십자가. 그 아래에 사람들이 있음을 알리는 불빛이 새어나왔다. 다가가서 보니 그곳은 여러 번 지난 적이 있는 길가에 위치하고 있었다. 그러나 뾰죽지붕이 아니었기 때문에 그 건물이 교회일 것이라고 생각해본 적이 없었다. 교회는 뾰죽지붕이어야 한다는 생각이 왜 뇌리를 떠나지 않았을까. 교회는 여느 집과 조금도 다르지 않았다. 오직 빨간 십자가가 다를 뿐이었다. 나는 십자가 위에 있을 피뢰침을 생각했다.

조심스럽게 문을 밀었다. 책상 앞에 앉아 있던, 어디선가 많이 보았던 듯한 인상의 사내가 반색을 했다. 어서 와요, 학생. 처음 오시는 거죠? 그의 목소리를 듣고 전에 그를 본 적이 없었다는 걸 깨달았다. 그의 표정이 보여주는 친밀감에 속은 것이었다. 나는 더듬거렸다. 아니, 저…… 그는 눈을 가늘게 뜨며 웃었다. 우선 예배부터 보시고, 얘기는 이따 하죠. 그가 열어준 다른 문으로 나는 떠밀려 들어갔다.

마침 사람들은 눈을 감고 고개를 숙이고 있었다. 목사의 기도문이 그들의 머리 위에 떠 있었다. 얼핏 눈에 들어온, 예복을 입은 목사의 빨간 넥타이가 눈에 거슬렸다. 목사가 선 제단 뒤의 벽엔 자줏빛 우단이 드리워졌고 중앙의 나무십자가가 의젓했다. 탁자 위엔 대칭을 이룬 열 개의 촛불이 켜져 있었는데 자세히 보니 그건 아주 작은 전구였다. 성가대 곁에 놓인 오르간과 더불어 그 전구는 경건한 분위기를 감퇴시키는 데 결정적인 역할을 했다. 흔히 볼 수 있는, 계란색 칠이 입혀진 오르간에서 왜 그런 느낌을 받았는지 모르겠다. 오르간을 보는 순간 쿡 웃음이 치밀었다. 노른자가 쏠린 달걀을 삶아 자른 것처럼, 교회가 기우뚱거리며 어디론가 쏠린다는 생각이었다. 믿음이라는 지주가 떠받치지 않았더라면 지금이라도 쓰러질 것이다. 어쩌면 믿음 때문에 기우는 거나 아닌지 모르겠다는 생각들이 빠르게 명멸했다.

목사의 격앙한 목소리와 산발적으로 들리던 낮은 웅얼거림이 일시에 어떤 긴장으로 수렴하고 있었다. 곧 기도가 끝날 것 같다. 의자에 앉는 것과 동시에 기도가 끝났다. 사람들은 눈을 떴다.

옆자리의 할머니가 밀어준 찬송가책을 보며, 붕어처럼 벙긋거려 서투른 음정을 밟으며, 주위를 둘러싼 진지함을 잊은 웃음이 치밀었다.

실내에 울리는 오르간 소리도, 하나님도 내 웃음을 제압하지 못했다. 입놀림을 그만뒀다. 찬송이 점점 세게 더 세게로 진행될 때 나는 책을 제자리로 밀고 노랫소리를 등졌다. 삐걱, 들어올 때와 달리 문에서 큰 소리가 났지만 이미 문밖으로 빠져나온 뒤였다. 엉거주춤 일어서는 사내를 무시하고 다른 문을 열었다. 돌아나오면서 힐끗 쳐다본 십자가엔 그나마의 불빛도 사라져 있었다. 안내판에 어렸던 빛남은 환영이었을까. 나는 고개를 저으며 집을 향했다.

"어딜 갔다가 이제야 오니?"

누나의 야멸찬 표정 앞에서 나는 당혹했다. 교회에 갔었다고 말하기엔 어쩐지 주저되는 바가 있었다. 머뭇거림은 다그치는 누나의 기세가 높아질수록 확고한 결의로 변했다.

"어딜 갔었냐니까?"

"그냥 돌아다녔어."

"뭐 볼 게 있다고 돌아다니니? 이 동네를."

모멸감의 막이 하얗게 누나를 덮었다.

나는 아무 말도 할 수 없었다.

"이젠 수업 끝나는 즉시 집으로 돌아와, 철민이 너도. 다른 애들과 놀기만 해봐라."

"알았어. 누가 돌아다닌대?"

동생은 삐죽거렸다. 명심해, 누나는 매섭게 끝을 맺었다.

이사하며 얼핏 감지한 동네 분위기에 진저리쳤던 누나는 우리에게 의식적으로 오연할 것을 가르쳤다. 따지고 보면 일개 학교 교사의 아들딸인 우리들은 누나에 의해 지나치게 격상되는 감이 없지 않았다.

누나는 하복 칼라에도 풀을 먹이기 시작했다. 아버지에 대한 반감을 삭이며 매일 아버지에게 매끄럽게 날이 선 바지를 내드렸다. 등굣길의 누나는 주변의 불결함에서 우리를 보호하려는 의식으로 팽팽하게 긴장해 있었다. 사람들은 모를 것이다. 아침마다 누나가 점검하는 우리의 가방이 왜 곁을 스치는 다른 사람들 것보다 반짝이는지를. 사람들은 모르고 있었다.

어렴풋이나마 어머니는 짐작했다.

"사람은 자기가 속한 물에 어우러져야 된다. 지난 일들에 매달리다 보면 언젠가는 현실에 떨어져 피를 흘리게 되는 법이야."

"어떻게 하는 게 어울리는 건가요? 어머니도 하릴없이 남의 집을 기웃거리시겠어요?"

"말귀를 그렇게 못 알아듣니? 엄마 말은 네가 지금처럼 얼굴에 살얼음을 깔고 다니지 말라는 거야. 우리가 남보다 특출난 게 있니?"

누나의 목소리가 연줄처럼 팽팽해졌다.

"말씀 잘 하셨어요. 왜 특출난 것도 없는 우리가 그 이하로 떨어져야 했죠? 가진 것도 없으면서 왜 그나마 남에게 줘버렸어요?"

무슨 일이 일어나려 하는가. 어머니의 얼굴에 잠깐 슬픔의 푸른 그림자가 스쳤다.

"내가 낳아서 키우긴 했지만…… 가끔 말하기도 힘들 때가 있구나. 너희도 겪으면서 알게 되겠지. 네게 아버지를 이해해달라고 말하진 않겠다."

누나는 반발했다. 학교에서 집까지 최단거리로 금을 그었다. 동생도 나도 벗어날 수 없었다. 우리는 금 위만 디뎌야 했다. 감시하는 누나의 눈길 아래.

집 안에 갇힌 동생은 투명한 족쇄를 풀 수 없었다. 누나가 두려운 나 또한 풀어줄 길이 없었다. 할딱거리던 동생은 언제부턴가 음지식물처럼 수긋해졌다. 누나는 조금 안심했다. 그러나 동생의 내부에서 일기 시작한 반란의 기미는 몰래몰래 자라고 있었다.

여름방학을 눈앞에 둔 어느 날이었다. 한줄금 소나기가 지열을 식힌 다음, 제 차례임을 과시하는 불볕 아래 걸어 집으로 가는 길, 골목을 꺾어들다 말고 나는 걸음을 멈췄다. 맞은편에서 동생이 걸어오고 있었다. 고개를 조금 숙인 채, 어둑신한 그늘을 밟는 동생의 전신에 환한 유희의 물살이 여울지고 있음을 나는 놓치지 않았다. 무언가 신나고 열기 띤 일의 와중에서 어쩔 수 없이 떨어져나온 아쉬움이 숙인 동생의 정수리에 서성였다.

나는 동생을 가로막았다. 흠칫 고개를 들어 동생은 나를 쳐다보았다. 동생의 시선이 어찌할 바를 모르고 조각나고 있음을 나는 눈치챘다.

"어디 갔었니?"

빠져나갈 수 없는 확증을 손에 쥐고 현행범을 다그치는 목소리였다. 장난기가 일었다. 이런 여유는 물론 동생이 내 손아귀에서 빠져나갈 수 없음을 가늠한 후에야 생긴 것이었다.

"으응…… 응."

예기치 않은 심문에 부딪쳐 잠시 멈칫거리던 동생의 전신이 순간의 긴장으로 단단해졌다.

"있지, 형. 나 친구들과 놀다 오는 거다."

긴장한 얼굴이 차돌처럼 반짝거리며 막연하던 동네의 분위기를 확실하게 했다. 그걸 담은 동생의 얼굴에서 반짝이는 빛이 내 가슴을 후벼냈다. 그것은 들척지근한 여름의 한가운데서 내게 내밀어진 빛나는 날刀이었다. 배신을 스스로 인정함으로써 한층 견고해진 동생의 얼굴이 상당히 그을었음을 그제야 깨달았다. 누나와 내가 눈치채지 못하는 사이에 동생은 은밀하게 배신의 발판을 쌓고 있었고 이제 완성된 발판 위에 올라 야멸찬 표정으로 내려다보며 도전장을 던진 것이다. 당황할 겨를이 없었다. 동생이 던진 도전장은 이미 내 손에 들려졌으며 나는 이미 그걸 보았다. 도전을 무시하는 건 비겁한 일이었다. 가부간 결정을 내려야만 한다.

요즘 들어 보기 드물게 생생한 표정으로 내 앞에 선 동생의 생기와 누나의 처연한 안간힘 사이에 끼여 나는 당혹감을 맛보았다. 누나의 편에 서기엔 누나의 독선에 대한 저항이 너무 컸고 동생의 편을 들기엔 누나의 목소리가 지나치게 앙칼졌다. 나는 동생의 얇은 눈꺼풀을 망연히 내려다보았다. 녀석의 당돌함 밑에서 떨며 살아나는 두려움이 보였다. 동생은 아직 어린 것이다. 처음의 막연한 적개심을 그대로 유지하며 혼자 지낸다는 건 일종의 고문이었다. 가엾은 녀석. 그 나이에 친구 없이 오후를 죽인다는 건 무리였다.

"그래? 몇 명이나 사귀었는데?"

"세 명, 모두 같은 학년이다."

긴장의 망울을 환하게 푼 동생이 대답했다. 나는 손바닥으로 동생의 콧등에 솟은 땀방울을 문질렀다. 씨익 웃는 동생을 보며, 그동안 동생이 간직해온 비밀의 무게가 얼마나 컸는지를 알았다. 나는 이제 공범이었다. 우리를 쫓는 것은 누나의 견고한 아집, 아니면 부당한 편

견일 터였다. 끈적하게 땀이 밴 동생의 작은 손을 힘있게 그러쥐었다.

방학이 시작되며 매지구름이 몰렸다. 우기였다. 습기는 벽뿐만 아니라 방바닥에서도 배어나왔다. 벽에 핀 곰팡이는 장마가 심해질수록 요기를 띠며 잠생하여 퀴퀴한 악취를 풍겼다. 악취 속에서 검푸른 팡이실이 뻗어나와 온 방에 사슬처럼 엮이고 다시 거기에서 신경을 자극하는 무언가가 방출되곤 했다.

자고 일어나면 그 독은 낮게 가라앉아 눈꺼풀을 쏘고 있었고 눅진한 요가 등자락에 달라붙었다.

방학이었는데도 누나는 매일 등교했다. 누나가 학교에 가기를 기다려 동생도 집을 나간다. 우기의 질펀한 골목에서 동생의 낭랑한 웃음소리를 만난다. 몸에 감기는 눅진함도 동생 또래의 현란한 장난기 앞에서는 맥을 못 추었다. 와르르, 비로소 제 물을 만나 비늘 번쩍이는 희열이 동생의 전신에서 넘쳤다.

그러나 오후가 되면 동생은 자신의 비늘을 아쉽게 수습하고 윤기를 닦아낸 모습으로 집에 돌아와 있어야 한다. 아이들과 어울려 쏘다니며 얻은 즐거움의 흔적 한 조각이라도 집에 떨어뜨려선 안 된다.

"철민이 너…… 날 속이는 건 아니겠지?"

얼핏 누나의 야무진 입매에 표독스러움이 감돌았다. 물론이지. 그렇지만 거침없는 대답 밑바닥에서 풀썩이는 가책을 나는 본다.

일말의 두려움을 삼키며 동생은 놀러 나갔다. 비가 쏟아질 듯 잔뜩 우그러진 날씨였다. 청회색의 하늘이 점점 어두워졌다. 서로 엮이어 하늘을 가린 구름들이 더이상 무게를 감당하지 못하고 균열할 조짐을 보였다. 가려진 하늘 저쪽에서 언뜻 빛이 뻗었다. 우르릉 꽝, 순식간에 하수구에 작은 폭포가 생겨 거름지게 흘렀다. 비는, 쏟아지고 흩뿌렸으며 흘렀다. 조금도 흐뜨리지 않을 기세였다.

옆방에서 두런거리는 소리가 났다. 빗소리를 뭉개는 신경들을 끌어모으자 곧 아버지와 어머니가 다투는 것을 알았다. 다툰다. 그것은 스스로 혀를 깨물고 싶은 여름날의 지루함을 깨뜨리는 하나의 사건이었다. 느른했던 전신이 단단하게 응축했다.

실상 나는 심심한 것이다. 기나긴 우기를 이따금 문설주에서 기어나오는 그리마나 쥐며느리를 때려잡는 것으로 보내기엔 너무 시간이 남았다.

"당신, 정말 그따위 엉터리를 섬기겠다는 거야?"

"그래요. 당신에겐 엉터리로 보일지 모르지만 저에겐 안 그래요. 이상해요 당신. 하찮은 일에도 신경을 곤두세우고."

"하찮은 일? 그러는 당신이야말로 하찮은 일을 왜 우기는 거지?"

"……"

무엇 때문일까. 한참 후에 나온 어머니의 대답을 빗소리가 잘랐다.

너무 심심했기 때문일 것이다. 두 분이 다투는 까닭을 알고 싶은 호기심은 기울인 귀를 돌리기엔 너무 컸다. 나도 모르게 벽에 귀가 닿았다. 그래도 들리지 않았다. 방문을 닫았다. 요란하던 빗소리가 주춤거리며 물러섰다. 문종이에 의해 약해진 빗소리는 오히려 더 암울하고 진중했다. 알 수 없는 조바심으로 손이 더웠다. 꼭 여민 방문 때문일까. 아니다. 보다 더 저열한 호기심이 목을 깔깔하게 했다.

"하필이면……"

"왜요? 믿음에도 서열이 있나요?"

"문제는 교리야. 그런데 당신의 교리가 뭐지? 당신 지금 정신이 있는 거야?"

"당신을 납득시킬 만큼 교리를 깨우치지 못한 것이 유감이군요."

냉랭한 목소리였다. 빗소리 키우며 정적이 흐른 후, 한결 조용한 아버지.

"당신이 왜 그렇게 맞서려 하는지 알 수 없군."

"맞서다니요, 제가요?"

"그래. 나는 당신이 이런 식으로 내주장하는 걸 본 일이 없어."

"......"

"무엇 때문이지? 왜 당신이 자꾸 나서려 하는 거지?"

노기가 서렸다. 어리석게도, 정말 어리석게도 어머니는 아버지의 노기를 자신의 고집으로 상쇄하려 했다.

"그런 큰소리로 제 믿음을 방해할 수 있다고 생각하셨다면 오산이에요. 당신이 그토록 고집피우는 이유를 제가 모를 줄 아세요? 그렇게 말씀드렸는데도 왜 그 일에서 못 벗어나요? 그러니까 자꾸 편협해지는 거죠."

고집이 이겼다. 아버지의 적의에서 이가 빠졌다. 침묵. 이어 달래려는 어머니의 나직한 목소리와 화해를 거부하는 아버지의 묵묵부답.

벽 어딘가에 균열의 징조가 나타난 것 같은 두려움이 엄습했다. 지금은 그저 비에 젖어 드러나지 않고 있을 뿐이다. 날이 개면, 눅눅했던 벽이 마르며 쩍 갈라지고 마른 벽 위로 실지렁이 같은 까만 금이 거침없이 뻗을 것이다. 그러다 어느 햇살 쨍쨍한 날에 벌어지며 폭삭 주저앉으리라.

나는 그때까지 기댔던 벽에서 떨어졌다. 소리치며 빗줄기 아래로 뛰어나가 골목이 울리도록 거칠게 질주하고 싶은 욕망이 머리를 헝클었다.

방학이 되자 아버지는 칙칙한 방에 자신을 안주시켰고 그 때문에 어머니는 믿음을 펼 수 없었다. 모임에 못 나가고 신산하게 속으로 앓는 동안 신앙심은 더 공고해졌다. 채 뿌리를 내리지 못했던 신앙, 어느 정도 남아 있던 불신은 시련기에 사라졌다. 조금씩 짐작되던 신의 말씀으로부터의 격려는 어머니를 주춤거리게 하던 의혹을 안타까운 경외심으로 변하게 했다. 어머니의 항거는 이런 연유에서 발발했을 것이다.

아버지와의 일전이 있은 다음부터 어머니의 종교는 개방되었다. 여인들이 활달하게 문턱을 낮췄다. 그들이 오면 아버지는 말없이 방을 비웠지만 그건 묵인이라기보다는 힐난에 더 가까웠다.

누나는 아버지의 회절을 경멸했다. '더러운 동네'에 온 이래로 방향을 잡지 못한 채 뒤섞이던 누나의 분노는 다시 아버지에게 향했다.

누나가 아버지를 제물로 택해 신경을 그리로 집중한 틈을 동생은 교묘하게 이용했다. 그리하여 유난히 지리한 우기, 나날이 작아지는 아버지의 숨소리를 헤아리던 누나가 풀이 잘 서지 않는다고 짜증을 부리며 학교에 간 사이, 동생은 시궁쥐처럼 몸을 적시며 점차 그악스러운 동네아이가 되어가고 있었다.

동생이 누나로부터 자유로울 수 있다는 것이야말로 어머니의 믿음이 받은 최초의 혜택일 것이다. 어머니는 더 큰 걸 바랐다. 당신이 간구하는 사이 어디선가 크고 따뜻한 손이 뻗어 우리를 환한 동산으로 이끌기를. 어머니는 순진하리만큼 믿고 계셨다.

무릇, 구원에 앞서 시련이 닥친다는 진리는 어김없는 일인가보았다. 구원의 서광이 비치기도 전에 시련의 앞발톱이 머리를 움켰다.

방학중에 지불되는 봉급을 타러 아버지가 출근한 날, 어머니는 닭을 다듬었다. 오랜만에 넉넉한 기운이 감돌았다. 내일은 한씨 아저씨께 저녁이라도 대접해야 되겠다. 그분만큼 고맙게 대해주시는 분도 없지 않니? 한씨 아저씨. 아버지와 친해지기 위해 스스로 마음을 풀고 다가와 세상 사람들이 모두 사기꾼처럼 보이기 시작한 아버지의 증세를 가볍게 했다. 나는 어머니의 소박한 기대를 부추겼다.

닭국이 끓는 누릿한 냄새가 퍼진 지는 이미 오래였다. 골목마다 어둠이 빽빽이 차서 흐린 하늘에 뜬 별의 윤곽을 강하게 했다. 즐거움의 빛이 사라진 어머니는 즐거움 뒤에 온 수심으로 늙어 보였다. 어머니는 귀를 골목 쪽으로 난 창에 매달았다. 닭국은 지금쯤 차갑게 식었으리라. 노오란 기름이 동동 떴겠지. 어머니는 성경을 꺼냈다. 옆면에 붉은색이 칠해졌다. 인줏빛이었다. 교회에서 내 쪽으로 밀어지던 성가책의 기억이 새로워지면서 느닷없이 인주의 느적지근한 냄새가 풍겼다. 트림 속에 저녁에 먹은 닭고기의 누릿한 냄새도 휘발했다.

머리를 휘젓는 냄새에 취하며, 자신을 다스릴 구절을 찾는 어머니를 보며 문득 나는 장남이라는 걸 깨달았다. 모든 건 내게 대물림될 것이다. 지구를 떠받든 아틀라스처럼 나는 우리 집의 무게를 확실하게 감지했다.

어머니 어머니, 우리 어머니. 어머니의 가냘프고 끈질긴 믿음이 어깨 위로 풀썩 뛰어올랐다. 아버지 아버지, 우리 아버지. 발 디딜 곳을

장대 끝으로 가늠하고 나서야 발을 옮기는, 아버지의 소심한 고뇌들도 그 곁에 자리했다. 누나, 이리 와봐. 누나의 딱딱한 외피와 그 안에 숨은 투명한 의식의 벌레들도 뒤따랐다. 나는 오늘 동생을 보았습니다. 동생은 누나 몰래 숨바꼭질을 하고 있었습니다. 누나의 도랑을 따라 동생이 기어올랐다. 목이 휘는 느낌이었다. 나는 까닭없는 투지에 불타 벌떡 일어섰다.

그때, 내 동작에 호응하는 소리가 들렸다. 골목을 꿰뚫으며 내게 닿은 소리, 불 밝힌 여러 집에서 나는 온갖 소리들의 숨을 죽게 하고 동네 개들의 성대를 일제히 진동시킨, 불협화음의 극을 이룬 어눌한 이중창.

이 푸웅지인 세에사앙을 마안나았으니 너어의 희망이 무우엇이이나아.

어머니의 입가에 안도와 낭패의 미소가 그려졌다. 성경책을 집어넣고, 어머니는 방약무인한 이중창을 맞기 위해 일어섰다.

세에사앙 마안사…… 골목이 너무 짧았다. 노래를 채 끝내지 못하고 아버지는 대문을 열었다.

"죄송합니다, 사모님."

그래도 덜 취한 편인 아저씨는 누운 아버지 곁에서 자꾸 되풀이했다.

"아뇨, 오히려……"

그가 팔을 휘젓는 바람에 어머니는 다음 말을 삼켰다. 그의 손길을 신호 삼아 아버지는 코를 골았다.

"죄송합다, 정말 더러워서 억수로 술 마셨습니다. 제가 자꾸 권해드렸습니다."

"선생님 오늘 술 자실 이유가 있어 드신 겁니다. 그만 갈랍니다."

어머니의 안색이 바뀌었다. 아버지의 술은 아마 홧술인 모양이었고 가장의 화는 곧 집안에 떨어진 불덩어리였다.

대문간에 배웅하러 나갔던 어머니는 오랫동안 말씀을 나누었다. 아버지의 코 고는 소리가 방정맞은 생각을 불렀다. 불안이 녹아내리고 그것은 목을 조르기 시작했다.

"무슨 일이래요?"

"알 것 없다."

그러나 불안에 획을 긋지 않고서는 움직일 수 없었다. 나는 재차 물었다.

"알게 될 일, 미리 말씀하시면 어때요. 말씀하세요."

갑자기 어머니는 자신을 허물어뜨리면서, 혼자 삭이려던 부담을 내게 넘겼다.

"아버지께서…… 학교를 그만두셨다는구나."

비가 쏟아졌고 두근거리던 예감대로 벽에 금이 갔다. 환상이었다.

아버지는 그만둔 것이 아니었다. 일방적으로 내쫓긴 것이었다. 당신이 디뎠던 보잘것없는 삶의 궤적에 대한 염오는 곧 제자들에게만은 피하게 하고 싶은 노력으로 변했고 그건 일종의 사담으로 변형되었다. 그게 탈이었다.

아버지의 학교 교감은 어느 날인가 교사들의 수업태도를 측정하고 싶은 생각에 집중했다. 이미 직위 때문에 수업에 들어가지 않고 있어서 책상 위에 발을 얹고 낮잠을 자다 깬 교감에게, 무료함을 타개할 계시처럼 그 생각이 떠올랐다.

실상 결재서류에 도장을 찍거나 조회시간에 핏대를 올리는 시간을 제외한 대부분의 시간을, 복도에서 어슬렁거리거나 교무실에서 음담을 슬쩍 끼는 것으로 죽이며 고단하게 살아온 중년의, 이제사 축적되기 시작한 지방질을 털어내곤 하는 교감에게 있어 그것은 일종의 기분전환이자 숨긴 이빨을 드러낼 수 있는 일석이조의 기회였다. 내 너희들과 어울려 농담을 하긴 한다만 마음먹기에 따라 언제든지 너희의 뒷골을 때릴 수 있다. 그의 심중을 알 리가 없는 교사들을 요노옴, 하는 시선으로 노리다가 그는 작업에 착수했다.

그는 각 반마다 숨겨진 이단을 가려 말을 돌려가며 작업을 진행했다. 몇몇 교사들의 결함이 노출됐다. 시간 때우기 위해 사담을 하는 교사들도 포함돼 있었다. 노회한 교감은 그걸 담았다가 신학기가 시작되기 전, 계산할 것을 다 계산하고 등을 떠미는 일에 써먹었다. 아버지는 사립학교 교사였던 것이다.

이것이 훗날 들은 사건의 전모였다. 세상을 개탄하는 아저씨와 달리, 아버지는 그저 방학중이어서 칩거에 별다른 명분이 붙지 않아도 되는 것만을 다행으로 여기는 듯한 표정으로 웅크렸다. 최초의 충격과 슬픔에서 벗어난 어머니 역시, 적어도 우리가 보는 앞에서는 태연했다. 그러나 개학하면? 그때의 아버지가, 부모의 태연함에 물들어 사태의 중요함을 망각한 우리의 흥밋거리였다. 그리고 그것은 생각했던 것보다 훨씬 악화된 양상으로 얼굴을 내밀기 시작했다.

3. 아버지, 아, 아버지

저물 무렵부터 안개가 내리기 시작했다. 땅은, 낮 동안 끓어오르던 열기를 얼마나 차게 다스려 안개를 뱉는 것일까. 공기 속의 수증기들이 외롭게 응결하여 짧은 내 머리카락을 보듬었다.

나는 안개가 감싼 곳 어딘가에서 취해 있을 아버지를 찾아나선 길이었다. 안개는 마치 해초처럼 흐느적거리며 엉겼고 그 때문에 내 발길은 헛디디는 것처럼 걷어채였다. 무언극에서처럼 말을 삼킨 사람들이 엷은 부피로 곁을 스쳤고 곧 안개 속에 녹아버렸다. 자꾸 옷깃을 잡아당기는 안개를 매몰차게 걷어차고 언덕을 구르면 몇 번이고 다시 태어날 수 있을 것 같았다. 무엇으로든지. 안개 속에서 다시 태어나 안개가 걷힌 후에 다른 형상을 지닌 나를 대하고 싶다. 거듭나리라. 뜻없이 중얼거리며.

그러나 거듭날 가망이 없는 바에야 안개는 거추장스러울 따름이었다. 흐느적거리는 촉수를 지니고 아메바처럼 분열하여 산동네를 차곡차곡 덮어내리는 안개 속으로 떠밀려나온 까닭은 무엇일까.

그건, 실직하고 처음의 자기 방기에서 벗어나면서 수상쩍게 움직이기 시작한 아버지의 눈동자와 그 수상하고 끈적이는 빛이 낳는 답답함, 그리고, 그 무엇보다도 우리에게 속을 보여주기 시작한 이웃들의 당의정에서의 탈출일 것이다.

별자리의 이동처럼, 아버지의 실직을 계기로 우리 집을 받치던 축들이 자리를 옮겼다. 방학 내내 학교에 다니던 누나가 집 안에 틀어박혔다. 더위가 기승을 부리니까. 그러나 누나를 포박한 더위는 누나의 내부에서 가열되는 열인 것처럼 보였다.

이렇듯 누나가 아버지의 옆방에 웅크리자 피해는 엉뚱하게 동생에게 왔다. 누나의 사정거리 안에 있어야 한다는 계율과 거기에서 일탈하려는 의지가 양립해서 동생의 작은 머리를 눌렀다.

무료함에 전신을 뒤틀던 동생에게서 차츰 절박감이 묻어나기 시작했다. 부패한 단백질덩어리처럼, 손만 대면 살점이 뚝뚝 떨어졌다.

"누나…… 나 아직도 밖에 나가 놀면 안 되는 거야?"

동생으로서는 제 자신과 아주 치열하게 다툰 후에 뱉은 말이었을 것이다. 인내가 한계점에 달해 금방 파열할 것 같은 얼굴이었다.

무언가에 골똘해 있던 누나는 잘 못 알아들었다. 아무런 느낌도 담기지 않은 눈으로 동생을 주시했다. 동생은 당황했다. 두 번 말해야 할 경우는 예상에 없었다. 그러나, 머뭇거리며 다시 말했다. 누나는 무심하게 대답했다.

"네 맘대로 해."

너무 순조롭게 얻은 기쁨은 오히려 허망했다. 동생은 믿지 않았다. 교활하게도 누나가 자신을 시험한다는 생각이 들었을 것이다. 동생을 조였던 부담에 비해 너무 가볍고 간결한 누나의 대답 때문에 흐릿한 분노가 관자놀이께에 느껴졌다.

"정말이야?"

누나는 귀찮다는 듯이 고개를 주억거렸다. 날 향한 동생을 바라보며 나도 뜻없이 고개를 끄덕였다. 누나는 좀 지친 모양이다. 자연스럽게 드나드는 사람들을 향해 으르렁거리는 일에. 누나는 스웨터 짜는 일을 했다. 수출용 스웨터 짜는 일, 어포를 잘게 찢어 비닐봉지에 나누는 일. 마을 사람들이 들고 온 일감이 어머니의 손끝에서 넘실거렸고 잔여분은 누나의 몫이었다. 비린내 속에서 어포를 찢는 어머니는 즐거웠다. 곧 다른 직장을 구하게 되실 게다. 어머니의 희망은 종교에 의해 보지되었다. 어쩌면 그것은 속임수였을 것이다. 희망대로 이뤄진 모습을 그리며 자신을 지탱하는, 어쩌면 그것은 속임수였을 것이다.

비록 시련이 거듭되고 있긴 하지만 이 시련이 끝나는 곳에서 광영과 만나리니. 간난이 즐거운 내일을 기약하는 징표라고 어머니는 믿어 의심하지 않았다.

그러나 시련은 쉬 끝날 것 같지 않았다. 몇 번인가 확실에 가까운 가능성 앞에서 이력서를 되돌려받은 아버지는 다시는 속지 않겠다, 고개를 저었다. 아버지의 선량한 눈매에 얼음이 서렸다. 그래도 아버지는 속고 있었다. 심지어 자기 자신에게조차. 아버지는 속지 않을 위인이 못 되었다. 세상을 너무 단순하게 보도록 길들여진 아버지의 자가 걸리적거렸다.

거듭 시험하는 신에게 보속하듯 어머니는 전도의 길을 걸었다. 안내책자가 든 가방을 들고 어머니는 대문을 두드린다.

"누구세요?"

"네, 행복의 말씀을 전하는 사람이에요."

어머니를 일별한 상대방의 조소를 어머니는 감내한다. 저희는 충분히 행복해요. 탁. 코앞에서 닫힌 문을 향해 어머니는 상냥하게 말한다. 다음에 또 오겠어요.

간혹 관심을 보이는 사람도 있기는 하다. 그들에겐, 세계에 만연한 악이 우리가 모르는 새에 종말을 재촉하고 있으므로 거기에 대비할 필요성을 역설한다. 그럴 때의 어머니는 달변이다. 어머니의 입을 빌려 누군가 다른 사람이 말하는 것 같다.

"저희는 불교를 믿고 있어요."

어머니의 주님은 이교도를 용납하지 않는다. 서로 다른 두 종교의 교리를 들어 비교한다. 결론은 어머니 쪽이 과학적이고 실리적이다.

종교가 어머니를 지배했다. 어머니는 이제 우리의 어머니가 아니라 부름을 받은 몸이었다. 성경을 읽으며 어머니는 자주 몸을 떨었다. 전도의 길이 너무 험난한 까닭인지 집에 와선 말수를 잃다시피 했다. 이제 어머니는 종교에 더 접근했다. 집에서 하는 말이나 행동은 그저 습관화된 몸놀림에 지나지 않았다.

적의를 키우는 아버지와 밖으로 도는 어머니 사이에 낀 우리는 아저씨에게 매달렸다. 아저씨는 아버지의 자를 치우려 했다. 언제쯤일까. 갑자기 아저씨가 보고 싶었다. 어쩌면 아버지와 함께일지도 모른다. 아저씨의 불그스레한 얼굴이 눈앞에 어른거렸다. 하얘진 아버지가 곁에 있었다. 서로 팔을 어깨에 걸치고 안개를 헤치고 있었다. 부축해드려야지. 그러나 그들은 부축할 겨를을 주지 않고 내 곁을 스쳤다. 아버지도 아저씨도 아니었다. 안개 때문이었다. 벌써 문을 닫은 가게들도 있었다. 무언가에 홀린 기분이었다. 나는 걸음을 빨리했다. 몇 개의 불빛. 어느 주점엔가 아버지가 있을 것이다.

첫번째 집엔 아무도 없었다. 술 파는 여자 혼자 늘어지게 하품하는 앞에 놓인 탁자. 그 위에 엎질러진 물. 불빛만 쓸쓸하게 쏟아졌다. 고개를 디밀었다 빼는 순간 탁자 아래서 쥐 한 마리가 달려나와 쏜살같이 한길로 뛰었다. 차 바퀴에 깔린 쥐의 비명이 들린 것 같았다. 다음

집으로 향했다.

　술청 안엔 두 사람이 있었다. 사내는 출입문 쪽으로 등을 돌렸다. 마주 앉은 여자의 하얀 뺨에 취기가 엷게 번졌다. 일본 인형 같다. 자정이 가까운 시간이었다. 썰렁한 술청, 족발, 빈대떡 등을 적은 종이들이 사선으로 몸을 눕힌 벽에 술찌꺼기 얼룩이 번졌다. 찌이익, 전류 흐르는 소리가 형광등에서 울렸다.

　"오선생님. 이제 그만 드세요. 댁에서 기다리잖아요."

　"괜찮다니까. 아무도 기다리지 않아요. 자 한 잔 더 들어요."

　"아이 선생님도. 그만, 그만 따르세요."

　여자가 주전자를 든 사내의 손목을 잡았다. 술이 잔에서 넘쳤다. 나는 문에 몸을 기댔다. 아버지. 부름은 혀끝에서 맴돌다 사그라졌다. 연민인지, 이상한 감정이 가슴을 욱죄었다.

　술잔을 입에서 떼던 여자의 시선이 문간으로 왔다.

　"거 보세요. 아드님이 뫼시러 왔잖아요."

　아버지는 고개를 돌렸다. 뭐하러 왔냐?

　"집에 가셔야죠, 아버지. 너무 늦었어요."

　"네 엄마가 보내든? 여기 있다는 건 또 어떻게 알고?"

　아버지가 짜증을 뱉었다. 여자가 말을 받았다.

　"오선생님도 참…… 아드님이 걱정되니까 찾아왔겠죠. 어서 가세요."

　그렇지? 여자는 내게 웃음을 보였다. 뜻밖에 다정하게 생긴 여자였다. 나는 애매한 표정을 지었다. 아버지와 술자리를 함께한 적이 많으리라는 추측을 낳게 하는 그 여자의 웃음이 마음에 걸렸다. 들뜬 얼굴에 그린 듯한 홍조는, 건강해 보이진 않았지만 아름다웠다.

"알았다. 가야지."

여자의 말에 쉽게 누그러진 아버지를 보며 서먹함이 가득 고였다.

"자, 마지막 한 잔. 따라요. 내 잔도 받고."

"아드님도 와 있는데 무슨……"

말과 달리 별반 사양하는 빛을 보이지 않고 여자는 잔을 채웠다. 나는 곁에 서서 탁자를 내려다보았다. 탁한 막걸리와 썬 오이를 곁들인 고추장. 비우지 않은 잔 속에서 막걸리의 앙금이 조용히 흔들리며 가라앉았다. 그만큼 조심스럽게 솟아나려는 울먹임을 삼켰다. 자리를 차고 나가 안개 속을 구르고 싶다. 그러나 이 자리를 그대로 빠져나가면 다시는 아버지를 똑바로 보지 못하리라. 나는 의자에 앉았다. 찌익 찍, 전류 흐르는 소리가 혈관을 타고 들어와 혈액을 거세게 했다. 형광등에서 쏟아진 빛줄기는 무참하도록 깨끗하고 적요롭게 술청을 덮었다.

온몸에 고였던 진액津液이 다 빠진 걸까. 아버지는 파삭거렸다. 여름 아침 방바닥에 죽어 있는 하루살이. 수분이 남지 않은 팔이었다.

안개가 되었는지도 모른다. 아버지가 내뿜는 입김도 아버지의 체액도 모두 작은 알갱이로 빠져나와 안개가 된 것인지도 모른다. 그래선지 안개는 더 짙었다. 마을은 쓰다듬는 안개의 손 아래 숨죽이며 잠이 들려 했다. 낮에 부유하던 모든 것들이 곤하게 눕고 제법 차가워진 공기가 까슬거렸다. 동네의 개가 마른기침을 뱉었다. 안개 특유의 냄새 때문에 목이 아팠다. 안개는 헛기침까지 파묻었다.

"아버지, 술 그만 드세요."

"아암, 그만 마셔야지. 정신 차려야지."

말꼬리를 흐린 아버지는 전신을 기대왔다. 술에 젖어 더 무거운 아버지의 체중이 내게 실렸다. 동시에 요즘 들어 부쩍 잦아진 아버지의 폭음이 이해되었다.

"널랑 애비 닮지 말아라. 애비보다 똑똑하게 살아야 된다."

말없이, 그러나 옹골차게, 나는 아버지처럼 살지는 않으리라는 결심을 다졌다. 적어도 아버지같이 살지는 않으리라. 나는 아버지와 다르다.

대문이 보이는 지점에 이르러 아버지의 취기는 걷잡을 수 없어졌다. 체중을 실은 아버지는 의식의 끈도 놓아버렸다. 나는 비틀거렸다. 몸무게보다는 의식을 뭉갠 독약과 같은 술기운의 무게 때문에.

아버지의 몸이 툇마루에 걸쳐졌다. 머리와 가슴은 방에, 허리는 문지방에, 발은 허공에. 빨래처럼 널린 아버지. 어머니는 그저 바라보기만 했다. 감정이 죽은 걸까? 나는 짜증을 부렸다.

"어서 방으로 모셔야죠."

"신부터 벗겨드려라."

그렇다. 일에는 순서가 있는 법이었다. 냉정한 어머니 앞에서 열패감에 젖어 순종하고 나는 서둘러 어머니를 떠났다.

믿사옵고. 기도문 사이로 간투사인 양 코 고는 소리가 끼어 어머니의 고조된 감정을 극적으로 느끼게 했다.

어머니는 맹목적이야. 누나는 울울했다. 아버지의 살갗이 술로 인해 누런색을 띠고 어머니의 외출이 잦아지자 생활의 책임은 누나에게 이양되었다. 도사림은 용납될 수 없었다. 누나의 오른손 중지엔 연필 때문이 아닌 굳은살이 박였다. 스웨터 짜는 일 때문이었다. 누나는 굳은살을 불려 칼로 베었다. 하얗게 불은 굳은살은 칼날에 의해 박편이 되었다. 어머니가 먼 데의 신을 경배하는 일 대신 가까운 가족들의 헝클어진 생활로 눈을 돌리지 않는 한, 아버지가 혈관에서 알코올을 씻어내지 않는 한, 누나의 손에서 악착을 떨며 살아나는 굳은살의 세력이 약화될 기미는 안 보였다. 어머니의 주문과 되새김질하는 술냄새에 찌들어 이우는 집안, 우리는 점점 고사의 길목으로 치닫고 있었다.

어머니의 중얼거림이 멎었다. 상대적으로 높아진 코 고는 소리에 따라 사위가 흔들렸다. 허우적거리며 나는 잠에 빠져들었다. 미끄럼틀 위에 올라서 하강했다.

그르룽 그릉. 날카로운 나사못이 뇌의 주름진 부분을 젖뜨렸다. 이불 속으로 소리는 파고들었다. 그릉그릉. 귀를 막아야지. 아니 코를 쥐어야지. 술에 취하면 더 큰 소리를 내는 아버지의 코. 나는 이불을 차 던지며 일어났다. 더 커진 소리는 그러나 아버지가 있는 방과는 다른 방향에서 울렸다. 그건 아파트 공사장에서 나는 소리였다. 공사가 진척될수록 공사장에서 들려오는 소리가 낮고 날카로워졌다. 정확한 손놀림으로 내리꽂히는 포클레인의 커다란 손 대신, 동생은 얼기설기 엮은 나무기둥 사이로 설치된 계단을 밟는 인부들을 지켜보았다.

레미콘 차가 그릉거리며 쏟아낸 혼합물을 지고 그들은 느리게 계단을 오르내렸고 그들이 나르지 못하는 건 오직 등에 진 혼합물의 무게 때문으로 보였다. 아저씨도 역시 그랬다. 언제부턴가 아파트 공사장에 나오기 시작한 한씨 아저씨의 등도 짓눌리고 있었다. 일을 마친 아저씨의 젖은 등이, 아버지도 아저씨처럼 일할 수 있는 어른이라는 걸

일깨워줬다.

아버지가 설 땅은 교단 위만은 아닌지도 모른다. 아버지는 마흔여 덟. 사범대학을 갓 나온, 젊고 민첩한 교사들이 수두룩했다. 설 땅을 찾지 못한 아버지는 알코올이 주는 홍분에 몸을 맡겼다. 술에 취하면 그저 잠자리에 쓰러지던 아버지는 이제 순순히 잠들지 못한다.

늦도록 귀가하지 않는 아버지를 기다리다 골목 어귀에서 끌리는 발짝 소리를 들으면, 신경엔 새파란 가시가 돋고 두려움으로 가슴이 두근거렸다. 기척이 집에 가까워질수록 동계가 심해진다.

"영민아, 이리 건너오너라! 철민이, 윤혜도. 어서!"

이어 조금 낮은 어머니의 신경질. 그러나 그것은 무관심하지 않다는 증거인 것 같아 차라리 반갑다.

"왜 또 애들은 불러요?"

"당신은 가만히 있어!"

누나는 주섬주섬 일어난다. 동생은 누나와 달리 두려움과 불안이 엇갈린 정직한 표정이다. 할 수만 있다면 나는 동생을 남겨두고 싶다. 누나는 괜찮다. 왠지 아버지는 누나에게만은 함부로 못 했다.

누나는 먼저 들어갔다. 힐끗 올려보는 아버지의 눈동자가 불안했다. 우리는 꿇어앉았다.

"영민인 요즘 공부 잘 되냐?"

"예, 아버지."

"철민이는?"

동생은 고개를 수그렸다. 공부요?

"윤혠?"

"아아뇨."

"왜? 집안일이 고되냐?"

"……"

"그렇지 않으면 뭐 걱정되는 일이라도 있는 거냐?"

아버지는 자상했다. 아니 음흉했다. 함정이다. 비겁하게도 아버지는 함정을 파놓고 누나를 몰고 있다. 조심해, 누나. 아버지는 결코 저런 사람이 아니었어. 곤비함이 아버지를 야비하게 만들었다. 동생의 손가락이 꼼질거렸다.

"……"

그것도 아니라면…… 목소리가 은근해졌다. 아버지의 눈동자가 눈구멍에서 뛰쳐나올 것만 같았다. 동생이 불안하게 무릎을 쓸었다. 매달리듯 어머니를 보았다. 누나를 도와야죠, 어머니. 아버지를 말리셔야죠. 어머니는 방관했다.

"그럼 뭐냐? 왜 대답이 없어?"

기다렸던 일갈이 드디어 터졌다. 그랬다. 잠깐의 숨막히는 정적 속에서 우리는 그걸 기다렸다. 동생을 빼고는 모두 태연했다.

시뻘게진 얼굴로 아버지는 누나를 노렸다.

"왜 대답하지 않는 거냐? 애비가 애비 같지 않아 대답을 못 하겠다는 거냐?"

누나의 울대가 움직였다. 목에서 턱으로 지렁이가 기어갔다.

"그래, 느이들 눈에도 애비가 우습겠지. 당연한 일이지."

고개를 끄덕이며 아버지는 감정을 가라앉혔다. 조심해야지. 저린 종아리를 주무르며 방만스런 피돌기는 아직 이르다고 자신을 타일렀다.

"그렇지만, 그렇지만 말이다. 너희들까지 날 우습게 봐서야 되겠니?"

멋대로 방출하고 싶은 격앙된 심사를 아버지는 스스로 수습했다. 그러나 곧 누군가의 조종에 의한 것처럼 돌연한 고함이 뒤따랐다.

"이 애비가 밤낮 술이나 퍼마신다고 해서 너희들 애비가 아닌 것은 아냐. 날 보는 눈이 왜 그리 곱지 못한 거냐?"

"남들 다 잘 시간이에요. 좀 조용히 말씀하세요."

타고 있는 불에 어머니가 던진 섶은 즉시 타올랐다. 어머니를 향한 고함이 터져나왔다.

"당신도 마찬가지야. 요새 왜 그렇게 당당해졌지? 그 빌어먹을 하나님, 그따위 때문에 집안을 팽개쳐?"

"애들 앞에서 그게 무슨 소리예요? 어디 저 혼자 잘되라고 하는 일인가요? 당신이 자꾸 그런 생각만 되씹으니까 더 안 되잖아요. 이젠 뒷갈망할 때도 되지 않았어요? 이제나 저제나 기다리는 일에도 지쳤어요. 어느 정도 끝이 보여야 기다리죠."

"그래, 말 한번 자알 했어. 당신이 기다린 게 뭐지?"

불꽃이 튀었다. 싸움은 이제 무게중심을 옮겼다. 불똥이 튀기 전에 달아나자. 누나가 툭 쳤다. 가자. 나는 불안과 두려움에 질린 동생을 일으켰다. 아무도 우리를 막지 않았다. 불길은 쉬 잡히지 않을 기세였다.

이불을 뒤집어쓰고 동생은 흐느꼈다. 깜깜한 속에 누워, 벽 건너에서 들려오는 마찰음에 어린 가슴 물 먹으며, 우는 소리를 죽이려 하는 동생의 노력이 너무도 안타까워서, 오직 그 이유 때문에 내 가슴도 흐득흐득 비 듣는 소리를 냈다. 오랜만에 아주 오랜만에 전에 살던 동네에서의 안일을 그렸다. 누나는 숨소리도 내지 않았다.

4. 우리들의 떨켜

아파트 단지가 준공될 조짐을 보이자 덩달아 주변이 술렁거렸다. 단지 내의 도로가 포장되면 공사는 일단락지어지는 것이었다. 입주할 사람들과 키를 같게 하기 위하여 정문 부근의 가게들은 일제히 몸체를 허물고 새 모습으로 태어났다.

무쇠솥을 내걸고 김을 올리던 찐빵집은 양과점이 되어 유리창을 반들거렸다. 몇 채의 집들이 합하여 삼층 건물을 이루었다. 노점의 과일들이 아래층을 차지했다.

한씨 아저씨의 일도 끝이 났다. 다른 일을 구해야죠. 아버지는 아직도 결심하지 않았다. 누나만 어른이 되었다. 누나의 내부에서 자라던 즐거움, 성마름 등의 발랄한 감수성은 끝이 말려 더이상 자랄 수 없었다. 집 안 어디에도 볕이 들지 않았고 정체된 공기는 가끔씩 내지르는 아버지의 고함소리에 풀썩였다 가라앉았다. 그리고 다시 죽은 것들뿐이었다.

톡톡톡. 한 방울씩 수액이 떨어졌다. 가느다란 팔, 파랗게 돋은 혈관이 주사약을 빨아들였다. 핏기 없는 손톱에 별이 떠올랐다. 하얀 반점이었다. 추락하는 꿈을 꾸는 듯 어머니는 가끔 발을 뻗었다. 며칠 사이에 홀쭉해진 볼, 진저리를 치며 눈을 떴다.

"왜요? 더 주무시지 않구요."

"아직 멀었냐?"

링거병의 눈금은 절반가량에 닿아 있었다.

"오줌이 마렵구나. 윤혜는 어디 갔니?"

"좀 나갔나봐요. 요강 가져올게요."

유리관을 흔들며 어머니는 일어섰다. 벽에 걸린 병이 위태롭게 흔들렸다. 약한 소리를 내며 어머니는 오래 용변을 보았다. 어지럼증이 이는지 쉽게 일어나지 못했다. 벗은 부분에 눈이 닿지 않도록 노력하며 속옷을 끌어올렸다. 누우며 뱉은 한숨의 의미는 알 길이 없었지만 나는 어머니가 앓기 전보다 훨씬 가깝게 느껴졌다. 앓아누운 이상 어머니의 정신은 온전하게 방 안에만 머물 것이다.

이틀간의 봉사활동에서 돌아온 어머니는 맥을 놓았다. 아버지의 혈기 띤 고함소리에 피를 도둑맞는 것처럼 창백했던 어머니에게 피로가 겹쳤다.

"내버려둬라. 병난 게 아니란다."

약을 지어다 드릴까요. 머리맡에 꿇어앉은 누나에게 어머니는 또렷하게 말했다.

"병이 아니라뇨. 어디가 어떻게 아픈지 말씀해보세요."

"병이 아니라니까. 여호와께서 내 신심을 시험하시는 거야."

어머니. 우리는 물기가 배도록 낯설게 변한 어머니를 바라보았다. 저분이 어머니인가. 신열로 붉어진 입술을 앙다물고 누워 우리의 접근을 거부하는 저분이 어머니인가. 아니었다. 어머니는 오래전에 우리를 떠나서, 불가해한 어떤 것과 일체가 되려 했다. 받아들이기 주저

하던 일이었지만 그러나 이제는 인정해야만 한다. 두려운 외침이 메아리쳤다. 살별처럼 꼬리를 끌며 다가온 믿음 위로 어머니는 이주해 버렸다. 어머니는 정확하게 진단했다. 온몸 짓쑤시는 신열을 어머니는 오히려 즐겼다.

우리가 의사와 어머니를 연관시킨 것은 어머니가 자리에 누운 지 사흘이 지난 뒤였다. 짧은 시간에 정기를 앗긴 어머니는 미동도 하지 않았다. 헉, 하는 흐느낌을 삼킬 뿐, 정신은 한데에서 어머니를 관망하고 있었다. 그제야 의사가 생각났다. 의사를 불러야지. 어머니에겐 진찰을 거부할 여력도 없으므로, 의사를 불러와야지.

의사보다 먼저 교인들이 몰려왔다. 건조한 바깥공기로 까칠해진 볼로 방 안에 산재한 습기를 감지하며 그들은 쇠잔한 어머니 주위에 둘러앉아 고개를 숙였다. 기도문이 방을 덮었다. 의사는 뒤늦게 왔다.

"의사 선생님이 오셨어요."

그러니 이젠 비켜야 되지 않겠느냐. 누나는 그들의 기도를 향해 그물을 날렸다. 끊어졌던 기도문이 이어졌다. 누군가가 기다리시라고 말하더니 다시 방문이 닫혔다. 닫힌 문 저편에 탈진한 어머니를 뉘어 놓고 그들은 무얼 하는 걸까. 초로의 의사는 탄식했다. 누나는 방문에 거칠게 손을 댔다가 늘어뜨렸다. 죄송합니다. 의사가 헛기침을 뱉었다. 그 소리는 나직한 읊조림이 끝난 방으로 들어가 누볐다. 곧 다른 목소리가 새로운 기도를 시작했다.

아버지가 들어온 것은 바로 그때였다. 툇마루에 걸터앉아 헛기침만 날리는 의사와 서성이는 우리를 보자마자 아버지는 사태를 알아차렸다. 눈자위에 엉겼던 낮술이 얼굴에 퍼지더니 곧 전신으로 확산되었다. 아버지는 뛰었다. 뛸 수도 없는 마당을 성큼성큼 밟고 들어온 기세를 유지하며 마루에 올라섰다. 그 바람에 누나가 조금 기우뚱했다. 문을 열어젖힘과 동시에 아버지는 소리질렀다.

"나가요! 누구 허락을 받고 들어왔어? 나가! 썩 나가지 못해!"

그들 중의 하나가 문턱을 막은 아버지와 키를 같이했다.

"이러시는 게 아닙니다, 오선생님."

이러시는 게 아냐? 그런 회유로는 어림없었다.

"누구 맘대로? 나가! 기도? 좋아하시네. 내 마누라의 병쯤은 나도 고칠 수 있다구."

나이든 여자가 아버지를 흘기며 일어섰다. 저렇듯 사악한 인물과 선량한 환자가 부부라니. 끌끌. 그 여자를 따라 사람들이 우르르 일어섰다. 미망에 가득 찬 무례함에 밀려난다는 쏩쓸함을 삼키며 그들이 나가는데도 어머니는 눈을 뜨지 못했다.

어머니가 조금씩 기력을 회복하게 되면서 우리도 '영양실조'라는 말이 주는 비참함에서 벗어났다. 기운이 조금 살아난 어머니는 기도했다. 감사합니다. 어머니의 신은 너무 이기적이었다. 어머니를 쓰러뜨린 건 신이었을지 몰라도 일으킨 건 의사의 처방과 가족들의 정성이었다. 누운 어머니를 구심점으로 생각의 범위를 좁혔던 가족들을 망각하고 기도하게 만든 어머니의 몰지각한 신을 보는 것은 고역스러운 일이었다. 아직 완쾌되지 못한 어머니 곁에서 나는 견뎠다.

급하게 골목을 달려오는 소리가 기도를 마치고 다시 잠에 빠져들려는 어머니를 방해했다. 발소리는 잠시 숨을 고르다가 방문을 밀었다. 문틈으로 입에서 풍기는 단내가 스몄다.

"형, 잠깐 나와봐. 어서."

불길함이 먼저 스쳤다. 혹시? 그러나 나를 이끄는 동생의 흥분은 두려움 때문으로 보이진 않았다.

"나 그 사람 봤다."

밑도 끝도 없는 소리였다.

"누구?"

"누군 누구야. 사기꾼, 안동 아저씨지."

안동 아저씨. 머리에 뜨끈하게 피가 고였다. 엉겁결에 동생을 꽉 붙잡았다.

"어딨니? 어서 말해."

"아파, 형. 어깨 좀 놓아줘."

"그래. 빨리 말해봐."

"아파트에 아스팔트 까는 걸 보고 있는데 누가 감독 아저씨랑 얘기하고 있잖아. 근데 자세히 보니 그 아저씨야. 막 집으로 뛰어오려다 달아날까봐 지켜보는데 아스팔트 까는 기계에 탄 사람들에게 뭐라고 말하더니 택시 타고 가버렸어."

가버렸어. 마지막 말이 숨을 막았다. 가다니? 우릴 남겨두고 누구 맘대로.

"아냐, 형. 또 올 거야. 감독 아저씨와 잘 아는 것 같았어. 틀림없어."

내 허망함을 눈치챈 동생이 앞질렀다. 울렁거림이 치밀었다. 또 올 것이다. 그는 꼭 와야만 한다. 잠시 후, 나는 속에서 치미는 울렁거림은 그가 안 올 경우에 대한 두려움이라는 걸 깨달았다.

그를 처음 보던 때의 일이 눈에 선했다. 센 억양의 경상도 사투리.

가무잡잡한 얼굴과 큰 눈. 많이 본 것은 아니었는데도 이상하게 확실한 얼굴이었다. 이사. 그뒤에 덮쳤던 여러 가지 일들. 빠르게 겹치는 일들 속에서 그를 잊어가고 있었다. 격렬한 증오가 엷어지면서 그를 생각하지 않게 되기까지, 실상 놀랄 만큼 짧은 시간이었다. 이제 탈바꿈할 수 있을 것이다. 지금의 상태에서, 그리 풍부하지는 않지만 나날의 온화함이 느껴지는 생활로. 지금의 생활에 대한 비애와 앞으로 우리에게 펼쳐져야 하는 생활, 그 현저한 기복에서 나는 떨어지고 튀어오르고 다시 떨어지고.

상상만으로도 벅찬 감정의 분류 속에 문득 복병이 드러났다. 아버지의 피가 다시 맑아질까? 어머니가 가정으로 돌아올 것인가. 나는 확신할 수 없었다. 우리에게 되돌려지는 것은 집 또는 금전뿐이 아닐까. 그나마 되돌려받지 못한다면? 그보다 더 무서운 생각도 있었다. 잘못 보았던 것이라면? 불길함은 꼬리에 꼬리를 물고 맴돌았다. 공소한 일이었다. 누나는 실천을 택했다.

"기다려야 돼. 확실치 않다 해도."

"아버지께 말씀드려. 아버지가 그를 만나게 해야 되는 거 아냐?"

"아버지? 아버진 안 돼."

내 의견은 단박에 묵살됐다.

"생각해봐. 아버지가 우리에게 엄하게 하신다고 해서 밖에서도 그러실 것 같니? 어림도 없어. 아버지는 집 안에서만 큰소리치실 수 있는 거야. 사람들이 왜 아버지를 법 없이 살 사람이라 하는데. 그런 아버지가 그 사람을 만나서 어떻게 하시겠니? 더구나 아버지는 그 집의 신세를 아직 안 잊고 계실 거야. 아버지는 그를 놓칠걸."

그러면? 내가 지키겠어. 누나는 야무지게 끊었다. 나는 의심스러운 눈으로 누나를 보았다. 눈을 보자 그럴 수도 있겠다는 생각이 들었다. 더이상의 의문은 용서하지 않을 것처럼 누나는 엄정하게 말을 맺었다.

"너흰 염려할 필요가 없어. 그저 아버지가 이 일을 알지 못하도록 입이나 다물고 있어."

누나의 다짐대로 우리는 입을 열지 않았다. 말해버리고 싶은 충동을 어금니로 짓씹어 누르면서. 아버지가 술을 마신대도 이젠 두렵지 않을 것 같다. 그렇지만, 누나의 말은 정말일까. 아버지는 그저 온유하기만 한 사람일까. 자꾸 높아지던 아버지의 목소리에 대한 생각들로 혼곤한 저녁상에서 나는 새삼스러운 눈으로 아버지를 훔쳐보았다. 흰죽에 간장을 뿌리는 어머니의 손등에 잉크빛 혈관이 붉거졌다.

사내가 다시 나타난 것은 어머니의 기도 때문일까.

그날, 나는 전에 살던 집의 뜰에 서 있었다. 지붕 위에 뾰죽한 십자가가 있었고 어머니가 지붕에 엎드려 있었다. 어머니는 미동도 하지 않고, 쨍쨍 내리는 햇빛을 고스란히 받았다. 저러다 떨어지실 텐데. 위기는 실감되진 않았다. 찬바람이 등에 닿았다. 대문이 열리며 문 앞에 몰려 있던 바람이 일제히 뛰어들어 등을 때린 것이다. 바람을 타고 왜소한 아버지가 들어왔다. 그대로 계절이 바뀌었다. 아버지는 외투 차림이었다. 아버지 오셨어요. 어머니가 몸을 일으키며 뒤를 돌아보았다. 그런데…… 어머니가 아니라 누나였다. 아버지와 내가 지켜보는 앞에서 누나는 마귀할멈처럼 쪼그라들었다. 두려움. 눈을 가린 손가락 틈으로 미끄러지는 누나가 보였다. 아아. 비명을 삼키며 눈을 감았다. 뱅그르르. 세계가 돌았다. 매암도는 가운데로 쓰러지는 아버지를 본 듯도 했다.

깨고 난 다음에도 한참을 더 꿈에서 헤어나지 못했다. 오늘쯤 마주
치게 될 사내의 꿈이 아닌 것이 서운했다. 꿈속에서 그를 만나는 연습
을 하고 싶었던 것이다.

그러나 생시에서도 그는 나타나지 않았다. 종일토록 가슴 울렁거렸
지만 정작 그 울렁거림을 매듭지어야 할 그는 공사장 주변에 얼씬도
안 했다. 누나는 금방 쓰러질 것 같았다. 하룻새에 쑤욱 들어간 눈 아
래 초승달 모양의 그림자가 드리워졌다. 탈진한 채 누나는, 꼭 올 거
야, 며칠 더 기다리지, 확인되지 않는 믿음에 자신을 옭아넣었다. 잊
히다가 나타난 그는 세게 쥐면 부스러질 환상이었다. 만일 그가 모습
을 드러내지 않는다면 그를 생각했던 우리는 모두 쓰러지리라. 다시
는 일어나지 못하리라. 그를 만날 수만 있다면 빌어서라도 누나 앞에
모습을 보이도록 하고 싶다. 그건 차라리 증오가 아니었다. 증오는 불
꽃을 너무 세게 피운 나머지 사그라들고 말았다.

멀리서도 맡아지는 콜타르 냄새가 비위를 자극했다. 가까이 갈수록
진해지는 냄새. 입안에 신물이 감돌았다. 롤러차가 지나간 자리마다
역한 냄새를 품은 김이 모락모락 올랐다.

제과점과 과일가게 사이로 난 골목, 위벽 긁는 냄새를 고스란히 맡
으며 누나는 골목이 빚은 그늘에 웅크리고 있었다. 누나가 선 자리
에서는 공사가 끝나가는 아파트의 정문이 잘 보였다. 그 아래쪽에 뿌
리박은 교회 안내판까지도 잘 보였다. 안내판을 바라보던 누나는 나
를 보자 흐릿하게, 속을 파먹힌 곤충을 생각나게 하는 웃음을 지어냈
다. 누나의 웃음 앞으로 오후의 피곤을 숨긴 사람들이 건강하게 지나

갔다. 그들의 거짓된 발랄함 앞에 누나의 피곤이 더 두드러졌다. 나는 누나를 끌었다. 누나는 순순히 따랐다. 누나의 전신에 스며, 지탱하게 해주던 대쪽 같은 독기가 흔들리는 증좌였다. 누나마저 쓰러지려나. 밥을 먹고 나서, 쓰러지려는 누나 대신 공사장을 향했다. 왠지 어수선한 기운이 감돌았다. 바로 아파트 공사장이었다. 한 무리의 사람들 가운데서 나는 두 사내를 쉽게 구별했다. 아. 생각보다 먼저 몸이 튀었다. 사내, 그리고 아버지였다. 아버지는 힘차게 사내를 붙잡고 있었다. 나도 둘러선 사람들 틈으로 잠입했다.

"이 팔부터 놓으소, 형님. 내 그간 형님을 얼마나 찾았는데예."

아버지는 슬며시 팔을 풀었다.

"그래, 연락도 없이 종적을 감추시니 낸들 어쩝니까."

도저히 종잡을 수 없는 얘기였다. 핏기를 가다듬는 사내는 숫제 훈계조였다.

"살붙이 없는 놈이라고 무시하지 마소. 우리 아버지가 형님 도와드릴 때 우리는 아무 말 안 했습니다. 형님이 이러시는 걸 보면 돌아가신 우리 아버지께서 뭐라 하시겠습니까?"

고저강약을 마음대로 구사하는 사내 앞에서 벌겋게 단 얼굴의 아버지는 시선을 내렸다. 어떻게 되어가는 셈판인가, 둘러선 사람들이 아버지를 주목했다. 아버지의 항의가 있긴 있었던 모양인데 너무 빠르게 아버지의 기세가 사라지고 있었다. 하고 싶은 말씀이나 다 하셨는지. 미심쩍은 데가 있었다.

"그럼 얘기가 끝난 거네. 서로 그럴 사이도 아닌 것 같은데 왜들 그러시나."

빨간 모자의 감독이 마무리지으려 했다. 사내가 얼른 그에 편승했다.

"암은요. 마 계산이야 차차 해도 되는 것이고…… 형님, 어찌되었든 우리 술이나 마십시다. 뭐라 케도 잘못은 제게 있는 거라예."

아버지의 시선에서 맥이 풀렸다. 조바심이 일었다. 저래선 안 되는데. 아버지는 멍청하게 보였다.

사내가 내보인 화해의 기색과 주위 사람들의 격려를 받으며 아버지는 술집으로 향했다. 모였던 사람들이 우르르 흩어졌다. 아버지는 끝내 아무 말씀도 없으셨다. 내가 틀리고 누나가 옳았다. 한판 승부를 가려줄 것을 바란 겁먹은 기대를 저버리고 아버지는 어정쩡하게 그와 야합했다. 안 돼요, 아버지. 나는 아버지와의 교신을 안타깝게 원했다. 그러나 돌려진 아버지의 등은 감응하지 않았다. 일이 어그러질 것이라는 예감이 다리에서 힘을 뺐다. 너무 능란한 사내의 말솜씨가 나를 쓰러뜨리기 위해 커졌다.

밤이 깊도록 아버지는 돌아오지 않았다. 나는 아무에게도 아버지가 늦는 이유를 말하지 않았다. 아버지가 조금만 더 당당했더라도. 아버지의 무력한 영상과 사내에 대한 분노가 둔중한 동통을 수반했다. 가족들 몰래 시계로 자주 눈이 갔다. 아버지는 무얼 하느라고. 시침과 분침이 거의 일직선상에 놓였다. 불안이 목까지 차올랐다. 불안이 커지고 커져서 전신이 윙윙 진동하는 사이렌 소리로 흔들렸을 때 인기척이 났다. 불안도 끝이 났다.

두어 번, 어둠 속에서 선회하듯 비틀거리다가 무너지는 아버지가 보였다. 순식간에 와그르르 무언가 무너져내리는 소리가 아버지를 덮었다.

5. 다시 딛는 땅

안 된다, 안 돼. 어머니는 불꽃을 뿜었다. 어두운 빨강의 혈액이 간호사의 손에서 위태롭게 출렁였다. 그 병을 뺏기 위해 필사적으로 매달린 어머니의 눈에도 핏발이 섰다. 난처해하던 의사의 감정은 증오로, 증오에서 싸늘한 모멸감으로 변했다.

"그러려면 뭐하러 병원에 왔습니까?"

비꼼은 어머니에게 닿지 않았다. 혈액병과 주삿바늘에 어머니는 집중했다. 어머니는 주삿바늘이 아버지의 팔에 닿는 것을 막기 위해, 누나는 그런 어머니를 제지하기 위해 서로 안간힘을 썼다.

모든 게 꿈결인 듯 여겨졌다. 쓰러진 아버지와 한씨 아저씨네를 향해 달리던 밤길. 어둠에 찍힌 발소리. 빨간 램프가 켜진 병원을 향해 달리는 아저씨의 등에 업힌 아버지. 뒤따르며 길에 흩뿌린 어수선한 마음들. 이제 와서 치료를 거부한다는 건 어불성설이었다.

다른 사람의 피를 네 아버지에게 섞을 수는 없다. 교리에 어긋난다는 것이었다. 그러나 그것은 광기에 다름아니었다. 앓는 동안 다져진 어머니의 광기는 쓰러진 아버지를 보았을 때 발동되었다. 어머니는 펄펄 살아났다. 정신을 다른 데에 두고 육신만 훨훨 날았다. 앓고 난 사람이라고 생각하기 어려울 정도로 기운 센 어머니를 저지하던 누나가 눈짓을 했다. 어머니가 간호사의 팔에서 떨어진 순간 우리는 어머니의 팔을 각각 붙잡았다. 어머니는 비정상이다. 빠져나가기 위해 비트는 어머니의 팔이 그 사실을 완강하게 전했다. 어머니는 제정신이 아니다. 날뛰는 어머니를 따라 함께 몸을 흔들며 설움 아닌 외로움이

폐부에 스몄다. 틀렸다, 틀렸어. 마지막 시험이었는데…… 넋을 놓고 중얼거리는 어머니를 보며 나는 잔인하게 뱉었다. 시험이라구요? 미움보다 연민이 승했다. 아버지의 핏줄기를 타고 있을 누군가의 혈액은 어머니에게도 필요하다.

내막은 다음날에야 밝혀졌다. 누워서 한씨 아저씨를 올려다보는 아버지는 붉은빛과 파랑, 보라색이 어우러진 기묘한 얼굴빛이었다. 부은 입가에 민망함을 떠올리며 조심스럽게 말을 이었다.

"너무 쉽게 생각했던 것 같습니다."

"세상일이 어디 뜻대로만 되나요. 이만하기 다행이죠. 법도 모르는 놈들……"

"어디 법을 몰라서 그러나요. 오히려 너무 잘 알아서 탈입디다."

아버지는 눈을 감으며 한숨을 내쉬었다. 가라앉는 한숨소리 따라 공기가 늪처럼 침전했다.

이봐, 목숨 붙어가는 것만도 다행으로 여겨. 돈? 좋아하시네. 뺏는 게 임자야. 억울하면 당신도 해봐. 고소하려구? 어림없는 소리 말아. 법으로 해봤자야. 그만큼 살았으면 트일 때도 되었을 텐데. 괜히 걸고 넘어지려다 더 다치지 말고 순순히 물러나라구. 아버지는 땅속으로 삼켜졌다. 비로소 세상이 눈에 잡혔다.

잘못은 아버지에게 있었는지도 모른다. 좀더 냉철하게, 세상의 살얼음에 체온을 변화시키며 살아야 했다. 애초에 유약하게 보이는 게 아니었다. 다시 고통을 잊는 혼몽상태가 계속되었다.

겉으로 보면 멍과 부은 자국밖에 없는데도 혈관에 피가 모자랐다.

내출혈이 일어나는가. 빨간 피가 방울방울 아버지의 슬픔이 비운 자리를 채웠다.

"안 되겠죠?"

아저씨가 고개를 저었다. 어쩔 수 없는 수긍의 빛이 아버지를 덮었다.

"소용없습니다. 괜히 더 화를 당할까 두렵습니다. 다 지난 일이거니 하고 있으십시오."

"그래야 하겠지요."

말하기가 힘겨워 아버지는 가슴을 들먹였다. 누나와 나는 구석에 서서 어른들의 슬픔과 체념을 지켰다. 그가 나타나지 않았던 편이 나았을지도 모른다. 아니었다. 냉정히 생각하면 이렇게라도 나타나준 편이 나았다. 매는 미리 맞는 편이 낫다. 언제고 한번은 들뜬 희망에 감겨야 했을 테니까.

"이제 일어나게 되면……"

매 맞은 아버지가 말을 꺼냈다.

"저도 한선생님 따라 일하러 나가겠습니다."

두어 번 눈을 깜박이다 누나는 아버지에게 시선을 고정했다. 누나를 피하며 아버지는 말을 이었다.

"그동안 괜한 생각으로 식구들만 고생시켰나봅니다. 까짓거, 내 한 몸만 성하면 무슨 일을 해서라도……"

"그러십시오. 우선 몸부터 회복하신 다음에……"

"곧 일어나게 되겠지요."

웃으려다 아버지는 얼굴을 찡그렸다. 그대로 눈을 감고 숨소리가 고르게 퍼졌다. 아버지의 결심이 어울리지 않는 것 같아 아버지의 가는 목을 내려다보았다. 아저씨의 목에 비하면 차라리 유아적인 목이었다. 전에, 아저씨의 등을 보며 아버지도 막일을 할 수 있으리라고 생각했음을 기억했다. 나는 아버지를 믿기로 했다.

간호사가 흰 가운 가슴께에 빨간 꽃을 받쳐들고 들어왔다. 꽃이라기엔 너무 섬뜩했다. 혈액병이 흰 가운에 비쳐 섬뜩함을 강조했다. 그래도 저 피가 아버지를 일으켜세우는 힘이 되어줄 것이다. 그러자 불쾌함이 조금 가셨다.

아버지에게 줄 힘을 들고 간호사는 아버지의 머리맡으로 다가갔다.

"잠깐만요."

누나가 제지했다. 어머니의 기억을 되살렸을 간호사는 불쾌함을 노골적으로 드러냈다. 지겨워.

"제 피를 대신 수혈하면 안 될까요?"

자신에게 알리듯 나직한 목소리였다. 간호사의 피부에서 쏟아지던 철자들이 긴장하여 미끄러졌다.

"학생이? 그런 체격으로?"

자그마한 체구의 누나는 또렷하게 대답했다.

"학교에도 헌혈차가 오잖아요."

"그건 그래요. 하지만 학생이 말한 건 피를 못 구했을 때나 쓰는 방법이에요."

"부탁이에요. 그럴 사정이 있어서 그래요."

고집스러움을 숨기지 않은 누나는 간호사를 정시했다. 간호사가 맞받았다.

"그럴 필요가 없잖아요, 학생."

"거 소원대로 해주면 어때서 그러쇼?"

응원병이었다. 간호사는 아버지를 스쳐 아저씨를 일별하고 쌀쌀맞게 대답했다. 그렇담 원장님께 말씀드려보세요. 병을 그대로 들고 나가며 끄는 슬리퍼 소리를 들으며, 그녀의 냉정함이 어머니에 대한 악감 때문이 아니라 돈과 결부되었을 거라는 데에 생각이 미쳤다. 나는 위축되는 기분을 느꼈다. 그러나 누나는 의연했다.

"괜찮니?"

"그럼요. 저도 아버지께 조금쯤은 힘을 나누어드려야 하지 않겠어요?"

아, 물살처럼 환한 깨달음이 전신을 훑었다. 그랬구나. 방법이 틀렸었던 것이다.

아버지의 팔에 꽂혔던 것과 똑같은 고무관이 누나의 팔에 꽂혔다. 혈관과 고무관을 잇는 주삿바늘을 통해 흘러나온 누나의 피가 비닐팩에 떨어졌다. 채혈을 위해 들어온 방, 누나는 창백했다. 이우는 햇살이 관에 닿을 때마다 검붉은 피가 선홍색으로 엷어졌다.

곧 어머니가 오실 시각이었다. 서로 상응하는 혈액의 흐름, 아버지에 섞인 누나를 보면 어머니는 무얼 생각할까. 자신에게 내려진 최후의 기회를 놓쳤다고 상심하는 어머니. 그러나 어머니가 붙잡고 오르려던 줄은 썩은 동아줄이었다. 우리가 매달릴 새 동아줄은, 피 흘리며 손에 못을 박으며 우리의 손으로 꼬아야 한다.

나는 누나를 남기고 집으로 향했다. 아버지와 누나의 화해를 어머니는 지켜보아야 한다.

입주를 앞둔 아파트 부근의 가게들은 반짝거리고 있었다. 유리, 과일, 비닐봉지들. 모두 반짝였다. 첫날 우리를 방문했던 그 여자의 가게도 훨씬 단정해졌다. 이제 그 여자의 둔중한 몸매를 보는 일이 고역스러운 것만은 아닐지도 모른다.

정문 앞을 지나려다 문득 허전한 느낌이 들어 뒤돌아보았다. 나는 금방 그 허전함의 정체를 파악했다. 없어진 것이다. 기억 속에서 늘 빛나던, 그러나 실상은 허름한 판자를 이어붙인 것에 지나지 않던 교회 안내판이 사라진 것이다. 안내판이 뽑힌 자리엔 '은별아파트 매매 전문'이라고 입간판을 내건 가설 복덕방이 축대 곁에 기생해 있었다.

나는 다닥다닥 엉긴 집들을 올려다보았다. 예배가 없는 날이어서 어두워지는 하늘엔 십자가의 빨간 불빛이 떠 있지 않았다. 그러나 그것은 어두운 하늘 아래 엄연하게 존재하고 있을 것이었다.

나는 보이지 않는 그것들과, 기다리고 있을 어머니를 향해 발을 내디뎠다.

작가의 말

첫, 이라는 단어가 붙은 말들은 대부분 각별하게 다가온다. 첫 만남, 첫사랑, 첫아이, 첫번째로 소유한 무엇 등등.

무엇이든 한 가지 일을 십여 년 하면 몸에 붙는다는데, 글쓰기는 그렇지 못한 것 중의 하나인 듯하다. 첫 창작집을 낸 지 십오 년이 지났는데도, 여전히 글을 시작할 때면 아득히 하나의 점으로 보이는 섬을 향해 바닷물에 뛰어드는 듯한 심정이 된다. 내 서툰 헤엄으로 저 너른 물살을 건널 수 있을지, 혹 중간에 쥐가 나거나 힘이 빠지는 건 아닌지…… 시퍼런 바닷물을 바라보며 서성이다가, 먼 바다에서 물살에 실려온 듯 첫 창작집을 다시 만난다. 처음 물에 뛰어들던 나를 보듯 아련하다.

세월의 물살에 실려 먼 바다를 떠돌던 책을 찾아내 되살려준 문학동네에 감사드린다. 어느덧 옅어진 첫 마음으로 돌아갈 수 있게 되기를.

2012년 가을

이혜경

문학동네 소설집
그 집 앞
ⓒ 이혜경 2012

초판인쇄 2012년 11월 1일
초판발행 2012년 11월 5일

지은이 이혜경
펴낸이 강병선
책임편집 조연주 | 편집 박지영 황예인 | 디자인 이경란 엄혜리 유현아
마케팅 신정민 서유경 정소영 강병주 | 온라인마케팅 김희숙 김상만 이원주
제작 서동관 김애진 임현식 | 제작처 영신사

펴낸곳 (주)문학동네
출판등록 1993년 10월 22일 제406-2003-000045호
주소 413-756 경기도 파주시 문발동 파주출판도시 513-8
전자우편 editor@munhak.com | 대표전화 031) 955-8888 | 팩스 031) 955-8855
문의전화 031) 955-8890(마케팅) 031) 955-8864(편집)
문학동네카페 http://cafe.naver.com/mhdn

ISBN 978-89-546-1939-4 03810

www.munhak.com